生命《いのち》の谺《こだま》
川端康成と「特攻」

多胡吉郎

現代書館

生命《いのち》の谺《こだま》　川端康成と「特攻」

多胡吉郎＊目次

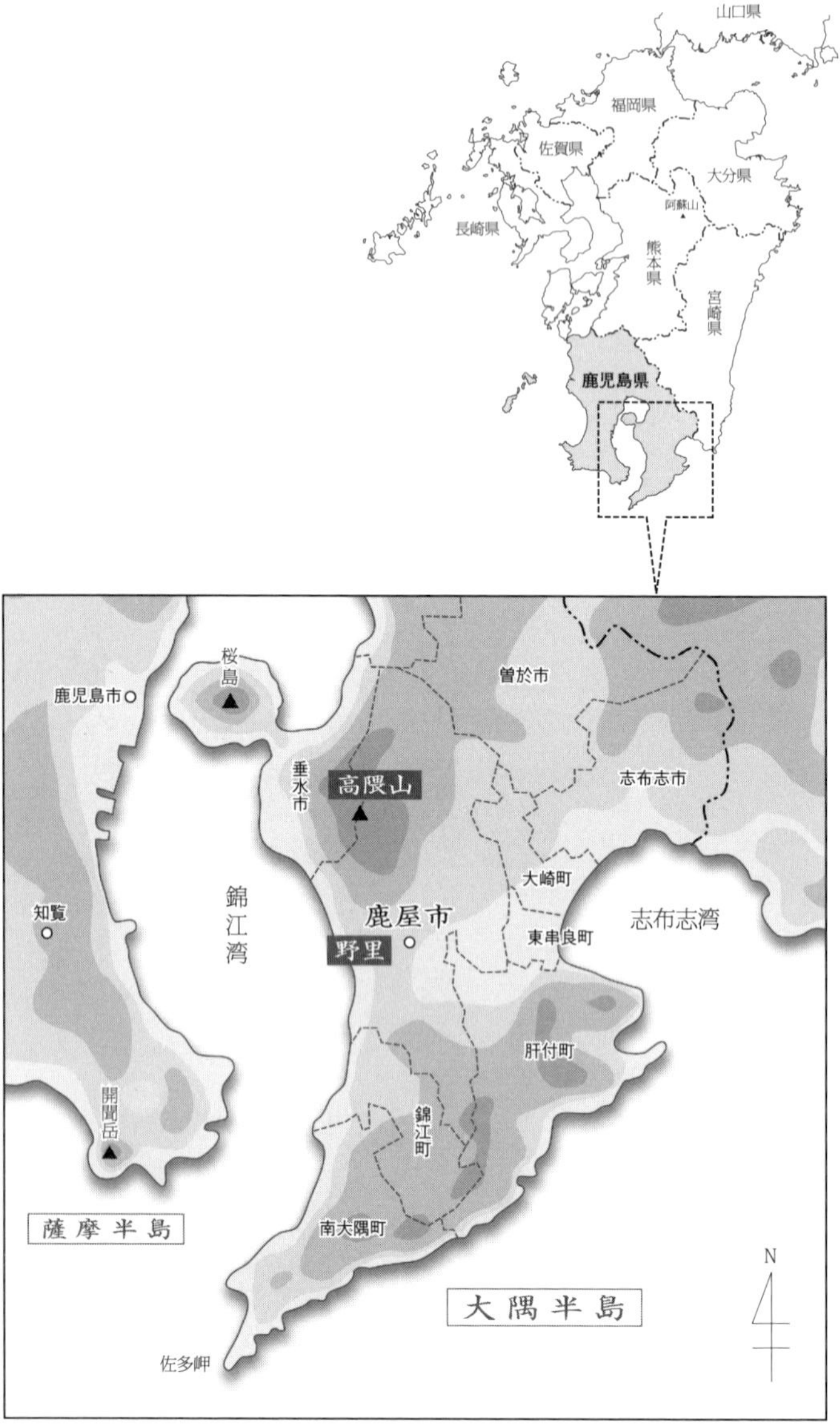

山口県
福岡県
佐賀県
大分県
阿蘇山
長崎県
熊本県
宮崎県
鹿児島県
桜島
鹿児島市
曽於市
垂水市
高隈山
志布志市
大崎町
錦江湾
知覧
鹿屋市
志布志湾
野里
東串良町
肝付町
開聞岳
錦江町
薩摩半島
南大隅町
大隅半島
N
佐多岬

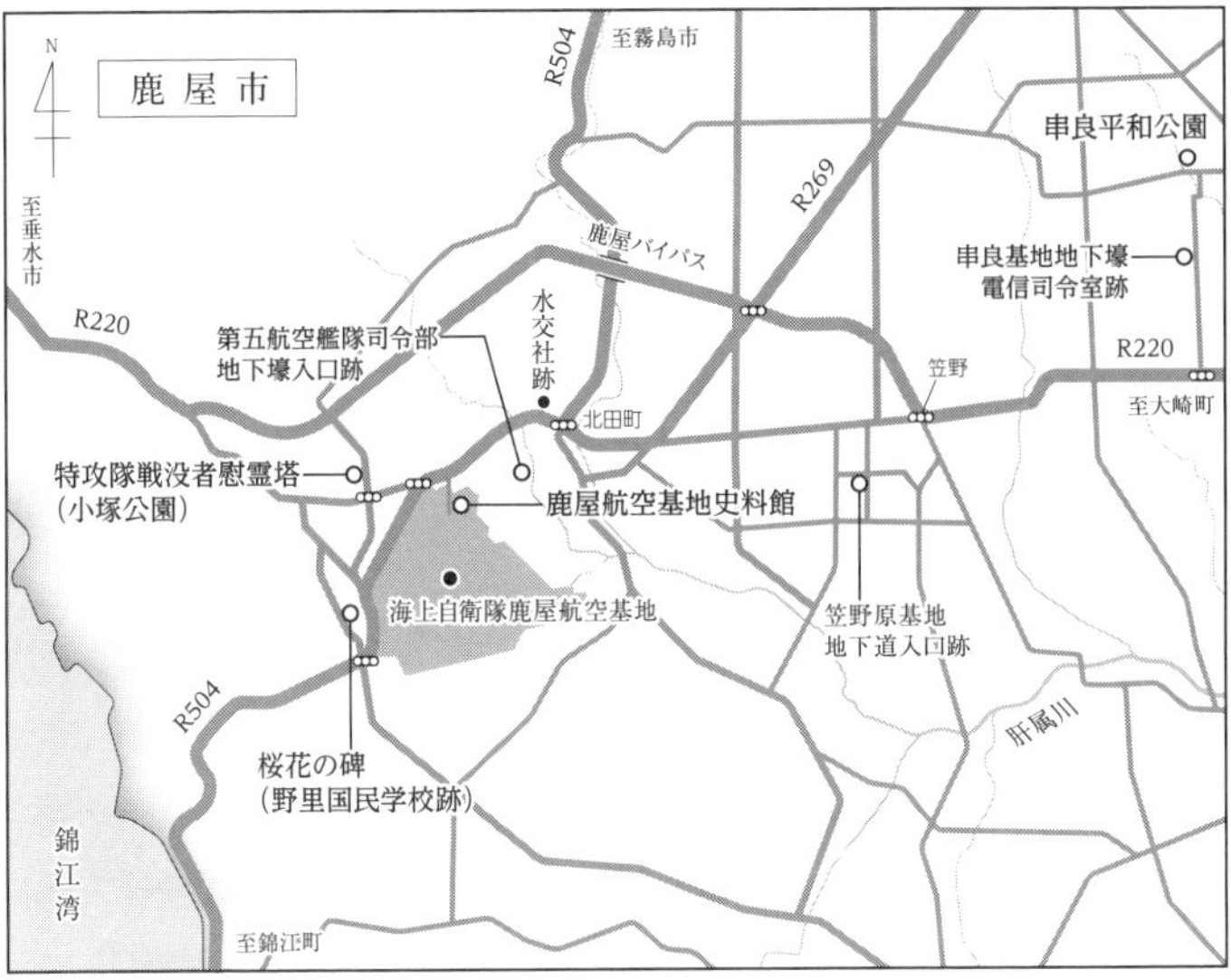

野里国民学校の国旗掲揚台跡

串良基地地下壕電信司令室跡

☆1945年春~夏当時の「野里」（神雷部隊生存者らが描いた地図をもとに作成）

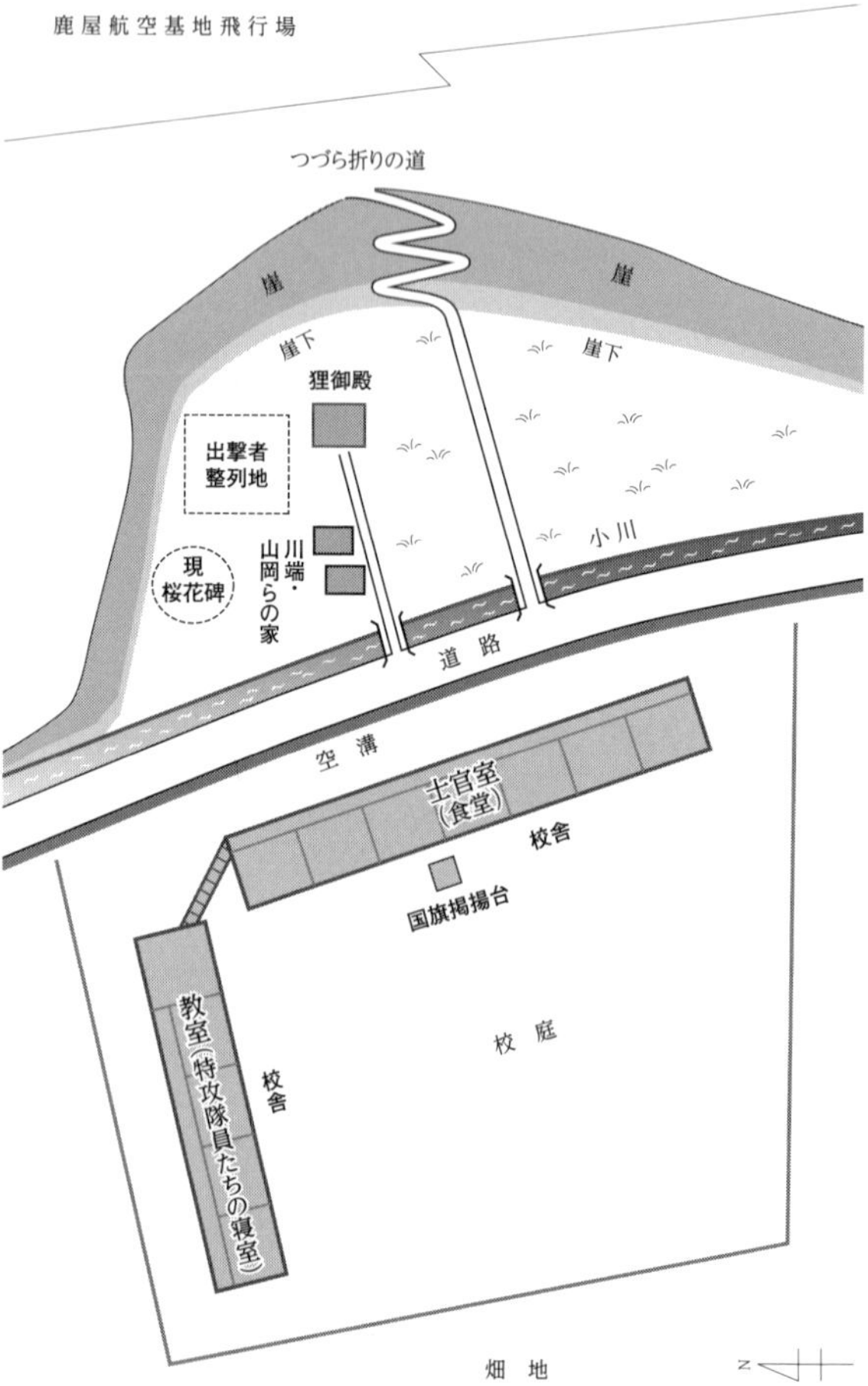

はじめに

一九六八年、日本人で初めてとなるノーベル文学賞を受賞した川端康成（一八九九〜一九七二）は、ストックホルムでの授賞式で、「美しい日本の私」と題する講演を行っている。

それはいかにも、川端にふさわしい講演に思われる。四季それぞれの表情が織りなす日本の伝統美を受け継ぎ、「もののあわれ」に通じる美しさと哀しみを描いた作家として川端をとらえる人は、当時も今も多い。

それはそれで、川端康成の確かな「顔」であったろう。後半生を暮らした鎌倉の文化の薫り高い落ち着いたたたずまいや、千年の古都の息づかいを秘める京都の古寺名園、あるいはまた、山あいの寂びた温泉宿や雪深い鄙びた里などは、いかにもその人の姿が収まるにふさわしい。

だが、花鳥風月に囲まれてしかるべき繊細な美の作家が、戦火にまみれ、戦闘機が行き交う航空基地――しかも、飛び立てば必ず死に向かう特攻隊の出撃する基地にいたと知れば、多くの人が驚くに違いない。これほどの不似合い、ミスマッチはないと感じる人がほとんどであろう。

学生時代以来、川端作品に馴染んだ私にとっても同じであった。今から十年ほど前、たまたま川端の詳細年表を目にしていて、一九四五年の四月に、海軍報道班員として鹿屋《かのや》の特攻基地に赴くとの一文を見つけて、信じられないものを目にしたように思った。一カ月ほどを、川端は現地に滞在したという。

戦時中、多くの作家たちが軍部の宣伝工作に駆り出され、外地を含めた戦場に赴いたことは承知していたが、あの川端康成にそのような「戦争体験」があり、しかも特攻基地にいたというので、愕然としたのだった。

その事実を知って、初めは「美しい日本の私」とのギャップに呆然とするばかりだったが、やがて、ひょっとするとこれは大変なことだと、事の重大さに気づき始めた。これまでの川端像ではとらえきれなかった真実がそこにひそんでいる気がして、襟を正すような粛然とした気持ちに襲われたのである。

しかも、実は私にとって、鹿屋という土地は無縁の場所ではなかった。住んだことこそないものの、鹿屋市の同人誌『火山地帯』に、私はかれこれ三十五年ほど前から関わりをもっていた。

同人であったり、同人を抜けたりと、不定期船に等しいていたらくではあったが、それでもそこが「港」であることには変わりなかった。まがりなりにも私が書くことを始めたのは、鹿屋の同人誌が存在したお陰であった。

それゆえ、川端が鹿屋の特攻基地にいたことを知った時、灯台下暗《もと》しとでもいった、奇妙な親近感と意外性を同時に覚えたのである。無論、興味は倍加した。

久しぶりに、川端の主要作品を次々に読み直した。これまで知らなかった小品の類も、読みこんだ。「特攻」体験を綴った作品としては、短編小説のなかに、『生命《いのち》の樹』があった。長編小説のなかにも、『虹いくたび』という作品が、特攻隊員とその恋人だった女性の苦悩を主軸に据えていた。その他、いくつかの小説作品で、ちらちらと鹿屋での体験の残影や余香を見出すところとなった。また随筆の類では、直接に「特攻」体験を語ったものも存在した。鹿屋における戦争体験、「特攻」体験から眺めることで、戦後の川端作品を流れるひとつの地下水脈に触れる気がした。

五十代も半ばを過ぎて川端作品を読み返すことは、正直、充実した幸福な時間となった。

学生時代には気づかなかった凄みに唸らされることしばしばであったし、何がしか、後戻りのきかない崖っぷちのようなところで書いているという感じが胸に迫った。この作家が抱えた哀しみの質というものを、否応なく考えさせられた。その哀しみの根に、「特攻」体験がどう関わるのか、それを是非にも知りたいと欲した。

一方で、鹿屋から飛び立って行った特攻隊員たちの面影についても、調査を進めた。川端が基地に滞在した一カ月の間に、鹿屋から飛び立ち、散華した特攻隊員たちの具体的な人となりが知りたかった。特攻基地でどのような出会いがあり、それが戦後の川端文学にどのように影響し、発展したのかを、見極めたいと思ったのである。

不思議に感じたのは、そういう基礎的というか、ごく当たり前の実証的な調査・研究の試みが、これまでなされてこなかったことである。ノーベル文学賞まで受賞した大作家なので、川端研究の類は枚挙にいとまがないが、戦時中、特攻基地にいたという事実が、まともに顧みられていないのだ。

川端に「特攻」体験があることも驚きであったが、ほとんどの川端論から「特攻」が抜け落ちていることもまた、意外であった。

逆に言えば、文学研究を専門とする訳ではない私のような者にも、空洞化している「特攻」を切り口に川端論をものしてよい根拠が存在することにもなると思った。

その結果は、以下の本論を見ていただきたいが、結論的に言えば、当初の予想以上に、川端は戦後、自身の「特攻」体験を引きずり、癒やしがたい心の傷として抱えたのだった。

もちろん、その傷は川端個人のものだけでなく、広く日本人全体に敷衍できるものである。おびただしい死の記憶のなかから、喪失の哀しみを前向きな生へと転化させる試み、ないしは祈りが、川端にとって文学をつむぎだす鍵となった。特攻によって無残に喪われた多くの生命と、川端は作品を通して谺《こだま》を交わし合っていたのである。

二〇二二年は、川端康成が没して五十年になる（川端の逝去は一九七二年四月十六日）。もう五十年もたってしまったのかと、月並みながら、時の歩みの速さを痛感する。当時私は高校にあがったばかりだったが、大作家の突然の自死から受けた社会の衝撃はよく覚えている。

しかし、新聞、テレビがにぎにぎしく伝えた故人の生涯から、「特攻」は外されていたかに思う。死を選んだ季節が、奇しくも特攻基地に赴いてから二十七年目の春であったことに思い至った人は、喧騒のさなかにあって、誰もいなかった。

没後半世紀にして明かされる真実と言えば、大袈裟に過ぎるかもしれないが、節目となる年に、これまでスポットのあてられてこなかった「特攻」との関わりから川端を見すえた本書を世に出せることを喜びとしたい。

「美しい日本の私」を語った大作家が、心の内側に抱えたもうひとつの真実を、是非にも知っていただきたいと思う。

「特攻」体験から捉え返すことで、川端が戦前から戦後へと生きた大家というだけではなく、まさに戦後文学を――日本人の戦後の物語を書き続けたのだという事実を、広く知ってもらいたいと願うのである。

そしてもうひとつ、特攻論の観点からも、ひと言つけ加えておこう。

特攻を語る文章はそれなりに多いが、どうしても二極論になりがちである。平和主義者からのひたすら犠牲者、被害者として見る見方と、もう一方での、祖国の危機に殉じた勇者の精神を讃え、美化する見方と……。振り子はいずれかに傾いて、言葉を凡庸にしてしまう。第三の視覚が求められていることは間違いない。

川端を「特攻」から語ることは、特攻を見すえるこの第三の道を開くことにもつながっていると、信じてやまないのである。

第一章　赤い靴を履いた海軍少佐

一九四五年四月二十四日――、春の日が傾き、地に曳く影を長く伸ばし始めた頃である。大隅半島のほぼ中央、高隈山《たかくまやま》の南に位置する鹿屋海軍航空基地に、一機の飛行機が降り立った。

海軍が使う主力輸送機の零式輸送機で、アメリカのダグラス社の旅客機、DC―3をモデルとして製造されたため、敵国の航空会社の名ではあったが、「ダグラス」の通称で呼ばれていた。

航空基地であれば、ダグラス機自体は別に珍しくはない。だが、着陸した機体から降り、案内を受けて滑走路から司令部へと向かう三人の訪問者の様子は、基地で見慣れた戦闘員や軍関係者とは、かなり趣を異にしていた。

とりわけ、三人のうち最も年高で身分が高いと思しき四十代半ばの男は、痩せ細った小さな体に、眼ばかりを神経質そうに光らせ、それだけでも軍人としてはかなり異様であったが、加えて、ひとりだけ軍靴とは異なる赤茶色の編みあげ靴を履いており、南国の陽を映して白く輝く滑走路に、場違いなコントラストを投じていた。

その人こそが、海軍報道班員として鹿屋基地に派遣された作家の川端康成であった。編みあげ靴は、二年前に世を去った作家仲間の徳田秋声からの贈り物で、このたびの従軍のために履き下ろしたものだった。

同行のふたりは、やはり作家の新田潤と山岡荘八で、新田が四十歳、山岡が三十八歳と、四十五歳の川端よりは若々しい。身分的には、報道班員として徴用されるのに伴い、川端が少佐を、新田と山岡が大尉の肩書を与えられている。

新田と山岡は、報道班の仕事はこれまでにも一度ならず経験があったが、川端は全くの初めてで、容貌や物腰のすべてから、いかにも異種の人が紛れこんでしまったような違和感を軋みたてていた。

鹿屋航空基地は当時、海軍による特攻隊攻撃の最前線であった。三月十八日以来、連日米軍の空襲を受け、滑走路こそは攻撃がやみ次第、応急処置がなされるものの、格納庫など地上の施設は被弾の跡も生々しく、屋根や壁が崩れ落ちて、既に戦場の印象だった。

この日を皮切りに、川端は五月二十四日に鎌倉の自宅に帰りつくまで、一カ月を鹿屋に滞在し、特攻基地に起居を重ねた。

川端は戦後、『敗戦のころ』というエッセイのなかで、鹿屋での体験について短く述べている。一九五五年八月の『新潮』に「昭和二十年の自画像」という副題とともに掲載されたものだが、特攻基地での見聞を語ることの少なかった川端が、珍しくその顚末を告白した貴重な文章である。

――二十年の四月、私は初めて海軍報道班員に徴用され、特攻隊基地の鹿屋飛行場に行った。今急になにも書かなくていいから、後々のために特攻隊をとにかく見ておいてほしい、という依頼だった。新田潤氏、山岡荘八氏と同行した。

特攻隊の攻撃で、沖縄戦は一週間か十日で、日本の戦利に終るからと、私は出発を急がせられたが、九州についてみると、むしろ日々に形勢の悪化が、偵察写真などによっても察しがついた。艦隊はすでになく、飛行機の不足も明らかだった。私は水交社に滞在して、将校服に飛行靴をはき、特攻隊の出撃の度に見送った。

私は特攻隊員を忘れることが出来ない。あなたはこんなところへ来てはいけないという隊員も、早く帰った方がいいという隊員もあった。出撃の直前まで武者小路氏を読んでいたり、出撃の直前に安倍先生（能成氏、当時一高校長。）によろしくとことづけたりする隊員もあった。

飛行場は連日爆撃されて、ほとんど無抵抗だったが、防空壕にいれば安全だった。沖縄戦も見こみがなく、日本の敗戦も見えるようで、私は憂鬱で帰った。

特攻隊についても、一行も報道は書かなかった。──


事実関係を簡潔に、淡々と述べた文章のなかで、わずかに特攻隊員の記憶について述べたくだりだけは、さすがに情がこもっている。若き命を散らした特攻隊員たちの記憶は、戦後十年を経ても、川端の脳裏から遠のいてはいない。まさしく、「忘れることが出来ない」存在であった。

特攻は一九四四年十月、レイテ沖海戦の際に始まった。日米間の圧倒的な物量の差は、もはや通常の作戦では埋めようもなく、戦局の不利を逆転させる秘策、奇策として、特攻が進められたのである。

個別の攻撃においてはそれなりの成果を生むこともあったが、大局的には戦況を逆転させるにはほど遠く、その後も日本軍は太平洋における占領地を次々と失い、一九四五年三月下旬からはアメリカ軍の沖縄攻撃が始まった。

沖縄が敵の手に渡れば、本土が直接の戦場となる。何とか沖縄を死守するために、軍は以前に増して特攻に頼ることになり、九州各地の航空基地から次々と特攻機を出撃させた。

四月六日、海軍によって始められた反攻作戦は「菊水作戦」と呼ばれ、鹿屋航空基地はその最大拠点となった。数日ごとに、鹿屋から特攻機が出撃して行く。特攻隊員は十代後半から二十代半ば、平均年齢は二十一歳という若者たちであった。

帰路のない出撃に特攻機が飛び立つごとに、川端らは滑走路脇で見送った。その後は、敵艦隊発見から突撃までの最期の瞬間を、地下壕の無線室で確認した。出撃以外の時間には、命令を待機しつつ残されたわずかな日々を送る特攻隊員らと、じかに接し、話も交わした。

要は、特攻隊員たちの最後の生を見守り、死への旅立ちを見送ったのである。つい先ほどまで、一緒に食事をし、談笑していた若者たちが、あっという間に出撃して行き、数時間後には命を散らしてしまう。苛酷な非情さが日々を覆った。

九死に一生を得るという言葉があるが、ここでは「十死零生《じゅっしれいしょう》」の鉄則が貫かれる。整備不良や故障によって、戦闘機に何らかの障害が生じ、戦闘不能とならない限り、引き返すことは許されない。

圧倒的な死の累積とともに、基地は日々を重ねている。死があまりにも当然のこととして、日常化している。沖縄戦を中心に八月十五日の終戦まで、鹿屋から出撃して戦死した特攻隊員は九〇八名にものぼる。

命を懸けた任務が祖国防衛にとっていかに重要で、兵士ひとりひとりの犠牲がどれほどに尊いものであるとしても、勇ましいとか、立派だとか、その手の賞賛ではわりきれない、命をめぐる倫理の根本的問題が重くのしかかる。

もちろん、一度しかない生を国に捧げなければならない特攻隊員自身にとって、その問いはより深刻で、切羽つまったものだったはずだ。若すぎる死をいかにして自身に納得させるか、胸中深くの懊悩や葛藤に、ひとりひとり、どう整理をつけ、あるいは整理のつかぬまま出撃の日を迎えたのか、それは当人にしかわからない。

同時にまた、健やかな若人の死を、ひとりひとりの具体的な顔や言葉、人間味を知りながら、その死を了解し、追認するかのように、死への門出に立ち会い、手を振って送り出すしかなかった川端ら報道班員にとっても、鉛のような重しを心に溜める体験となったであろう。

しかも、特攻隊員の問いは散華の瞬間に否応なく終わりを迎えるが、遺された者にとっては、問いに終わりはない。一度の出撃でいくつもの命が散り、その意味を質す問いに答えの出ぬまま、次の散華が押し寄せる。

絶対的な死を前に、生は消し飛んだ。生きることと死ぬことが溶け合ってしまって、その間には、髪の毛一本ほどの違いしかないように思われた。

だがそれでいて、生と死の間に、天と地ほどのはっきりとした境が存在することも、自明のことだった。

遺された者には、今という時が続いている。今日があり、明日がある。生きていればこそ、日の光にも浴し、鳥の囀りを耳にし、肌を撫でる風のそよぎを感じもする。

死んだ者は静止の闇のなかにいて微動だにしないが、生は闊達に動いている。息もできぬほどに心は暗く塞ぎかえっていても、自然は、大地は、世の中は、一向に動きを止めはしないのである。

元来、川端康成の小説では、死は生に添う影のように控え、つき従うものだった。日常の生のひと駒にふと亀裂が生じて、そこから奈落の底へと落ち行く氷のように冷たい死の淵が覗いていた。蓮葉な物言いにはなるが、川端作品は常に「地獄の一丁目」のようなところで書かれていたのである。

二歳で父を、三歳で母を喪い、七歳で祖母を、十歳で姉を亡くし、孤児となった少年を育てた祖父の死を十五歳で看取った川端にとって、死は言わば、慣れ親しんだ世界であった。

処女作の『十六歳の日記』にしてからが、老衰し死んでゆく祖父の看取りの記録であった。男女の間においてはなおさら、死は官能の狭間に甘い微笑みを見せた。そういう死の影が、詩ともなり、妖しい美の光を発するのが、川端文学特有の危うい魅力ですらあった。

だが、鹿屋では、そういう通常の生にひそむ死、文学が扱う死とはおよそ次元の違うところで、死が巨大な壁として聳え立った。もともと死は個々の人の命の果てであるべきところを、そこでは、人の人たるところは顧みられず、ひたすらに死が大量生産されて行くのであった。

そういう死の工場のようなところに、川端は放りこまれた。

涙を流すことも、悲嘆にくれることも多かったろう。いや、そういう感傷は、滞在の日がかさむにつれ、枯れ果てて行ったかもしれない。やわな感情が去った後には、濡れ雑巾をしぼりきるように、胃の腑が締めあげられる思いに身を灼き、やり場のない憤怒に唇をかむばかりだったのかもしれない。

しかし、そのなかで、まさに遺される者の孤独と苦悩に耐えつつ、川端は凝視を続けたのである。

ある意味では、これほどに、生と死を集約的に見せられるということもなかったろう。生と死の究極の狭間に立ち会ってしまった作家の目が、この異常な死の坩堝をどう見たのか、そしてそれはどうその後の川端の文学世界に影響を与えることになったのか——。

川端の「特攻体験」を知れば、おのずとそのような方向に考察は進むはずであろうに、川端と鹿屋特攻基地をまともにとりあげた論考は、意外なほどに少ない。そのテーマを軸に書かれた一冊の書もない。

わずかに、李聖傑氏の『川端康成の「魔界」に関する研究――その生成を中心に――』（二〇一四　早稲田大学出版部）や、森本穫氏の『魔界の住人　川端康成　その生涯と文学』（二〇一四　勉誠出版）などの研究書が、戦時中の川端の動静について、それなりのページを割いているにすぎない。

そもそも、作家・川端康成が戦争末期に、特攻という、戦争と人間の究極の行為を目撃し、生と死の坩堝に身を置いたこと自体が、ほとんど忘れられてしまっている。一九六一年の文化勲章、六八年のノーベル文学賞受賞の際にも、川端の「特攻体験」はほぼスルーされたと言ってよい。

川端は自身の訪ねた土地を舞台に小説を書くことの多かった作家である。伊豆、湯沢、京都……暮した土地を含めれば、浅草、鎌倉も加わる。

そういう、文学的な「故郷」となる土地を、川端作品はいくつも抱えた。世間もローカルな風土の関わりにおいて作品をいつくしんだ。伊豆半島を旅すれば、一九二六年に書かれた『伊豆の踊子』の記憶が、文学碑のみならず、「踊子」の銅像から饅頭のような観光土産に至るまで、今もあちこちで顔を出す。

だが、そういう川端文学の「故郷」に、鹿屋が登場したことは、ついぞない。饅頭になるような性格のものではないにしても、まるで鬼っ子でもあるかのように、川端にとっての鹿屋は無視され続けている。

川端文学を語る側から「冷遇」されているだけではない。不思議なことに、鹿屋の側からも、川端の足跡について積極的な発言がない。

特攻隊の歴史については、平和運動、平和教育という観点からも、鹿屋からそれなりの発信がなされているものの、そこで川端が大きく扱われることはない。蚊帳の外に置く感じすらある。

鹿屋には、海上自衛隊鹿屋航空基地に付属して、鹿屋航空基地史料館がある。海軍航空の歴史を俯瞰しつつ、特攻記念館としての性格を色濃くする。しかしここでも、報道班員・川端康成に関して得られる情報は少ない。

史料館に限らず、鹿屋全体として、川端の扱いが薄い。川端と特攻に関して語るに、いまだ熟していないというような、そんな印象を受ける。ビッグネームであることは間違いないが、実際には、その扱いに困ったようなとまどいが透けて見えるのである。

戦争の記憶を現場から語り継ぐ定めをもつ当地としても、作家・川端康成にとって「特攻体験」が何を意味したのか、そのことが曖昧模糊としてしまって、視界不良のなかに放置されているようなのだ。

だが、これは違うと思う。

川端の鹿屋体験は、もっときちんと顧みられてしかるべきものである。川端文学を語る上でも、あるいはまた、日本人と戦争を考える上でも、大きな扱いを受けなければならないはずである。

一般に、川端は戦争によって大きな変化を見せなかった作家であるとされる。本人にも、そのように述べた文章があり、世間も異を唱えはしなかった。

——私は戦争からあまり影響も被害も受けなかった方の日本人である。私の作物は戦前戦時戦後にいちじるしい変動はないし、目立つ断層もない。作家生活にも私生活にも戦争による不自由はさほど感じなかった。——（『独影自命』）

戦争による「変動」も「断層」もないと、ここでは川端は言いきっている。

確かに、例えば『雪国』という小説は、一九三五年に初めて文芸誌に発表されてより、数次に分けて発表され、いったんは一九三七年に単行本が発行されたものの、その後も書き継がれ、戦後にも書き足されて、最終的に今我々が知るような形で完結本として出版されたのは、一九四八年になってのことである。

戦前から戦中戦後と、川端は一貫してこの物語とともに生きることができた。そこには、水の流れのような遷移、変容はありえても、国粋主義や軍国主義から、手のひら返しにアメリカ流民主主義へと衣替えをするような断層、断絶は見られない。

だが一方では、『山の音』などは戦後文学の最高峰などと言われ、敗戦の傷の残る世相を反映した作品として称揚されている。戦争によって受けた日本人の傷を、戦後の川端は作品の処々に縫いこんで行ったのである。

一九四五年八月十七日、敗戦から二日後に、川端のほか小林秀雄、高見順などの文学者に看取られて亡くなった島木健作を追悼した川端の有名な文章がある。文人仲間でとりしきった島木の告別式(八月二十三日)で川端が読み、その年の『新潮』十一月号に発表された。その終結部から引く。

——私の生涯は「出発まで」(＊註　島木の遺作となった小説集)もなく、そうしてすでに終ったと、今は感ぜられてならない。古の山河にひとり還ってゆくだけである。私はもう死んだ者として、あわれな日本の美しさのほかのことは、これから一行も書こうとは思わない。(『島木健作追悼』)——

自身を「死んだ者」と規定する川端の心境は、肺結核で没した島木ひとりの死によってのみ、もたらされたものではあるまい。敗戦と軌を一にするかのように身まかった文学仲間の死が、日本人全体の運命に重なり、身をふりしぼるような哀しみとなって噴き溢れたに違いないのである。

日本人の心に影を落とす戦争の傷跡を鋭くとらえ、作品化する感性が、戦争の悲劇の縮図のような「特攻」を、見逃せるわけがない。しかも、生死の分かれ目の現場に身を置き、自らの目で凝視を重ねながら、どうして、そこから離れてなどいられようか……。

「私はもう死んだ者として、あわれな日本の美しさのほかのことは、これから一行も書こうとは思わない。」と悲壮の覚悟を吐く川端の胸中には、特攻で命を散らした若者たちの無言の思いが揺曳していたと信じたい。

私が本書を通して追ってみたいことは、鹿屋での「特攻」体験によって川端が何を見、感じ、それがどう川端文学に影響し、結実したのかを探ることである。

鹿屋での一カ月を入り口にして、そこから改めて川端文学を眺めてみたい。川端文学の「故郷」のひとつとして、鹿屋を復権させてみたくもある。

戦後の川端文学のまごうかたなき原風景のひとつが、鹿屋にあるはずなのだ。川端は川端なりに、川端らしく、彼の流儀で、「特攻」体験を引きずったに違いないのである。

そこを、見極めたい――。

戦後の日本文学を代表する作家・川端康成の胸には、特攻で死んだ若者たちの生命《いのち》の重みが、朝夕に鳴る梵鐘のように、長々と尾を引き、谺《こだま》していたはずなのである。

第二章　私信が語る川端の「特攻」体験

——御元気の御葉書今日拝見。御出立の折思いちがってお目にかかれず残念でした。明朝海軍報道班員として出発する事になりました。急の事で片瀬へ伺う時間もありませんでした。御大事に祈上げます。
——

川端康成が、鹿屋に向けて発つ前日——一九四五年四月二十三日に、知人の石井英之助氏に宛てて綴った書信である。

石井は文藝春秋社の編集者で、同じ会社に勤め、菊池寛の秘書をつとめた佐藤碧子氏の夫である。両者の結婚は一九三八年、川端夫妻の媒酌による。以後、家族同士の親交が続いた。

「急の事」とあるが、海軍報道班員としての派遣が急に決まり、出発準備が慌ただしく進められたことが伝わってくる。

海軍が特攻作戦に報道班員の派遣を決め、川端に白羽の矢を立てるに至った事情は、当時海軍主計大尉だった高戸顕隆氏が戦後に書いた文章によって確認できる（高戸顕隆『海軍主計大尉の太平洋戦争〜私記ソロモン海戦・大本営海軍報道部〜』一九九四　光人社）。

それによれば、海軍では特攻という未曽有の作戦が進行する事態に呼応すべく、四五年の二月になって、報道班員の派遣に向け動き出したという。派遣先としては、フィリピンが想定されていた。

それまでにも海軍では、丹羽文雄、石川達三、山岡荘八、湊邦三らの作家を報道班員に起用し、従軍記を書かせていた。しかし今回は、未曽有の事態に臨むのだからということで、これまでにない大物作家の起用が望まれた。

高戸は、『台湾公論』という雑誌の東京支社長をつとめ、海軍にも出入りの多かった吉川誠一氏に相談し、具体的人選に入った。

吉川はまず、文壇大御所の志賀直哉を訪ねた。だが、志賀自身は高齢のために無理であると固辞したため、ならば横光利一か川端康成はどうかともちかけたところ、志賀は「横光さんは大きくか小さく書くでしょう。川端さんなら正しく書くでしょう」と意見を述べた。

結局、志賀直哉の推薦を受けたようなかたちで、吉川が鎌倉の川端邸を訪ねたのは、四月十日頃であった。

川端は自宅の庭に防空壕をつくる作業をしていたという。防空壕を掘るくらいだから、体力的には大丈夫と、吉川は判断した。

吉川は高戸から聞かされた報道班員派遣の意義を説いたが、ちょっと不思議なのは、ともかくも歴史的壮挙の現場を見てほしいのであって、従軍記は書いてくれればなおよいが、必ずしも書かなくてもよいと、言い添えたことである。

川端は、「場合によっては、原稿は書かなくてもいいんですね」と念押しをした上で、二、三日考えて返事をするとした。

結局、川端は同意し、初めて報道班員の仕事につくことになった。この頃には、当初の派遣先だったフィリピンへの計画が、戦局の変化に伴い、鹿屋の航空基地に変更になっていた。

四月二十三日、川端は東京・霞が関にあった海軍省に出頭した。ともに鹿屋派遣が決まった新田潤、山岡荘八も一緒だった。山岡の言によれば、「鶴のようにやせた川端さんが痛々しい感じであった」（「最後の従軍」朝日新聞一九六二年八月六日）とある。

三作家を前に、高戸は次のように語った。

「みなさんはこの戦いをよく見て下さい。そして今、ただちに書きたくなければ書かないでよろしい。いつの日か三十年たってでも、あるいは五十年たってでも、この戦さの実体を、日本の戦いを、若い人々の戦いを書いて頂きたい……」

高戸のこの言葉は、先に引用した『敗戦のころ』で川端が述べた、「今急になにも書かなくていいから、後々のために特攻隊をとにかく見ておいてほしい、という依頼だった。」という文言と符合する。歴史的使命を負わされて、川端は旅立つことになった。

もうひとつ、出立前日の川端の様子を伝える記録がある。鎌倉の文人仲間だった高見順の日記である。


——久米、川端、中山、私とで貸本屋の相談。

久米さんのお酒を川端家の御馳走で飲む。川端さんは急に明朝基地へ出発と決定、期せずして壮行会となる。——

（『高見順日記』一九四五年四月二十三日より）


海軍省への呼び出しに応じた後、慌ただしく鎌倉に戻った川端は、鎌倉在住の作家たちが蔵書をもちより開くことになった貸本屋、「鎌倉文庫」の相談をする席に出ている。

高見順日記の続きによれば、この日、久米正雄、中山義秀、高見順と会合した川端は、彼らを引き連れて貸本屋の候補となる店を訪ね、主人から使用の承諾を得た。貸店舗の家賃の扱いは、川端夫人に任せることになり、このところ川端が積極的にとりくんできた鎌倉文庫の開業について、何とか出立前に目途をつけることができたのだった。

かくて翌朝、四月二十四日の午前中に、川端は厚木の飛行場に赴いた。一度は離陸したものの、米軍による攻撃に遭遇する可能性があるとのことで引き返し、午後になって再び離陸した。

鹿屋到着のこの日のことは、先にも引用した山岡荘八の回想によって詳しく知ることができる。一九六二年八月六日から十日にかけ、五回にわたって朝日新聞に連載した「最後の従軍」である。敗戦から十七年後の文章ではあるが、山岡は当時書き残した日記を参照しながら書いているので、信憑性は高い。少し引用する。

――われわれを乗せたダグラス機は午前十一時に厚木を一度飛立って、伊豆半島の上をぐるぐる回って引返している。地上には遅咲きの八重桜をちりばめた濃紫の土と、あざやかな菜の花の黄と、しまをなした麦の緑などが、気の遠くなりそうな爛春《らんしゅん》の景色を展開して見せてくれたのだが、もうそのころには国内の空の自由はなかったらしい。午後一時、二度目に飛立って、ようやく鹿屋に着くと、そこは完全な戦場だった。格納庫という格納庫には落弾や掃射のあとがあり、滑走路を除いてほとんど飛行場は穴だらけであった。

定期便と呼ばれる朝夕の敵機に備えて、周辺にはアリのように人が動いて壕《ごう》掘りをやっている。それらはたいてい年取った召集兵か予科練の無邪気な子供たちであった。

私たちは息のつまる思いで、深い壕内へ案内されて配属を決められた。第五航空艦隊（司令長官宇垣纏中将）付。そして敵機を迎え討つ戦闘機隊の雷電部隊か、さもなくば飛行場の西南、野里村にある「神雷部隊」に行くようにといわれた。――


結局、川端ら三人は、「神雷部隊」に配属される。「桜花」という、特攻用に開発された重量爆弾付き有人ロケットを、「一式陸攻」と呼ばれた攻撃機に搭載した飛行部隊であったが、これについての詳細は後述することにして、しばらくは川端の行動に焦点をあてて追いたい。

鹿屋からの初の家族宛てになる書信を、川端は二十八日になって出している。鹿屋航空基地気付で、軍事郵便にて送られたものだが、文末に「26」との数字が書かれているので、到着から二日後の二十六日に書かれたものらしい。鎌倉で留守宅を預かる秀子夫人への報告と依願である。


――安着、安眠、安全。

送る物。蠟燭。鞄（写真機を入れていた）、小型電池、飛行機の写真（報道部から貰って来た、机の上にある。）小磁石。

鎌倉文庫へよろしく。文庫へお願いの事。当地の隊読み物殆ど全くなく、特攻隊員も読み物を熱望している。食べる物より心の糧の書物が欲しいとの事。文庫から然るべき本三四十冊でも寄贈して貰えまいか。報道部吉川氏にでも相談して厚木の航空隊から送って貰えると好都合。26

秀子様　康成　――

文中に出てくる「鎌倉文庫」について、今一度、説明をしておくと、戦争による物資の欠乏に伴う出版事情の悪化を見越して、鎌倉文士たちが自主的に始めた貸本屋のことで、川端は久米正雄とともに発案者であった。高見順や中山義秀、小林秀雄、里見弴その他、多くの作家たちが参加している。

出立前日にようやく店舗が決まり、緒についたばかりではあったが、その鎌倉文庫の本を三、四十冊ほども鹿屋に送ってほしいと、川端は夫人に頼んだのである。

鹿屋に来てわかったことは、人生の最期を迎えるその日まで、読書を望む特攻隊員たちがいることであった。そして、特攻隊員たちが読む本は、絶対数が不足していた。食べ物以上に、「心の糧」を彼らが欲していることを知った川端は、早速に、特攻隊員のための書物を所望したのである。

川端に迅速な行動をとらせたのは、それが、自分でも彼らのためにできるせめてものことと認識されたからだったろう。隊員たちに残された時間は限られていることを知っていたので、とるものもとりあえず、夫人に助けを求めたと思われる。

なお、これに呼応する記事が、同年五月三十一日の朝日新聞に出ている。「嬉しい転手古舞（＊註てんてこまい）」と題した高見順の筆になる小文で、時勢柄、店を閉じる商業者が多いなか、書物に餓えた人々で鎌倉文庫が大繁盛であることを嬉しげに述べた後、高見は文章を次のように結んでいる。

――隣で、久米さんが特攻隊に贈る本を選んでいる。報道班員として基地に行っている川端康成氏から、隊員のために本を送ってほしいと言って来たのだ。――

この記事が出た一週間前の二十四日には、川端は鎌倉の家に戻っているので、高見の文章が実際に書かれたのは、おそらくは五月初旬、掲載よりだいぶ前のことになるだろう。

五月二日、川端は再び家族に宛てて書信を出している。娘（養女）の政子宛てに出され、鹿屋市中《なか》名 上谷《みょうかみだに》海軍水交社気付で送られている。

――政子様
時限爆弾は愛嬌者です。お父さま達は危い事ありません。
一昨日は隊にいて防空壕の内で特攻隊の士官からお菓子をいろいろ貰いました。特攻隊の隊員も義彦さんや潤太郎さんのような人達です。皆元気で敵艦を沈めに飛立って行きます。お父様も元気です。
立つ時は見送りありがとう。学校の行き帰り気をつけて下さい。厚木で空襲になり出発は午後におくれましたがいい飛行日和でした。
学校は休みの日が多くても女学生ですから勉強を怠ってはなりません。お母様はお父様の事を心配していてごきげんの悪い時もあるかもしれませんから大事にしてあげて下さい。　五月二日――

「時限爆弾」とあるのは、米軍による鹿屋基地への連日の空爆で投下され、一定時間の後に爆発するように仕掛けられた爆弾のことをいう。最も長いものだと七十二時間後に爆発するものもあった。爆弾の処理にあたる兵士たちを手こずらせたが、川端は女学生の娘宛てだからか、「時限爆弾は愛嬌者」などと、軽口をたたいている。

不発弾の処理は夜間は対応が不可能なので、鹿屋基地の夜は、時折、しじまを裂くように未処理の「時限爆弾」が爆発する。思わぬ時に思わぬ所でボンと爆発するが、大したことはないと、身の安全をユーモラスに語ったものであったろうか。

ここで注目すべきは、川端が一昨日は隊にいたと述べていることである。米軍による空襲の折、特攻隊員らと同じ防空壕に避難したが、そこで隊員から配給のお菓子をいろいろもらったとも述べている。

これは、防空壕という密室空間のなかで、特攻隊員たちとの人間的な直接の触れ合いがあったことを窺わせる。そこで川端は、彼ら特攻隊員たちも、軍務についている時以外は、ごく普通の若者らしい顔を見せることを知る。彼らは、鎌倉の家族が親しく交わる青年たちと変わるところのない、温かみをもった人たちだったのである。

そういう若者たちが、ひとたび出撃命令が出れば機上の人となり、「敵艦を沈めに」飛び立って行く。娘への手紙では、そこで筆を止めているが、出撃は即ち、彼らの死に直結している。淡々と述べられてはいるが、生と死の落差は、あまりにも大きいと言わざるをえない。

この日の娘宛ての手紙は、そのまま妻の秀子への書信に続いている。

――深田さんに九州地方の地図借りられたら借りて置いてほしい。二十万部の一（＊註 二十万分の一の地図）最もよろし。飛行便のついでなければ送るに及ばず。これだけのために報道部を煩わす事もなし。家において下さい。

大船歯医者さんに詫びに行って下さい。月半過ぎには兎に角一度帰るつもり。羽田磯沼両家によろしく。

安全、不自由なし。義彦さんの居所など到底分らず。
隊に三晩泊った。気をつけて壕に入れ。
八郎君の子供の名前今夜でも考える。

二日　　　　　　　　　　　　　　　康成

秀子様　――

「隊に三晩泊った」とあるのは、娘への書信のなかの「一昨日は隊にいて」と符牒を合わせる。五月二日の書信が、鹿屋市中名上谷海軍水交社気付で出されているのは、隊での三連泊を終え、本来の宿舎である水交社に戻ったからだと思われる。海軍倶楽部《クラブ》として幹部関係者たちが利用した水交社は、鹿屋では中名上谷にある高級旅館の水泉閣があてがわれていた。

川端はそこを定宿としつつ、必要に応じて隊でも寝泊まりを重ねたらしい。

五月七日には、鎌倉の秀子夫人に宛てて速達葉書を出している。

――八郎君の子供の名前おくれて間に合わぬだろうが、
男ならば　元春《モトハル》
女ならば　元子《モトコ》　　で如何。
○

安全、健康、太って来た。要用あれば報道部へ連絡頼むこと。早寝の事。こちら何の不自由もなし。
――

二日付の書信の最後にも、「八郎君の子供の名前今夜でも考える」とあった。

ようやく考えたものの、だいぶ時間が経過してしまった。間に合わないかもしれないと危惧しながら、川端は速達を送った。

鹿屋航空基地気付の軍事郵便でもなく、海軍施設の水交社気付でもなく、この葉書は、一般郵便として出されている。私的な内容だったためか、速達で送ればその方が早く着くと考えたからであったろうか……。

いずれにしても、川端は特攻基地に滞在し、若者たちが次々と死に向けて飛び立って行くのを涙とともに見送りながら、一方では、生まれてくる赤ん坊の名前を考えなければならなかった。浮世のしがらみには違いないが、失われる命と生まれてくる命との両方を、ともに抱えた川端だったのである。

一カ月の鹿屋滞在中、現地から家族宛てに出された便りは、これが最後となる。家族だけでなく、特攻基地から川端が外に向けて発信したものは、現存するものとしては、以上の記録があるばかりである。

それにしても、家族への便りであるから、心配をかけぬよう安全や健康を強調するのは理屈として理解できるとはいえ、「太って来た」とか「何の不自由もなし」といった文面を見ると、これもまた、生きている者、生活する者としての川端の一面が、飾り気もなく現れていることに驚かされる。

先の娘宛ての書信に「時限爆弾は愛嬌者」と書くような姿勢と合わせ見ると、平然を装ったハイトーンとでもいうか、どこか力《りき》みぶりが目立つように感じられるが、ひたすら死を積みあげてゆく「死の工場」のような現場に放りこまれた川端の、何がしかの抵抗であり、基地を蔽うシステムに同調しまいとする力瘤であったのかもしれない。

周囲の現実が、受け入れることの容易でない苛酷さを呈する分、家族への私信では、ことさらに別の顔を見せようと努めたのであろう。

その意味では、この後、川端の私信が途絶えてしまうのは、もはや特攻基地のシステムに抵抗などかなわず、身動きがとれぬほどにどっぷりとつかることになったからであろうか。

鹿屋到着から最後の私信（五月七日付）までがちょうど十四日、二週間。その後、鎌倉の家に帰着するまでの十七日間、川端は何を見、何を考えていたのだろうか。身の安全や健康などを家族に報告することすらできぬほどに、自身の思いに沈んで行き、憔悴を重ねることになったのだろうか……?

川端夫人・秀子氏の著書『川端康成とともに』（一九八三　新潮社）によれば、実は川端には、「3号報道班　川端　焼却の事」と表紙の裏に書かれた、鹿屋でつけていたメモ帳があるという。

焼却はされずに、今も遺族の手に残されているようだが、「九十ページほどびっしりと書きこまれていまして、主人が鹿屋で何を考えていたのかということがわかりそうです。わかりそうです、と申しますのは読み解きが大変だからで、おいおい何とか読み解いてみたいとは思っております」とあって、川端の字に慣れた夫人の目をもってしても、判読の難しい筆致であることが伝えられている。

川端の「特攻」体験を考えるに、最も重要な資料が未公開なままであるのは惜しい限りだが、ある意味、判読不能なほどに字が乱れているというのも、鹿屋での川端の、常ならぬ混乱や狼狽、疲弊を物語っているといえよう。

第三章　記録、証言に見る報道班員・川端康成

鹿屋基地での川端を伝える記録や証言はないだろうか——。

肝心の特攻隊員たちは、海軍省が送りこんできたこの不慣れな報道班員を、どのような目で眺めていたのだろう。

特攻隊員たちは出撃によって散華することを基本としているので、多くの隊員たちの声は残りようもなかった。しかし、わずかに生き残った元隊員たちの記憶のなかから、川端のイメージを追うことはできる。

海軍神雷部隊戦友会がまとめた『海軍神雷部隊』という本がある（一九九六　非売品）。神雷部隊の生存者によって綴られたこの書は、膨大な戦死者名簿から始まる悲劇の記録であるが、「追悼賦」の章の「エピソード」と題された文中に、川端らの報道班が登場するくだりがある。


——山岡荘八・川端康成の両氏は四月末から終戦まで、ずっと桜花隊と一緒に生活し、神雷部隊とは最も馴染みの深い作家である。

山岡はセッセと隊員の間を歩き回って話しかけ、このようなとき誰はどこで何をしているか、戦友仲間よりもよく知っていた。出撃予定者が整列に遅れて関係者が慌てたとき、その隊員固有の瞑想場所に

飛んでいって、居眠りをしている隊員を起こして間に合わせたのは、いつも山岡である。（中略）川端は山岡のように隊員と付き合うことはしなかったが、顔を伏せ、あの深渕のような金壺眼《かなつぼまなこ》の奥から、いつもじっと隊員の挙措《きょそ》を見つめていた。終戦時、川端は彼の信奉者だった鳥居達也候補生（要務士）に「生と死の狭間《はざま》でゆれた特攻隊員の心のきらめきを、いつか必ず私は書きます」と約した。

だが、川端が《（ママ）》特攻隊（＊註「に」脱字）ついて一字も書いていない。専ら女性の悲しみ（＊「を」脱字）描いてノーベル賞を受賞した。

野里において、まなこの奥底からじっと観察していた文豪の筆をもってしても、如何ともなし得なかったのであろう。――

戦後五十一年がたった一九九六年に、生き残り隊員たちの回想を軸にまとめられた文書なので、正確でない点もある。川端の鹿屋滞在期間について、始まりを四月末からとしているのは正しいが、終戦までずっといたというのは、明らかな記憶違いだ。これまで見た通り、五月二十四日には、川端は鎌倉の自宅に帰りついており、その後、再び鹿屋に向かうことはなかった。

山岡荘八は川端が去って以降も残ったが、沖縄戦での日本の敗北が決定的になったので、六月下旬には鹿屋を去っている。

川端に関する記述で最大の誤謬は、彼が戦後、特攻隊について何も書いていないとした点である。詳しくは後述するが、一九四六年七月に、川端は鹿屋での体験をもとにした『生命《いのち》の樹』という短編小説を発表しており、特攻隊の若者たちを登場させている。

さらに、一九五〇年から五一年にかけて書いた長編小説『虹いくたび』でも、特攻隊で戦死した若者との愛の記憶に戦後も苦しみもがく女性をヒロインに設定しており、やはり鹿屋での体験を色濃く反映させた作品となっている。

特攻について「一字も書かない」ままノーベル賞を受賞した、というような表現には底意地の悪さを感じもするが、本来は特攻で死を決意したにもかかわらず、運命のいたずらで生き残った人の手になる文章なので、心理的に複雑な影を抱えることになったものだろう。

そういう、部分的には明らかな事実誤認や思いこみによる誇張が見られるにしても、この文章が描いた山岡と川端の対比は何とも鮮やかで、リアリティがある。積極的に隊員たちと交わった山岡に比べ、川端は脇からじっと無言の観察を続けている。山岡が「動」の人なら、川端は徹底して「静」の人であった。

引用の文章は、「エピソード」の終わりに「文責　林」とあるところから、実際の書き手は林冨士夫氏であったかと思われる。

一九四二年に海軍兵学校を首席で卒業、海軍大尉として神雷部隊に所属、四五年一月から鹿屋航空基地に赴任した。二十三歳という若さながら、上司の信頼を得て、出撃する隊員を選び出す任にあたった。林は、二〇〇四年頃に行われた東海大学の鳥飼行博氏による電話取材に対し、川端の印象を次のように語ったという。

「背が小さくてやせ、スポーツ選手でもないのに色黒だった。無口。じっと隊員を上目遣いで観察するように見つめていました。とても、こちらから話しかける気分にはなれなかった」（WEB版　鳥飼行博研究室『特攻兵器「回天」「桜花」「震洋」』より）――。

ここでも、川端の「静」が証言されている。

なお、林冨士夫元大尉は二〇一四年に製作されたドキュメンタリー映画『人間爆弾「桜花」～特攻を命じた兵士の遺言～』（澤田正道監督）の主人公でもある。この映画のなかで林は、「（出撃隊員を選別し）お前さんを殺すぞと言った後は、草むらに身を潜めて泣きました」との証言を残している。

元来、桜花第一志願兵であった林は、出撃による自死の運命を覚悟していたわけだが、同僚たちを特攻要員に選抜し送り出すという任務にあたることになり、人には見せられぬつらさを心の内に重ねながら、終戦まで生きのびた。二〇一五年に、九十三歳で他界している。

元特攻隊員による証言のなかで、川端について最も多くを語ったのは、元少尉の杉山幸照氏である。中央大学法学部から海軍予備学生となり、一九四五年三月から鹿屋基地に配属となった。多くの特攻隊員たちと起居を共にし、自身もいずれは他の特攻隊員たちと同じく散華する運命にあったとされるが、五月に帰隊命令が出て、もといた茨城県の谷田部航空隊へ移り、終戦を迎える。

鹿屋での体験と思い出を綴った著書『海の歌声～神風特別攻撃隊昭和隊への挽歌～』（一九七二　行政通信社）には、特攻隊員として出撃し散華するしかなかった同僚の若者たちの無念さが溢れているが、このなかに、「『寂』を語らず─川端康成さんの思い出─」という節があり、川端との個人的な縁が述べられている。少し長くなるが、重要な証言となるので、引用する。

──本隊よりの指令で一時帰隊することになった私は、そのとき生きている自分をあらためてしみじみとみなおしたものであった。毎日死ぬ思いの連続であった自分が、谷田部空にもどれることなど一度

も想像したことがなかっただけに、狐につままれたようであった。（中略）

夕食のとき、私は連中と別れることが無性に淋しく、同じ卓につかなかった。食堂はもう「脱」（＊註　基地から街へ外出すること）の者が多く、まじめに食事している友はいなかった。ちょうど顔なじみになった報道班員の川端康成さんがまずそうに食事をしているところだった。

「川端さん、いろいろとお世話になりました……。命令で明朝一時帰隊します。またすぐやってきます。お達者で……」

こっそり小声で伝えると、彼は突然箸をふるわせて私をじっと見すえた。皺の多い、痩せた顔を心なしか赤くし、顔に似合わぬ大きな目玉をむいて、

「自分も急用があり、身体の具合も悪いので、ちょっと帰りたいのだが、飛行機の都合がつかないので困っている」

と言う。

「それでは一緒にどうですか？」

と言うと、彼は食事も途中でやめて司令部へ交渉に出かけた。私はおわかれのお世辞のつもりで言ったので、司令部で簡単に断わられるものと思っていた。報道班員の頼みをいちいち聞く軍隊ではない。彼らは士官待遇ではあったが、あくまでも民間人である。

私はその夜、どこに寝ようかなと考えながら、特攻隊員たちと盃を交わした。（中略）

ちょうどそのとき、川端さんが駆けこんできた。私は驚いて彼を外へ連れ出した。ここでしゃべられては大変である。彼は廊下に出ると息せききって、

「ご一緒できます。よろしく頼みます」

と言う。お世辞から駒が出て、二人は一緒に帰ることになった。（中略）

翌朝鹿屋基地を飛びたった飛行機は、鈴鹿空（＊註　鈴鹿の海軍航空基地）へ燃料補給のためいったん降りた。腹がへったので、燃料をいれている間に昼食をすることにし士官食堂にはいった。痩せて小さい彼は、飛行機で酔ったのか、顔面蒼白でトボトボとやっと歩く態であり「こりゃ、いかん」と思いながら、ライスカレーをふたつ注文した。前に腰をおろした彼をみると、やっと坐っているようで私は不安を感じた。

「大丈夫？　ライスカレーを頼んだがいいでしょう？」

彼はうなずいたが、下を向き苦しそうであった。格納庫のようなその士官食堂は、コンクリートの床の臭いでよけい苦しかったようだ。なかなか持ってこない飯を私は催促した。やがて運ばれてきたライスカレーの皿に黄色い沢庵がふた切れのっていた。その色はなんとも印象的であった。

彼はしょぼしょぼしながら、きれいにカレーをたいらげ、だいぶ元気をとりもどして雑談になった。「特攻の非人間性」については一段と声を落として語り合った。

私が予備学生であるのを知って安心して喋るのである。話しているうちに、私を民間人と錯覚して、熱がこもってくるのだった。――

特攻基地での川端の憔悴しきった様子が、ありありと伝わってくる。

隊員たちと積極的に交わり、彼らの無私無欲の心映えに、ある種の神々しささえ覚えてのめりこんで行った山岡荘八に対し、川端はその志や自己犠牲を尊く思う気持ちはあっても、それ一辺倒で押し通すには無理を覚え、二の足を踏むことになったようだ。苦渋が蓄積し、孤独を深めたことが見てとれる。

鹿屋を離れてから、川端は「特攻の非人間性」を大いに批判したというが、報道班員として鹿屋に留まる限り、期待されている言葉を吐かねばならない時もあった。

この年の六月一日、朝日新聞に載った「霹靂の如き一瞬、敵艦ただ死のみ・川端康成氏〝神雷兵器〟語る」の記事における川端の弁は、その種の代表的なものだろう。

神雷部隊による「桜花」機を使った作戦は、既に三月二十一日から漸次行われていたが、軍は機密保持のために徹底して箝口令を敷いた。六月一日になって、ようやく「桜花」は公にしてよいこととなり、早速に川端のインタビュー記事が載ったのである。

実際には五月二十四日には川端は鹿屋を離れていたので、朝日新聞の記者による取材は、それ以前に行われたかと思われる。

記事のあらましを引こう。

――「神雷こそは実に恐るべき武器だ、この新鋭武器が前線に来た時、わが精鋭は勇気百倍した、これさえあれば沖縄周辺の敵艦船群はすべて海の藻屑としてくれるぞ！　神雷特別攻撃隊の意気は今天を衝いている」生々しい現地の報告を齎《もたら》す人は作家として海軍報道班員として南西基地に従軍、数日前帰還したばかりの川端康成氏だ。眼のあたり見た神雷の凄絶さをつぎのように語った。「親飛行機の胴体に抱かれて行く、いわば子飛行機のこの神雷兵器は小さな飛行機の型をしていて色彩も優雅で全く可愛い、ところが敵艦発見と同時に猛然と親の懐を離れて神雷兵器は一瞬にして凄《すさま》じい威力を持つ特攻兵器となる、ロケット推進によっておよそ人間の身体が耐え得る極限に近いといわれる快速力をもってわが特攻勇士の操縦の下に全く稲妻のごとく敵艦に襲いかかり、強力な炸薬量をもって必ず轟沈させてしま

う（中略）
したがって敵がこの神雷を恐れることは非常なものだ、身の毛もよだつといっているというが、その通りだろう、神雷さえ十分に威力を発揮できたらすべての敵艦はことごとく葬り去られ神風の再現ができる（中略）
親飛行機と戦闘機の増産、これが今神雷に一番大切なことだ、これさえできれば神雷は数百数千の稲妻のごとく敵艦に殺到してすべてを沈め去るであろう、飛行機を作れ、飛行機を作れ、神雷による勝機は今眼前にある、必勝を信じて神雷にまたがり、淡々と出撃する勇士等に恥ずかしくない心をもって生産戦に戦い抜こう、爆撃に断じて屈するな、私は心からこうお伝えしたい」――

実際には、ここに引用した一・五倍ほどの分量になるのだが、軍のプロパガンダをオウムのように繰り返すばかりで、勢いだけが空回りした虚しい言葉が続く。時にアジテーション調となる妙に力の入った物言いは、少しも川端らしくないが、知名度の高い作家に軍が期待したのは、このようなことだったのだろう。

軍の必死の奮闘を伝え、それを受けて、国民の気を引き締め、銃後の守りの覚悟をいっそう堅いものにさせる――現場と国民とをつなぐ報道班員の使命を、期待通りに尽くした発言となっている。

もちろん、そこには、軍と報道班員の作家だけでなく、メディアも大きな役割を果たす。川端が既に鹿屋を去っているにもかかわらず、そのネームヴァリューを最大限に利用しながら、国民総動員的な戦意高揚を煽り立てるのである。

一向に川端らしくない言葉の、一体どこまでが実際に本人が述べたものであるかという問題は別として、このように現れた記事の虚しさを最もよく知っていたのは、当の川端本人であったろう。

鹿屋を離れて、声を落としながらも熱っぽく口にしたという特攻批判と、新聞に載った「桜花」礼賛と、その落差はあまりにも大きい。個人として抱えることになったその落差、隔絶そのものに、川端は疲弊し、憔悴したに違いない。

鹿屋を発ち鈴鹿の航空基地に立ち寄った時の川端の、顔面蒼白で歩くのもやっとという憔悴ぶりを、杉山は乗り物酔いのように書いているが、決してそればかりではあるまい。鹿屋で溜めこんできた矛盾や言うに言えない苦渋の澱が、いよいよ拭いがたくなって、悲鳴をあげていたのである。

それにしても、士官食堂で杉山が注文したカレーライスを、川端がぺろりと平らげるくだりは、ひとりの人間の記録として、圧巻の印象を受ける。

死の淵にいる特攻隊員たちとともに日々を重ねるなかで、いつしか川端自身も死の淵の闇に迷いこんでしまったのだろう。カレーライスにむしゃぶりつく川端には、今ようやくにして陽の当たる世界に戻ってきたという、生命《いのち》の鼓動が聞こえてくる。まぎれもなく生還を果たした者の姿がそこにある。


杉山の文章には、リアリティと同時に、わずかながら川端に対する「棘」が感じられる。

一緒の飛行機で帰還してはと提案したのも、ほんの「お世辞のつもり」からだったと述べるあたりに端的に表れているのだが、実は、この著書を書いた一九七二年の時点で、杉山の胸には川端に対する反発があった。

それはひと言で言うなら、あれほど特攻隊員たちの悲劇を目の当たりにしながら、その体験を作品に書いてくれないと思いこんだ不満であった。
引用個所の続きを今少し引く。

——彼と私は、それ以来二度と会うことはなかった。戦争が終わると面会すらできぬ、手の届かない遠いところの人になってしまい、ノーベル賞など貰ってますます有名になり、国際的な作家になってしまった。すっかり会う機会は閉ざされてしまったのである。

いまでもライスカレーを食べるとき、その上にのっていたあざやかな沢庵のきれはしと川端さんを想い出すのである。

かつての二、三の報道班員の人たちが戦後、鹿屋特攻基地を舞台に特攻隊の姿を紹介したことがあるが、それはまったく、大まかな観察である。しかし彼ら特攻隊のことを「信じられない気持」と評して彼らの霊をなぐさめ、ほめたたえてくれた。それだけで私はうれしく秘かに感謝したものである。しかしそれは、うわべの百分の一であり、隊員の心情に関してはなんら摑むところがない。私の読み方が悪いのか、私が身をもって知りすぎていたためか……。

私は川端さんがなにか書くのを長い間待った。きっと書くと思っていた。

そのときは自分の持っているすべての資料を提供して、死んだ戦友のために、りっぱな特攻隊のことを書いて、後世に遺してもらおうと思った。しかし彼は、特攻隊に関してはいっさい黙して語らない。「寂」である。——

ここまで読むと、杉山が川端のことを書いたくだりに、何故「『寂』を語らず」というタイトルを付したか、理解することができる。

川端は特攻隊について何も書かない、書こうとしないという、期待の裏切られたような無念がまとわりついている。これは、先に見た『海軍神雷部隊』の記述と同調しており、特攻隊の生き残りの人たちの間に、いつしかひろまってしまった風説のようである。

しかも両者ともに、ノーベル文学賞受賞をことさらにもちだしており、肝心の「特攻」体験から逃げ続けながら、文豪ともてはやされ、ノーベル賞まで受賞したと、そのような思考回路をたどったように思われる。

だが、これが誤った事実認識による思いこみであるのは明らかで、『生命の樹』(一九四六)、そして『虹いくたび』(一九五〇～五一)という鹿屋での「特攻」体験から綴った作品があることを、彼らは見逃していたのである。

杉山が一九七九年に綴った文章では、川端への反発はより露わになり、隊にいた時からよい感情をもっていなかったと告白するに至る(『別冊1億人の昭和史　特別攻撃隊　日本の戦史別巻4　『悪夢の墓標』)。

それは、特攻隊員に接する時とは違い、川端が上官の前では笑みをまじえて特攻を賛美する様子を目撃したことからくる嫌悪感で、「彼ほど小心で卑屈な人間を見たことがない」とか、「偉大な作家であっただけに、その狡猾な言動を快くは感じていなかった」などと、手厳しい批判を加えている。相手の上下によって態度を改める川端に対し、他の特攻隊員たちも不信を抱いていたとまで、杉山は述べた。

例の朝日新聞に載ったプロパガンダ記事でのインタビューを内側から確認させられるような述懐であるが、情け容赦のない非難は、あまりにも強すぎた期待感の裏返しのようにも見える。戦中の隊での話を述べる際にも、川端の印象は、戦後の「無視」されたという思いこみによって、イメージが増幅されているように感じる。

先にあげた『海の歌声』の引用文において、杉山が執筆時（一九七二）の感想として綴った、「二、三の報道班員たち」が戦後に書いた鹿屋特攻隊についての文章が、「うわべの百分の一」だけの「大まかな観察」にすぎず、「隊員の心情に関してはなんら摑むところがない」と言っているのは、おそらく山岡荘八の書いた「最後の従軍」（一九六二）を意識してのことであろう。

特攻隊員たちと積極的に交わり、その最後の日々のすがすがしさ（「ウソのない世界」と山岡は書いた）に感動して、川端が離れた後も一カ月近くを鹿屋にとどまった山岡なのだが、特攻隊員たちの魂に捧げるように綴った山岡の文章に対し、杉山はうわべだけとの審判を下しているのである。死を前にした特攻隊員たちの心情は、賛美の対象となるような単純なものではないと言いたかったに違いない。

特攻隊のことを忘れずとりあげてくれること自体には感謝しつつも、山岡の文章には深さを感じず、陰影が充分に描きされていないと感じた杉山が、この人ならばと期待を募らせたのが、川端康成だったのである。

特攻隊の生き残りの人たちにとって、戦後日本における人生の歩みが苦難の多いものであったことは想像に難くない。身のまわりの多くの命が犠牲となったなか、運命の悪戯のように自分だけが生き残ってしまったという負い目があるのに加え、社会の変貌によって、かつては「英霊」「軍神」などともてはやされたものが、ひどい場合には「戦犯」と後ろ指をさされる価値観の大転換にも曝されることになった。

そういう自身の身の置きどころのなさが、川端への期待にふくらんで行ったのだろう。川端ならば書いてくれる、自分らの心の襞《ひだ》をあたたかく包みこみ、秘めた思いを洗いざらい、すべてをその麗筆が描ききってくれると、そう信じたのであろう。いつかは、いつかはという思いで……。

思いがふくらみ、しかし一向に川端の「特攻」作品はできあがってこないというジレンマが、杉山の文章には沸騰しそうなほどに煮立っている。


杉山幸照には、もうひとつ、謎のような著書がある。『ノンフィクション小説　恋そして』（一九八八紀尾井書房）――。

主人公の徹は特攻隊員で、杉山本人の半生も投影されているかと思われるが、この「小説」の第七章「終戦」に、報道班員の川端康成が実名で登場する。短い場面なので、以下、川端の登場シーンをまるまる引用する。


――鹿屋《かのや》航空隊での徹の足の負傷は、軽傷ではなく搭乗は以後見合わされた。

懇意になった報道班員達と、酒を酌《く》み交わす夜が続き、徹は己の不運を嘆いた。同じ、報道班員として来ていた作家の川端康成が、徹の傍に来て言った。

「助かったことは、幸運なのです。喜ばなければいけません。そんなに荒れてては駄目です」

「あんた達には解りませんよ。放っといて下さい。あんなに、内心は死にたくなかったのに、助かると今度は恥ずかしくて腹が立つなんて可笑《おか》しな話だ」

「だんだん予備学生も洗脳《せんのう》されて来たのですよ。元気を出しなさい」

「先生は、特攻隊を取材して納得がいきますか？」

「大きな声では話せません」

彼は目をぎょろぎょろさせて笑った。

酒が進むにつれ、漂流した海の上で思った英子の面影が、忽然《こつぜん》と湧《わ》き出て来た。生きている証拠である。

「自分は、死ぬ間際は、天皇陛下か両親の事を思うものだとばかり考えていましたが、恥ずかしい話、好きだった女の顔が浮かんで来ました。全く情けない……」

「一番その女《ひと》が気になっていたんでしょう。そんなもんらしい」

「お袋に反対された位で、諦《あきら》めてしまった。殆ど今迄、思い出さずに来れたのに、これで人生終わりだと思ったら、彼女が目に浮かび出して、〝死なないで〟と呼ぶんです。本当に、耳に聞こえて来たんです。変な話をしてしまった。早く忘れなければ」

「忘れる必要はないでしょう。人間なのです。当たり前です」

薄暗い士官食堂の隅で、徹は、いつまでも飲んでいた。——


この小説は、『海の歌声〜神風特別攻撃隊昭和隊への挽歌〜』から十六年がたった一九八八年に出版された本であるが、ここで登場した川端康成が、果たして事実として鹿屋基地でもこのように語ることがあったのか、それとも戦後四十三年を経た杉山の想念のなかでの川端像なのか、判然としない。「ノンフィクション」と銘打たれてはいても、「小説」に登場した川端の言葉をそのまま事実であるとするのは無理があるだろう。

ただ、注目したいことは、ここに描かれた川端の印象が、不満や反発に満ちていた『海の歌声』や『別冊1億人の昭和史』とは、およそ趣を異にする点である。どこか、天界から降りてきて語るような印象がある。しかも極めてメンター然としている。

挫折した特攻隊員に愛する女性のことを忘れる必要はないと説き、「人間なのです」と言い放つ川端は、まるで若者たちの胸の内の苦悩をすべて見通し、やさしく励ます永遠の人生の師のようだ。

おそらくはこの間、杉山は川端の『生命《いのち》の樹』を読んだのだろう。『虹いくたび』も目にしたのかもしれない。川端が鹿屋を忘れず、鹿屋での日々が、川端文学にも間違いなく影響していることを知って、川端への認識を改めたものかと思われる。

これまで、川端と杉山の関係が論じられる際には、杉山が『生命の樹』を読んでいなかったであろうとし、また読んでもそれをどう評価したかは不明だとする意見が常であった。しかしこれは、『ノンフィクション小説　恋そして』を見逃した結果であろう。『海の歌声』に見られた声高な非難にもかかわらず、実のところ、川端と杉山は、特攻を見る視点にかなり近いところがあるように思うのだが、これについては、後に『生命の樹』を詳述する際に、改めてきちんと見ることとしよう。


海軍神雷部隊戦友会がまとめた『海軍神雷部隊』が伝える川端康成のエピソードには、見落としてはならない大事な証言が含まれていた。

「終戦」時、川端が鳥居達也要務士に対し、「生と死の狭間《はざま》でゆれた特攻隊員の心のきらめきを、いつか必ず私は書きます」と約したというのである。

これは、川端が「特攻」体験をいつかは執筆することを宣言し、かつ基地の人間に約束をした、唯一の証言となるものである。川端が鹿屋を離れたのは五月二十四日であるから、「終戦」とあるのは明らかな記憶違いであるにせよ、鹿屋を離れるにあたって実際に川端が言い残した言葉であると見てよいだろう。

ここで肝心なことは、川端が「生と死の狭間でゆれた特攻隊員の心のきらめき」を書きたいと語っている点である。生と死の間で揺れる心こそが、描きたい中心軸なのである。

ここには、川端康成の作家としての本質が端なくも現れている。

特攻の現場にあって、時に軍事作戦としての凄みを口にすることはあっても、文学という土俵においては、賛美に傾かず、死に至るしかない人生の最終コースを生きる彼ら特攻隊員たちの心の揺れ——迷いや逡巡をこそ描くとした点が、川端の真骨頂なのである。しかも、その揺れを尊しとする精神と美意識が、「心のきらめき」という表現に昇華している。

話し言葉の、しかも伝聞とはいえ、寡黙な洞察を貫いた川端の作家としての底深さを、充分に窺わせる言葉となっている。

その川端の「約束」は、一年後に書かれた『生命の樹』という短編小説によって果たされた。鹿屋体験がじかに反映された作品であるが、物語をつむぐ主体は、特攻隊員との間で互いに思慕の情を抱くことになった女性である。

詳細は、章を改めてきちんと見て行きたいが、「生と死の狭間でゆれた特攻隊員の心」を扱いつつ、そこから駒を進め、遺された者——女性の視点から描いている点は、いかにも川端である。

小説のなかで、ひと月あまりを鹿屋にすごしたヒロインは、男の死後、五月末に帰郷し、故郷の父母の前で、現地で知った戦況を涙ながらに語る。

――日本に連合艦隊というものは最早ないこと、九州の陸上基地に集まった、特攻隊の「航空艦隊」が海軍であること、あの基地の航空艦隊は、菊水部隊と名乗り、特攻隊の攻撃を、第五次菊水作戦、第六次菊水作戦という風に呼んでいること、特攻隊がいくら出ても、沖縄を取り巻く敵の艦船は減るよりふえること、出撃するにも飛行機が少くて、特攻隊員が手を空しくしている時も多いこと、特攻機に護衛の戦闘機をつけられなくなって、目的地へ行き着く前に敵機に食われること、特攻機も搭乗員も不足で、練習生が練習機に乗ってまで出ること、この練習生と練習機とを使う、特攻隊は秘密であること、私の帰るころには、白菊という練習機の赤とんぼが、五百機もふらりふらり出てゆく計画があったこと、突入に成功する特攻機は、何分の一かに過ぎないこと、銀河という優秀機のウルシイ攻撃も、二度とも挫折したこと、B29の邀撃に厚木から出動して来た、数十機の雷電などもたちまち消耗して、その搭乗員は引き上げてしまったこと、私の帰るころには、艦載機が九州の空、基地の上を跳梁するにまかせているようだったこと、沖縄の陸上への補給は、基地の偵察機が四五機、夜陰にまぎれて、上空から機銃弾を投下するだけだったこと、五月の十三日か十四日に、沖縄の陸上軍の司令官から最早一両日中に重大な局面を覚悟しなければなるまいと、悲痛な無電が入っていたこと、それから……。――

こうした状況のディテールの描写が、川端が鹿屋で得た情報を下敷きとしていることは疑いようもない。

途中、「特攻機に護衛の戦闘機をつけられなくなって」とあるのは、突撃用の「桜花」を援護する戦闘機を充分に用意することができなかったことを意味し、その直後に登場する「白菊」とは偵察用の練習機のことで、戦闘機の払底から、速度も遅く攻撃には適さないこうした練習機まで投入して特攻を継続させたことを言っている。

「白菊作戦」は、川端が鹿屋を離れたまさにその五月二十四日から開始されたが、主人公が語る「私の帰るころには」という時制は、川端の経験とぴたりと一致している。

これらのことは、戦争が終わったからこそ発表できたことは言うまでもないが、川端は鹿屋滞在中、当時は公に語ることが憚られた、現場の報道班員として知りえたことを、こまめに手帳に記していたのだろう。

軍の徴用によって、場違いな迷宮に放りこまれながらも、この寡黙な報道班員は、俯き加減の「金壺眼」の奥から、凝視を続けていたのである。

だが川端がメモをとり、記憶に刻んだのは、ここに引用したような、大本営が隠そうとした、戦争の遂行状況の真実だけであったろうか――。

いや、実を言えば、川端の真の関心事は、ジャーナリストが追うような戦果や被害、戦線の動きといった外的な情報ではなくて、小説という形式でしか表すことの難しい、特攻隊員たちの秘められた心の真実だったのではなかろうか。

例えば、特攻隊員の愛……。遺書に堂々と表すことのできた父母への感謝や兄弟姉妹への家族愛だけではなく、思慕を寄せる女性への極私的な愛……。出撃の大義を疑うことはありえぬながら、それでも断ちがたい恋心……。そして、生の証としての性の疼きなど……。

国家への忠誠心からは決して見えてこない、軍神、英霊というイメージからはこぼれ落ちてしまう、そのような特攻の陰の部分を、川端は鋭い作家的嗅覚によって、嗅ぎとってしまったのではなかろうか。

小説『生命の樹』は、そのような意識から生まれ、しかもほとんど詩に近い次元にまで高められた作品である。

川端が鹿屋にいたひと月の間に見たものは、何だったのだろう。川端が出会った個々の隊員たちは、どのような人生を背負い、いかなる心模様を抱えていたのだろう。

個々の隊員たちが抱えた心の真実を知ることで、鹿屋体験から文学作品への飛翔に至る川端の作品化のプロセスも、おのずと照射されてくるに違いない。

その鍵を求めて、川端が特攻隊員たちと接した鹿屋の現場を訪ねることにした。

第四章　特攻の町、鹿屋《かのや》

鹿屋は軍都として発展してきた町である。

現在でも、この町の一番の「顔」は、海上自衛隊鹿屋航空基地である。その前身をたどれば、一九三六年にこの地に開設された日本海軍航空隊の基地にさかのぼる。一九四一年十二月の太平洋戦争開戦後に、この基地はマレー沖海戦やラバウルなど南西方面の作戦に従事、海軍の前線基地として機能した。

戦況の変化と日本軍の劣勢に伴い、やがて鹿屋航空基地は特攻隊の中心基地となる。一九四五年二月十日、特攻作戦を指揮する第五航空艦隊が編成され、司令部が鹿屋基地に設置された。

ここから最初の特攻隊が出撃したのは、同年三月十一日であったが、とりわけ、米軍の沖縄上陸、占領を防ぐため、三月下旬から六月下旬まで、沖縄海域の敵艦隊に向けた特攻攻撃は熾烈を極めた。川端康成が鹿屋基地にいたのは四月下旬から五月下旬だが、ちょうどこの沖縄戦の渦中で、特攻が最も盛んな時期だった。

特攻隊というと、映画「ホタル」などで、同じ鹿児島県にある知覧が有名だが、知覧は陸軍航空隊の特攻基地で、鹿屋は海軍の基地になる。ただ、特攻作戦の司令部は鹿屋にあるので、そこから指令が出され、知覧を始め、各特攻基地から出撃が行われ、場合によっては空中で各部隊が合流するなどして、沖縄海域の敵艦隊への特攻が繰り返された。

出撃した航空機の数、また戦死者の数で言うと、知覧よりも鹿屋の方が多い。鹿屋航空基地から出撃、散華した特攻隊員が九〇八名にのぼることは前に記した通りである。

また、現在の鹿屋市は何度かにわたる合併を繰り返し、一九四一年の市制施行時に比べてかなり広域になっているが、太平洋戦争中は、この地区に、鹿屋を筆頭に、串良、笠野原と、三つの海軍航空基地が存在した。すべて、特攻の悲しい歴史を秘めている。

市内の戦跡もまた、特攻に関わるものがほとんどだ。海上自衛隊鹿屋航空基地の北西、小高い丘に開かれた小塚公園には、特攻隊戦没者慰霊塔が粛然と聳える。毎年四月、桜の季節になると、ここで慰霊祭が執り行われる。

塔の基台には、鹿屋基地から出撃し、散華した特攻隊員たちの名を刻んだプレートが埋めこまれている。一九四五年三月十一日から六月二十六日まで、沖縄戦を軸に展開した特攻作戦に従事、命を捧げた若者たちである。

出撃の日づけと所属部隊別に英霊の名前が並ぶが、川端が鹿屋に滞在した一カ月の間にも、四月二十八日、二十九日、五月四日、十一日、十四日、二十四日と、出撃が続いた。

その間、一七二名の特攻隊員たちが命を散らしている。川端はそれだけの数の若者たちが逝くのを見届け、その生命《いのち》の残影を背負うことになった。

川端が鹿屋に到着した四月二十四日当日以来、市内での宿舎となった海軍倶楽部の水交社は、鹿屋基地から北東方向に一キロあまり行った所、現在の城山公園のなかにあった。

鹿屋城という中世の山城が置かれた台地の麓にあたるが、清水が滾々《こんこん》と湧いて池をなし、風光明媚な景色をつくる。当時はここに水泉閣という高級旅館がたち、戦時中は水交社にあてられた。

川端康成、新田潤、山岡荘八の海軍報道班員たちは、鹿屋到着後数日はここを宿とし、その後、鹿屋基地に駐留した神雷部隊の宿舎として使用された野里国民学校で、特攻隊員たちと寝食を共にすることになった。

鹿屋にいた一カ月の間、水交社と野里と、川端がどれくらい、それぞれの宿所に滞在したか、正確なところはわからない。

「私は水交社に滞在して、将校服に飛行靴をはき、特攻隊の出撃の度に見送った。」と、川端自身は『敗戦のころ』で述べているが、隊員たちの証言から総合的に判断すると、水交社を市内での滞在先として確保しつつ、かなりの日数、特攻隊員たちと野里ですごしたのではないかと思われる。

特攻隊の出撃は未明や早朝のことが多く、町中から「出勤」というわけには行かないという事情もある。

ただし、水交社からは、司令部が置かれた地下壕には行きやすいという地理的な利点もあった。五百メートルほども南に歩けば、下谷町（現新生町）にある断崖の中腹にぽっかりと穴をあけた地下壕の入り口に着く。第五航空艦隊司令部へは、ここから地下道を行き七二五メートルの距離になる。水交社からだと、地上の道も合わせ、十五分から二十分ほどで司令室までたどり着くことになる。

今も、この地下壕の入り口は残されており、非公開で案内板すらないものの、訪ねることはできる。鉄柵で塞がれ、中には入れないが、柵越しに覗きこむと、コンクリートで覆われたチューブ型の地下道が続いているのが見える。

幅、天井までの高さともに、それぞれ二メートル強といったところであろうか。二十メートルほど先までは直進しているが、その先は右にカーブし、視界から消える。

戦時中、鹿屋基地の地下には、米軍の空襲に備え、こうした地下壕のトンネルが縦横に張り巡らされていた。地上の世界とは違う、コンクリートの迷宮が地下に別世界をつくっていたのである。

飛行機は地上の滑走路から離陸するしかないが、特攻作戦が練られたのは、コンクリートで固めた、窓ひとつとてない地下要塞においてであった。

南国の陽射しも、地下壕には届かない。分厚いコンクリートが、地上の生の息吹のいっさいを遮蔽し、遮断する。

そういう無機質で、殺風景な空間だからこそ、若者たち個々人の命の重みに斟酌することなく、非情に徹して軍事作戦を進めることができたのだろうか……。

コンクリートで固めた地下要塞のなかで、司令室に加え、川端がすごすことになったのは、電信室（無線室）だった。

特攻機が敵艦を発見し、突撃するその瞬間を、特攻隊員がモールス信号で報告してくる。その無電を受信し、作戦の成就を見定める場所である。

報道班員である川端は、鹿屋基地から特攻隊の出撃があるたびに、滑走路脇にて見送り、その後は、地下壕の電信室で、突撃の模様を無線で確認する現場に立ち会わされた。若き命を犠牲にして、戦闘機が敵艦に突っこむ散華の瞬間の様子を、ライブの放送を受信するように、聞いていたわけである。

鹿屋基地は海上自衛隊によって使用されている現役の基地であり、また地下壕にあった戦時中の司令部、電信室などは、今では封鎖されていて見学は不可能だが、隣の串良基地にあった地下の電信室は今もきちんと保存され、公開されている。

川端がどのような所で特攻隊員たちの死に立ち会うことになったのか、せめて串良基地の電信室跡を訪ねることで、当時の様子を偲ぶことにした。

コンクリートの土塁に囲まれた入り口から階段を降り、七メートルほど下ると、ひんやりとして埃っぽい地下室が現れる。電信室だった部屋だが、前後左右、すべてが剝き出しのコンクリートで、当時使われていた無線機などの機械は何ひとつ残されていない。

奥行きが十五メートル、横幅が四メートル、天井はやや丸みを帯びて、かまぼこ型の長方形の空間である。がらんとした印象を受けるが、当時は何台もの無線機や電話、発電機などが備えつけられ、通信員たちは二十四時間三交代制で任務にあたっていた。

鹿屋を始め、南九州の基地を発った戦闘機は、三、四時間で沖縄海域に着く。偵察機の報告に基づき、事前に作戦計画が立てられ、その上で出撃するわけだが、海上に敵艦を認めれば、即、突撃となる。そこからは、あっという間だ。

飛行場で手を振って見送った若者たちが、爆弾もろとも、ひたすら敵艦を目がけ、体当たりを挙行する。アメリカ軍も、自艦を守るべく、雨あられと対空砲火を放つ。その迎撃の洗礼を縫って、前後左右、あらゆる方向から敵艦に突っこもうとする特攻機たち……。

特攻機は多くの場合、機銃を外して出撃している。反撃の機銃攻撃をいっさい行わず、機体の下に装着した二百五十キロ（後には五百キロ）の爆弾を唯一の武器に、自機まるごと、ひたすら敵艦への命中を目指す。

「必中必殺」を誓って飛び立ったが、敵艦に届かずして海の藻屑と消えて行く場合も多い。激烈な対空砲火を何とかこらえ、敵艦に体当たりを遂げる猛者もいるが、狙い通り敵艦の急所に突っこんで、操航不能や沈没など、決定的ダメージを与えることは至難の業だった。

何もない、空洞のような串良の電信室跡に、唯一存在するのが、壁の前に立てかけられた案内パネルである。

見取り図が描かれ、壁に向かっていくつもの受信機が並んでいたことがわかる。さらに、音声ガイダンスとして、特攻機から送られてくるモールス信号が三種類、解説されている。

「セタセタセタツー」は「我、戦艦に突入す」の意味。「クタクタクタツー」は「我、駆逐艦に突入す」。「ホタホタホタツー」は「我、空母に突入す」を意味する。

参観者のために、ボタンを押せばそれぞれの信号音が録音で流れるよう設計されている。

七十五年の歳月を超え、この場に流れた特攻機からの最後のメッセージが聞こえてくる気がする。

特攻機が送った電信が、無線室に響き、緊張を呼ぶ。無電は最後の発信からわずか後に、事切れる。自爆により機体が粉砕し、特攻隊員が絶命した瞬間である。

相前後して送られてきたいくつもの特攻機からの電信が、やがてすべてぱたりと消える。沈黙が電信室を支配する。

攻撃は終わった。電信の内容と前後の状況、場合によっては直掩機《ちょくえんき》（味方機の掩護をする護衛機）からの報告や、敵無線を傍受して得られた情報などから、その日の戦果が割り出される。最後の無線を送り、敵艦目がけて散華した若者個々人の犠牲の尊さ、命の重みは、ここではカウントされない。

軍人は――、とりわけ作戦を率いる司令部の上官たちは、それで事足れりとすることができた。沖縄戦を有利に導く計算だけが彼らの頭を占めていた。

特攻作戦を導く鹿屋基地での最高責任者、宇垣纏中将の日記『戦藻録』を見ても、若き命の犠牲を悼み、偲ぶ、やわな心模様は見受けられない。

作戦遂行中は非情の将として軍を率い、敗戦が決まるや、無条件降伏を受け入れる玉音放送が済んでいるにもかかわらず、強引に特攻機を動かし、英霊たちを追うように自らも南の海に散って行った。それが、宇垣流の将としてのけじめだったのだろう。

だが、文学的感性の持ち主である作家はそうは行かない。「セタセタセタセタッー」などの無電が入り、その後まもなく、無線が切れる瞬間を、川端はどのような思いで聴いていたのだろうか……。

数時間前、基地を発つ時のさまや、短い日々ではあっても起居を共にするなかで垣間見た若者らしい素朴な表情と声が、否応なく蘇ってくる。やるせなく、断腸の思いであったことだろう。目を濡らしていたのかもしれない。黙して、手を合わせもしたことだろう。

がらんとした地下の無線室は、どこか、古《いにしえ》の陵墓を思わせもする。窓ひとつとてない、四方を覆う剝き出しのコンクリートの壁が、死の気配を重く沈めて、棺の中に閉じこめられた気にさせる。

突入の瞬間、青年たちは何を思ったであろう。その間際に、何かを叫ぶことはあったろうか。

言葉としてモールス信号には乗らずとも、無線とともに送られてきた個々人の想いが、いまだに壁のそこかしこに染みついているように感じられる。やはり、そこは生と死をつなぐ現場なのだ。

死者たちの声なき声を聞き、渦を巻く無念に身を浸せば、肌が粟立つような思いに駆られるが、そのような思いを、川端が現場で語ることは憚られた。

そこでは、無情のコンクリートが、人の死に本来まとわるべき悲哀や「もののあわれ」といった情感を、はなから封殺していた。個人の死は顧みられず、敵艦の何隻に突っこみ、どれだけ損害を与えたかという戦果ばかりが計算されるという「倒錯」した世界が、大手を振ってまかり通っていたのである。川端が、一方では特攻の非人間性を語りながら、司令部では幹部たちに追従の笑みを送り、桜花作戦を礼賛していたとして、その二面性、優柔不断ぶりが不快に感じられたと、杉山幸照元少尉が書いていることを前に述べた。

川端の卑屈な媚態は、コンクリートの迷宮に息詰まった挙句、「倒錯」に歪んだ同調をしたと言えないだろうか。

微笑は、内なる悲鳴を隠し、糊塗しようと図る、哀しいピエロの仮面だったのではないだろうか……。

鹿屋基地は、平地から二十五メートルほどの土を盛りあげた台地の上にあり、平地との境には崖が切り立っている。

東側の崖に穿たれた司令部への地下壕の入り口から基地を挟んで反対側、西側の野里地区では、当時、崖を下った所に野里国民学校があった。

川端らの報道班員が配属された神雷部隊の特攻隊員たちが、そこを宿舎としていた。

神雷部隊は第七二一海軍航空隊の別称で、ロケット型の特攻兵器「桜花」を主戦兵器として編成された、最初の航空特攻専門部隊であった。当初は、「桜花」を操縦する桜花隊、「桜花」を運搬する陸攻隊、掩護の戦闘機隊で編成されたが、沖縄戦の本格的始動に伴い、零戦による特攻隊も神雷部隊に加わり、命を犠牲にすることを前提とする特攻部隊としての性格を強めた。

特攻隊員たちは野里国民学校に泊まりこみ、出撃までの日々を暮らした。作戦計画の時期によって多少の増減はあるが、常時、数十名単位で駐屯していたかと思われる。

今では国民学校だった校舎もなく、様変わりが甚だしいが、神雷部隊を偲ぶ「桜花の碑」がたち、鹿屋での戦跡のひとつとなっている。

野里国民学校はもともと一八七九年の創立になり、簡易小学校、尋常小学校などと名称された時期もあったが、太平洋戦争の始まった一九四一年から野里国民学校と改称された。

鹿屋基地が特攻作戦の中心基地と定められ、神雷部隊が移動してくるのに従い、基地のすぐ西に位置する野里国民学校は周辺の民家ともども軍に召し上げられた。

現在、戦跡としてこの地を訪ねる人は、まずは「桜花の碑」に参詣する。

基地につながる崖の下の木や草に囲まれたわずかな平地に、一九七八年にできた石碑があり、「神雷特別攻撃隊員別盃之地　櫻花」と刻まれている。碑の題字は、報道班員として川端とともにこの地に滞在した山岡荘八の手になる。

出撃を前にして、隊員たちはここに整列し、別れの水盃を酌み交わしたので、「別盃の地」とされたのである。

誰が置いて行くのか、「桜花の碑」には、今も花や酒など、供物が絶えることがない。

鹿屋市ふるさとPR課が建てた案内板があった。「人間爆弾と呼ばれた桜花」との見出しで、桜花隊とも言われた神雷部隊が使用した自爆用特攻ロケットの「桜花」について解説されている。

「桜花の碑」が建てられた経緯についても説明があり、その最後に、報道班員の情報が添えられた。

「碑の題字は、戦争末期に当地で海軍報道班員として神雷部隊と寝食をともにした作家・山岡荘八氏（代表作「徳川家康」など）により書かれたものです。また作家・川端康成氏（代表作「伊豆の踊子」など）も、戦時中の同時期に海軍報道班員として野里に滞在していました」——。

川端の代表作が『伊豆の踊子』だけか？――などと、非難がましく言う野暮はよそう。それよりも、ようやくにして、現地で川端の名前を見出すことができたのだ。

「桜花の碑」から車道を隔てた反対側の空き地に、お立ち台のようなコンクリートの塊が残され、放置されていた。

近づくとすぐ横に案内板があり、野里国民学校の国旗掲揚台跡であることが知れた。中央の四角形の両脇に五段の階段が付いており、これをのぼって台に上がったものと見える。国旗を掲げた上半分は取り払われているので、台座にあたる部分だけが残ったかたちになっている。

案内板には、国旗掲揚台が写る当時の写真も載っていた。L字型に校舎が建てられ、国旗掲揚台の前は校庭で、隊員たちの整列や訓練の場として使われた。

当時も、校庭の先には農地が広がっていたというが、今では、国旗掲揚台跡のすぐ近くにまで農地が迫ってきている。

この国旗掲揚台の台座が、野里国民学校の施設のうち、唯一現存する遺物であるという。市が認めた戦跡めぐりとしては、野里で見るべきは以上である。

しかし、神雷部隊の生存者、林冨士夫氏らによって記憶をもとに描かれた現場の地図が伝わっており、これによって、野里国民学校のあったこの一帯について、具体的な詳細をつかむことができる。

それによれば、国旗掲揚台のすぐ後ろに南北方向に伸びる校舎の棟がある。ちょうど、今ではきれいに舗装された車道にかかるくらいまでが、校舎だったことがわかる。しかも、国旗掲揚台のすぐ後ろには士官室（食堂）があった。

一カ月に及んだ鹿屋滞在の後、川端がひとりでまずそうに夕食をとっていたのは、ここである。

詳しい経緯は前章で記したが、手持ちぶさたなその様子に、翌日帰隊することになった杉山少尉が挨拶の声をかけ、それがもとで、川端も慌ただしく鹿屋を離れることが決まったのである。

手製の地図には、士官室の裏から道を越え、東の崖の方に直進すると、途中に数軒の民家があったことが記されている。「桜花の碑」が建てられた平地の南側の裏手になる。

それらの民家のなかには、川端、山岡ら報道班員たちに与えられた家もあった。また、「狸御殿」の通称で呼ばれ、中尉、少尉らの下士官たちが屯所として使う家もあった。

今では一面、下草に覆われ、家の礎石さえ見当たらないが、当時はもともと学校の東側にあった民家を、軍がすべて借り上げていたのである。

なお、隊員たちが寝泊まりしていたのは、L字型の校舎の東西方向に伸びる棟であった。空襲によって被弾し、屋根のあちこちには穴が開き、空が覗く状態であったというが、若き隊員たちは、着の身着のまま教室に雑魚寝をしていた。沖縄戦の激化に伴い特攻が盛んになったのは春から初夏であったため、南国ということもあり、それでも何とかなったのである。

川端らの民家のあったあたりから、少し東に進めば、すぐ崖にぶち当たる。崖の中腹には、いくつかの防空壕があった。

ブッシュに覆われた道なき道を進むと、今でも、崖の斜面にぽっかりと穴が開いた横穴防空壕の跡が見える。内部に入れぬよう、土嚢を積みあげて蓋をしたものもある。

米軍の空襲が始まると、川端は、特攻隊員らとともに、これらの崖の中の防空壕に避難した。

鹿屋に到着してほどなく、鎌倉の家族（養女政子）に宛てた書信で、防空壕での体験を述べ、「防空壕の内で特攻隊の士官からお菓子をいろいろ貰いました。特攻隊の隊員も義彦さんや潤太郎さんのような人達です。」と記したのは、まさにここの防空壕での出来事だった。

横穴防空壕に大勢で身を寄せ合っていれば、年齢や立場の違いを超えて、親しく交わる雰囲気が醸成されて当然だったろう。死出の旅路を定められている特攻隊員たちも、そのような場であれば、皆、人懐こい若者たちなのである。そのことを川端に悟らせた場が、この崖の斜面に穿たれた防空壕だった。

崖下の一帯は、「桜花の碑」が建てられた一角を除けば、公園化するような整備の手は全く入っていないので、ぼうぼうのブッシュに覆われている。

しかし、道なき道のような浅い溝となる部分を進んで行くと、その先に、急勾配の崖を登るつづら折りの小道のあることが見てとれた。木の幹が倒れこむなどして、途中までしか進むことはできなかったが、それが隊員の回想などにしばしば現れる飛行場への近道なのだと知れた。

出撃命令の下った特攻隊員たちは、整列して水盃を干し、竹藪を縫うようにして、このつづら折りの近道をたどり、崖の上に出た。そして、そこに待機しているトラックの荷台に乗りこみ、滑走路へと向かったのである。トラックの上では、立ったまま、軍歌を歌いながら進むのが習わしだったという。

出撃する兵士らを見送る同僚たちも、その小道を進み、崖の上へと出た。川端も、後を追ったことだろう。

野里国民学校は、戦後、学校として復活し、野里小学校として存続したが、一九五八年に近隣の上野地区に移転し、旧校舎は取り払われた。

神雷部隊の宿舎は、周辺の民家も含め、今では全く見る影もないが、それでも、隊員の残した地図と照らし合わせつつ検分することで、川端がかつてここにいたことを、強く実感することができた。

全体として、野里のその区域は決して広い土地ではない。基地に続く崖から、川端らの暮した民家や出撃前の整列場、小川と道を隔てた野里国民学校校舎、その先の校庭と、一帯はせいぜい百五十メートル四方ほど、すべてがほぼ指呼の間の距離にある。

「作戦の外道」とも言われ、米軍からは「カミカゼ」と恐れられた、命の犠牲を前提とした究極の軍事作戦、特攻を担う若者たちは、この小さな特殊区域で、死に向けた最後の日々をすごしたのである。

ひとりひとりの人生からすれば、貴重な上にも貴重な残り時間は、出撃命令を待つだけの空白の時間でもあった。この奇妙な、濃密にして空虚な時間を、川端は彼らと同じ場に身を置いて見守ったのである。

ところで、川端はいつからこの野里に来て特攻隊員たちと交わることになったのだろうか——。

海軍報道班員として川端に同行していた山岡荘八が、初めて野里に足を踏み入れた日のことを、明確に記している。先にもその一部を引用した、一九六二年八月六日から朝日新聞に連載した山岡の『最後の従軍』に、そのことに触れた回想が載る。

——私たちが、野里村にはじめて行ったのは、日記によると四月二十九日、天長節の日であった。この日は午前五時五十五分に警戒警報が鳴りわたり、六時二十五分に艦隊司令部のある壕内に避退して、爆撃の轟音《ごうおん》をききながら食事をすましている。そして敵機の去るのを待って、あわてて水交社から四キロ足らずの野里村へ向った。その途中でも二度、サイレンが鳴っているが、その時の私は、敵機などより数倍おそろしい妄想《もうそう》を描いて震えあがっていた。

他でもない、これから行く「神雷部隊——」そのものが恐ろしかったのだ。

私は、戦争では、あらゆる種類の戦争を見せられている。陸戦も海戦も空中戦も潜水戦も。そして何度か、自分でもよく助かったと思う経験も持っている。しかし、まだ必ず死ぬと決定している部隊や人の中に身をおいたことはない。報道班員はある意味では、兵隊と故郷をつなぐ慰問使的な面も持っていた。とりわけ「ライター班」はそうだった。それが、こんどは必ず死ぬと決っている人々の中へ身をおくのだ。従来の決死隊ではない……と、考えると、それだけで私は、彼らに何といって最初のあいさつをしてよいのか……その一事だけで、のどもとをしめあげられるような苦しさを感じた。――

引用冒頭の主語が「私たち」となっている以上、川端がこの日、四月二十九日に、山岡と行動を共にしていたのは間違いあるまい。

早朝に空襲警報が鳴り、宿泊先の水交社を出て、警報から三十分後には、地下壕を通って司令部に赴く。そこで空襲のさなかに朝食、空襲がやんでから、いったん水交社に戻り、改めて野里村を目指した。

五月二日に鎌倉の家族宛てに出した川端の書簡に、「隊に三晩泊った」とあったことと併せて考えれば、最初の野里滞在は、四月二十九日から五月二日までの三泊四日であったことが知れる。

となると、特攻隊員のために鎌倉文庫から二、四十冊も送ってほしいとの依頼が綴られていた四月二十八日付けの書信は、実際にはまだ野里を訪ねる前、じかに特攻隊員たちに触れる前に出されていたことになる。

おそらく川端は、司令部詰めの幹部や兵士、身の回りの世話を焼く要務士といった人々とのやり取りのなかでそうした情報を得て、即座に行動をとったものだったろう。

それにしても、先の引用文を見ると、山岡が野里を訪ねるにあたって、ひどく緊張している様子が手にとるようにわかる。

自らの命を捨てて敵艦に突っこむため、死への命令を待つ特攻隊員を前に、どう声をかければよいのか、山岡は逡巡せざるを得なかった。彼の豊かな報道班員経験をもってしても、答えは見いだせなかったのである。

川端もまた、同じ緊張を抱えて野里に向かったに違いない。

ただしそれは、川端が特攻隊員の心模様に、それまで全く無知であったということを意味しない。実は川端は、東京新聞の依頼によって、一九四二年以来、太平洋戦争の開戦記念日である十二月八日になると、戦死者の手になる遺文集を読んで感想を綴るという『英霊の遺文』を発表していた。

初めは渋々という感じで承諾したらしい。作家として果たすことが求められている最低限の戦争協力であったが、いざ仕事として始めるや、川端は国のために命を犠牲にした人の真情や、遺された家族との絆の強さに胸打たれた感動を実直に綴った。

三年目の一九四四年十二月になると、遺書遺稿をとりあげる戦死者のなかに、特攻によって散華した兵士が入りこんでくる。劣勢に転じた戦局の打開のため、戦闘機による特攻作戦が始まったのは、四四年十月のレイテ沖海戦からだった。

実際の特攻隊員に出会う経験はなかったとはいえ、川端が特攻隊員の遺した文章に何を感じていたか、その心情にどのようなスタンスで向き合おうとしていたのか、あるいはまた、戦地での貴重な命の散失をどう考えていたのか……。

しばらくはそれを、鹿屋到着以前に書かれた『英霊の遺文』を通して探ってみるとしよう。

第五章　『英霊の遺文』

——戦死者の遺文集を読みながら、私は十二月八日を迎える。新聞社から頼まれてのことだが、自分としても、この記念日にふさわしいことだと思う。しかし、これらの遺文について、あわただしい感想を書かねばならぬのは、英霊に対する黙禱のつつしみも失うようで心静かではない。ただ、強顔がゆるされるならば、こういう遺文集があることを、人々に伝えるだけでも、ともかく私の文章の意味はあろうか。——

一九四二年十二月八日、開戦一周年を迎えるに際して東京新聞に連載を開始した『英霊の遺文』を、川端はこう書き出した。

秀子夫人の証言によれば、一年前、真珠湾攻撃とともに太平洋戦争が勃発した時に、川端は「軍部をおさえ切れないで勝つ見込みもない戦争に巻き込まれてしまった」と慨嘆したそうである。個人としては戦争に反対していても、大作家という立場が、否応なく川端を戦争に巻きこんだ。

もっとも、ここに挙げた書き出しを見る限り、『英霊の遺文』の仕事が、必ずしも本人の意志に反して嫌々手を染めたということでもなさそうだ。

自分がその任に適格かどうかは疑わしいが、ともかくも、戦時にあっての作家のつとめとして、引き受けたのだろう。「戦争協力」には違いないのだが、それを自身として不正義と考えてはいない。ただ、戦争の犠牲となった死者の魂に対し、「つつしみ」を保ちたい、保たねばならないとする自戒がきいているのが、救われる。

——戦死や戦傷病を、私達作家はみだりに書くべきではない。悲みの深淵を貫ぬいて、悲みの彼岸に達するのでなければ、妄誕であろう。——

時流に乗って、進軍ラッパを吹き鳴らすような軽薄さとは無縁である。積極的な戦争反対、軍部への反発といった抵抗精神を前面に押し出したものではなかったが、川端なりに大真面目に、痛みを伴わないではいられない難しい仕事に取り組んだのである。

川端が戦死者の遺文集を見つめる眼差しに特徴的なことは、戦死者個人、ひとりの生死に留まらず、多くの場合、亡くなった者と遺された者との間に交わされる情愛を軸に論を展開して行くところである。戦場であれば戦友同士——、先に斃れた者と生き残った者との間に交わされた友愛、そして戦地と銃後で言うなら、戦死者と遺族との間で共有された信頼の情愛……。

逝った者と遺された者との間に谺《こだま》し合う情愛の絆を、川端は追い、胸打たれた気持ちを、読者にも伝えようとした。

しかもそれを、日本人の愛の究極の姿としてとらえようとしている。個人主義の西洋とは違う、日本人固有の生き方、死に方——、そしてそこに醸し出される悲しみの美しさを、静かに見つめようとする。

——戦死者の遺文集ばかりでなく、出征将兵全体の文章から教えられるものは、日本人の死生観、日本人の家族思想、日本人の戦友愛、それらが殉忠の精神の下地を織り固めている確証である。戦死者の遺文集は、また当然追悼録の形を取るから、それらが一層明らかに見られる。つまり、親しい人々の追悼記を、遺文と合せて読むことによって、英霊と遺族や遺友との間の愛情の交流が、具体的に知れるわけである。こうして、英霊の面影を偲ぶ所縁となる以上に、遺文集は日本の心の結晶でもあろう。——

——愛する者を喪った悲しみが浅くては、愛する者を君国に捧げた喜びも純ならず、また高まらぬのである。戦死者の遺族に悲しみがないかのような、俗文学を往々見る時、私達は憤りを覚え、むしろ黙して、我国土の一茎の花を描き、その花を霊前に供えるに如かずと思う。肉親の戦死を、日本人程悲しまぬ民族はないが、また、日本人程悲しむ民族もなかろう。——

こうした感慨を綴った後に、川端は一九四二年の『英霊の遺文』をくくるに、戦死者の妻の便りと、その夫が残した歌を引用して結びとした。

一九三九年五月七日中支にて戦死した棚橋順一大尉（生前は少尉）の遺文集『散華』（一九四〇　砂子屋書房）に載るもので、便りは戦地の夫に宛てられ、帰還が望み薄であるのを覚悟した上でしたためられている。夫から送られた妻への遺書に対する、妻からの返信である。

——「……萩子はかえりみますれば、御一緒に生活いたしました五年間、正味四年半ですね、本当に本当に幸福でした。本当に私も之以上の幸福はもったいない様です。……若し萩子は坊やと二人のこりましたら、今までの楽しかった生活を思い出しては満足して坊やの世話を致します。本当に短い間と申すか、長い間と申すか、萩子は幸福で仕合せでした。若し幸い御無事お帰りが出来ましたら萩子は命がけで、今までの御恩報じにお尽ししようと楽しみにいたしています。

天皇陛下万歳　棚橋少尉万歳　日本帝国万々歳」

このような手紙を、棚橋大尉は肌身につけて、

わが進むうしろにありて妻子らのおがみてあるをつゆも忘れず

と歌った。――

愛妻の便りを抱きながら、棚橋大尉は戦場に散ったのである。

死を前にした棚橋順一大尉と萩子夫人とのやり取りに、川端は痛惜の念に胸を熱くし、目を潤ませていたのだろう。

東京新聞の記者だった頼尊清隆氏は、後に『ある文芸記者の回想～戦中戦後の作家たち～』（一九八一冬樹社）という著書において、当時の川端について回想している。

川端研究家・森本穫氏の著書『魔界の住人　川端康成　その生涯と文学』によって教えられた事実だが、『英霊の遺文』執筆時の川端の様子がリアルに伝わってくる。

――ときには、間もなく出来るから、というので座敷に上がって待っていると、やがて原稿を持って

出て来た川端さんの目は、真っ赤に充血していることがあった。

これら戦死者の手記は川端さんの心を打つものがあり、夜どおし遺文集を読みながら、これら若者たちの、自ら選んだのではない生と死の運命の姿に、川端さんは思いをひめていられたのだろう。——

——これらの遺文を読んでいるときの、川端さんの目には涙がにじんでいたのではないだろうか。

——


一年後、一九四三年十二月に書かれた『英霊の遺文』では、命を犠牲にしての体当たり攻撃による死を覚悟した少年飛行兵の言葉が冒頭に掲げられた。

少年飛行兵だった星野浩一海軍一等飛行兵曹（一飛曹）が出征に際して叔父に述べた言葉を、川端は詩のように体裁を整えている。

「叔父さん、
戦闘機に乗る僕が死ぬのは、
唯三つの場合だけだよ。
戦闘中僕の頭か心臓か致命的な個所を、
敵弾にやられた場合。
次は、戦闘中敵の飛行機に僕の飛行機を、

ぶっつけて行った場合。
もう一つは、敵の軍艦なり地上の目的物なりに、
突込んで自爆した場合。
これだけだよ。
（中略）
叔父さん、
僕が戦死したと聞いたら、
必ずこの三つの場合のどれかだったと、
信じて下さいよ。」——

星野一飛曹は、一九四二年十一月に行われた第三次ソロモン海戦にて戦死した。死後、遺文集『南星』が出版された。中学時代の級友たちの力で世に出たものだった。出版費用は、級友たちがアルバイトをして捻出した。川端はそのことに触れることも、忘れなかった。その意味では、川端の視界のなかでは、出征兵士と家族（叔父）はもとより、そこに留まらず、戦地と銃後の心の通い合い、情愛の谺《こだま》は、依然として踏襲されている。星野一飛曹が出撃、戦死した時点では、特攻はまだ始まっていない。しかし、敵機に体当たりとか、敵艦への自爆攻撃など、既に特攻に通じるような精神や覚悟が窺われる。
一見、童詩のような無垢な響きのなかに綴られた自身の運命の予見は重い。表情としては無邪気で明るいが、底には悲痛が漂う。時代は明らかに下り坂である。

ただ、川端が少年の口上を、詩の形にまとめたことは、軽視されてはならないだろう。それはとりもなおさず、川端がそこに「詩」を感じたからなのである。

戦時下の日本人の生き死にのありようとして、川端は「もののあわれ」に似た哀しみの美を見ていたに違いない。

川端の筆は、この後、連合艦隊司令長官だった山本五十六の話に飛ぶ。というのも、この年、一九四三年の四月、山本司令長官がブーゲンビル島上空で戦死したからである。

山本の歌も紹介されている。ここでは、山本司令長官も、遺文の書き手のひとりなのである。

――かえり来ぬ空の愛子の幾人かきょうも敵艦に体当りせし――

先に紹介した星野浩一一飛曹の「詩」と、谺を交わし合うような歌である。そのまま特攻隊の戦死者を悼む歌としても通ずる内容である。

山本五十六の死に触れた分、この年の『英霊の遺文』は、山本同様の、部下を思いやる上官の心という方向に厚くなる。

軍にあって、川端が信じる上に立つ者とは、常に下の者に対し寛容であり、責任感の強い人物であった。

川端は、そのような人としての美しい魂のありようを通して、かろうじて、世に口やかましく喧伝される「軍人の精神」というものを納得しようとしているように見える。

――すべて英霊の遺文は、このような日本の魂が、戦争によって浄化されて、発光したものと言える。例えば、数学者であり、基督教信者であった大井中尉は、「俺の前では兵隊は死なさぬ。」と、真先に立って戦死したが、その遺文集「愛と信仰の手紙」にも、「私の必生（必死！）の修養を見守っていていただきたい。」という、その姿が見える。――

――昨年の二月にギルバアト諸島方面で戦死した米井克己海軍大尉は十二月八日の朝、世界戦史以来の長距離爆撃にも参加したが、

「攻撃に向う時には、何時も聖書を飛行服の（ポケット）に入れて途中で読んでいます。戦争に行く時も普通の訓練時の飛行と何等気分に変りありません。（生は死よりも難し）と言う事を、殊に空中に於て痛感致します。死を求め様とすれば訳無いのです。一寸油断して見張りを怠り、又攻撃法を誤れば、訳無く撃墜されます。連日の戦闘に疲れ果てた部下を励まして、寸時の隙もなく敵の攻撃に備えなければなりません。此の時最早や、自己の生死は頭のなかにありません。」

と、兄にあてて書いている。戦いに出る前の訓練中の日記に、

「将たる者は部下に先んじて憂い部下に遅れて楽しむ、之なり。分隊員以上の楽を成すべからず。……分隊員の過失は凡て自己のものなり。」とあって、或る時過失を上官から詰問せられし際も、「それが部下の誤りに基くものと知れ共、上官の前に言訳する勿れ。」と、大尉は自分をいましめた。

――

川端はどこまで自覚的であったろうか。山本五十六の死を契機に徳高い「英霊」の文を求めた結果、

いたことを！

宗教を奉じる信仰者が続いていたことを。なかんずく、その要《かなめ》として、キリスト教徒がとりあげられていたことを！

一九四四年十二月に発表された三年目の『英霊の遺文』では、冒頭、具体的な遺文の紹介に入る前に、川端の所感が綴られた。

――昨年、また一昨年の開戦記念日をそうして過したように、今年も私は英霊の遺文を読みながら、十二月八日を迎える。そして、これも前二年の例に倣い、礼拝の言葉を綴るに先立って、私はしばらく黙禱を続けたが、これらの遺文が生れた心の境まで、所詮は俄に澄み高まれることでない。

以下、英霊に頭を垂れて書く。――

そう言い終えた上でなければ、そのまま次には進めなかったのであろう。この年にとりあげる最初の遺文は、前年までにはなかった「特攻」によって散華した兵士のものだからである。

――神風特別攻撃隊大和隊の植村眞久海軍少尉が、一歳の子に遺した手紙、

「素子

素子は私の顔を見てよく笑いましたよ。私の腕の中で眠りもしたし、また一緒にお風呂に入ったこともありました。素子が大きくなって私のことを知りたいときは、お前のお母さんか佳世子叔母様に私の

ことをよくお聞きなさい。私の写真帖もお前のために家に残してあります。

素子という名前は私がつけたのです。素直な心のやさしい思いやりの深い人になるようにと思って御父様が考えたのです。そういう人になると、幸福はいつもその側をついて離れません。……若しお前が私を見知らぬままになってしまっても、決して悲んではなりません。お前が大きくなって父に会いたいときは、九段へいらっしゃい。そして心に深く念ずれば、必ずお父様の顔がお前の心の中に浮びますよ。

（中略）

素子が生まれた時オモチャにしていた人形は、お父様が戴いて自分の飛行機のお守様として乗せております。だから素子は父様といつでも一緒にいたわけです。素子が知らずにいると困りますから教えて上げます。」――


愛児に宛てたこの便りを書いた時、植村少尉の運命は既に決していた。出撃すれば必ずや死ぬことになる「十死零生」の運命が待つばかりだった。

その悲壮な覚悟のなかで、まだ二十五歳にしかならない青年が、愛娘への思いのたけを綴ったのである。

一九四四年十月二十六日、特攻隊員の植村少尉はフィリピンのセブ基地から出撃、帰らぬ人となった。

――この植村少尉の手紙からも、銃後への信頼を読み取らぬ人はあるまい。わが子に素直なやさしい人になれと言うのは、素直なやさしい人々の存在を信じてのことである。殊に母国の女性の心のやさしさ思いやりの深さを少尉は戦地で自分の憧憬とし、今日の事実とし、わが子の将来としたのである。母国の人々を信じなければ、これはわが子ひとりの美しい悲劇を思う遺言になるが、文面は平安な信頼で明るい。――

特攻であるから、無論、より痛ましく、粛然として接しなければという思いに駆られる。だが、その遺文が湛える情愛の質は、一般戦没者の遺文の場合ととりたてて変わらない。

川端はこれを、日本の作家として、日本人とは何なのかという命題において理解しようとする。英霊の遺文のなかに、古来の伝統を脈々として受け継ぐ日本人固有の精神、美意識をさぐろうとする。

それは、戦時下にあって、川端が『源氏物語湖月抄』(江戸時代に北村季吟によって書かれた『源氏物語』本文と注釈書)を精読したのと、意識の底層において重なる行為であろう。川端の『源氏』回帰は、このような時だからこそ、古典に戻り、日本人とは何かを確かめたいと欲したのである。

川端は、そのようにして、日本人への信頼を維持したいと望んだ。軍国主義が跋扈する当世の風潮には馴染めないが、歴史的な長い時間のなかから、国柄として日本人の心に迫りたいと、そう願ったのである。

――(植村少尉の)この手紙は、少尉が基地から前線に出動する際、軍服を送り返す小包に入れてあったという。ただこれ一通だけで、夫人あての手紙もなかったという。航空隊に入隊してからレイテ島に戦死するまで、家族にもほとんど便りはしなかったらしい。

幾多の英霊の遺文を読んで、結局なにを私が最も深く感じたかと言えば、それは「無言」ということである。大きい無言、強く清い無言、出征兵士の無言、私達日本の無言である。あらゆる声を含め、あらゆる声を合せて、一つの声になり、私達すべての胸に声なく通う無言である。信仰と信頼との敬虔な無言である。遺文を読み重ねて行くと結局この「無言」に達する。——

——西洋の戦死者にくらべると、私達の英霊は一通も自己の手紙を書いていないと言える。植村少尉が一歳の子に遺した手紙も、浄簡平澄、実は夫人に対する無言の愛情と等しいとも見られる。なにも特色のない手紙であるところに、万人の感動があり、日本の英霊の幸福もあった。戦場で己一個の手紙を書こうとすれば、地獄の錯乱に果しあるまい。——

日本人特有の魂のありかを探って、川端はさらに筆を進める。そして、戦地の兵士と故郷とをつなぐ、ひとつの帰着点に達する。

——出征兵士の心にある銃後とはなんであろうか。多くの英霊の遺文から読み取るまでもなく、それは「母なる内地」である。——

特攻隊員の描く「母なる内地」についても、川端は思いを馳せている。

死を前提とする兵士なればこそ、その「母なる内地」は美しく、またそれだからこそ、内地に生きる者はその思いにこたえて、美しくあらねばならないと説く。

——或日の特別攻撃隊員達、「五分間だけ内地帰還を許す、絶対に目を開いてはならぬ。」と、両眼を閉じて、内地を思い描く、ひとときのさまも報道班員が伝えて来た。この時瞼の底に浮ぶ内地とはなんであろうか。父母らの面影であり、家郷の山河であり、そうしてまた銃後の人情風俗、日本の心である。この時の幻ほど神聖で純粋な内地はあるまい。常の旅でも国外に出ると内地は美しくなりまさるが、征旅の戦地ではその極みだろう。英霊が最後まで美しいとした内地を、私達は現に美しく保たねばならぬ。美しい精神或は心情を失えば、美しい風景も最早美しい国土を成さない。――

――隊員は銃後から生れて行った。出撃の感想などを聞かれても、隊員の多くは語らない。「母なる内地」への「無言」の凱旋があるだけだ。前線と銃後とにこの無言の通じるところに、日本の言霊の泉があろう。――

『英霊の遺文』の「第三年」は、特攻に始まり、特攻で結ばれる。
だが川端の筆のどこにも、「神鷲の忠烈」「銀翼の神々」などと、当時のメディアを賑わせた軍国調の常套句は見られない。

――多くの英霊の遺文にある「母」は、それぞれの英霊に唯一人の人である。しかし、唯一人の母であるゆえに、母ほど絶対無二の親身はないゆえに、母は一人の人であることを超えて、大きく母なるものになっている。「母なる内地」である。英霊の遺文にもこれが感じられる。（中略）
英霊の遺文から受ける感銘を、一つの言葉に現してみただけで、今年は紙数を費しつくした。それは「母なる内地」ということである。戦局の烈しさにつれて内地も日々に厳しく、空襲なども頻となるにつけ、なお日本の心情を大事に思うからであった。特別攻撃隊員も私達の隣人の家「母なる内地」から生れ出たのだし、生れ続けてゆく。銃後は常に前線の「母なる内地」であらねばならぬし、銃後のお互の間にも「母なる内地」を心としたい。英霊もそれを冀《ねが》っている。――

川端は、三年目の『英霊の遺文』をこのように結んだのだった。

翌年夏の終戦により、四年目の原稿が書かれることはなかったので、これが川端康成の『英霊の遺文』全体の結びにもなっている。

軍の意向を反映した新聞発表の原稿であれば、もとより、川端個人の戦争に対する思いを正直に述べることのできる場所ではなかったし、無理な戦争を強行する軍部に対し物申せるような舞台でもなかった。

軍の命令によって命を犠牲にした戦死者の遺文に、哀しみの美しさを見るような眼差しと筆致に、後世から見れば、思想的に弱い、甘いと、批判したくなる人々もいることだろう。だが私はここで、川端の「戦争協力」の是非論に深入りするつもりはない。

私が川端の『英霊の遺文』を、経年ごとに見てきたのは、海軍報道班員として鹿屋を訪れることになった川端の心の下準備として、この文章に現れた「特攻」観を確認しておきたかったからなのである。

ひとつだけ、つけ加えておこう。

一歳になる娘に、涙なくしては読めない遺書を残した植村少尉は、実はキリスト教徒であった。立教大学の出身で、洗礼名はポール。多磨霊園にある植村家の墓所には、十字をかたどった眞久個人の墓石がたつ。

このことはきちんと問われたことがないように思うが、『英霊の遺文』には、大事なところでの重要な引用に、キリスト教を信じた兵士たちの遺文が重ねて登場していたのである。

故意か偶然か――。

鹿屋基地に赴いた川端が、どこまで自覚的であったかはともかく、今後の展開を追って行く上で、この事実は是非とも意識の片隅に留めておいていただきたい。

時を、前章の終わりに戻そう。

一九四五年四月二十九日、天長節の日の昼過ぎ――。川端康成、新田潤、山岡荘八の三名の海軍報道班員の作家たちは、荷を整え、水交社を出発、いよいよ野里にある神雷部隊の宿舎へと向かった。

軍用車が報道班員たちを運んだのだろう。基地の北側から西側へとまわりこむようにして、四キロほどの道を車は移動して行く。

雲ひとつない晴天であった。南国らしい初夏の陽射しが燦々と麦畑に降り注ぐ。車窓に望む高隈山《たかくまやま》も青々としていたであろう。

風景の明るさとは裏腹に、山岡は、これまでの報道班員の経験にはなかった、死を前提とした特攻兵士たちとの出会いに緊張し、息苦しさを覚えていた。

川端は、車窓に流れる豊かな自然に目をやりながら、『英霊の遺文』でとりあげた特攻隊員の遺書を思い出し、「母なる内地」について感慨を揺らせていたであろう。

真心を込めて書きあげたものではあったが、やはりそれはいささかきれい事になっていたかもしれない。所詮は、鎌倉の文机の上に置いた遺文を眺めての美しい解釈であった。その心情論は、誠実ではあっても、肉体を欠いていた。

鹿屋到着からまだ五日ではあったが、コンクリートに覆われた司令部が、上官が部下を思う情愛など入りこむ余地のない非情の世界であることを、川端は悟らざるを得なかった。

隊に行けば、若き肉体を持て余したような青年たちが犇めいている。死を前にしながら、彼らは生身の肉体を、しかも若さの真っ盛りにある肉体をもって、短い人生の最後の日々を生きているのである。彼らとの邂逅によって、報道班員として伝えるべきことが生じるであろうか。作家として、特攻を書く何かがもたらされるであろうか。果たして、「母なる内地」はどのように肉体化されることになるのであろうか——。

四キロの道のりは、川端にとっても、長く重い道だったに違いない。

第六章　川端が出会った特攻隊員たち　その一

野里国民学校の前で車がとまった。神雷部隊に割りあてられ、特攻隊員たちが宿舎とする所である。促されるままに、川端康成ら報道班員は車を降りた。校庭に若者たちが集まっているらしく、にぎやかな声が聞こえた。

さてここからは、川端に同行した山岡荘八が書いた文章に伝えてもらおう。

――私たちが着いた時には、その校庭へ三十人足らずの飛行服の若者が、東京よりははるかに強い陽射しを浴びて整列していた。

彼等は手にそれぞれ地図を持って指導者の言葉に聞き入っている。時々みんなで笑い声をたてたりした。私はそれを訓練部隊だと思ったのだが、実はそれが私の見た最初の突入部隊だったのだ。

「いま、二十四機で出撃するところです」

案内してくれた通信長にいわれて、私の体は一度に硬直してしまった。この若者たちが数時間後にはことごとく死んでいる……生と死とはすでにこの校庭で絶対のものとして交っているのだ。と、思った時にその列は飛行場めざして歩きだし、同時に、一人列を離れた若者が白いマフラーを風になびかせながらまっすぐに私の方へ駆け出して来た。

「報道班員、これをお願いします。あなたが最も適当と思う方法で処理して下さい。いろいろとご苦労さまです。さようなら」

私よりいくぶん背の低い少尉の襟章《えりしょう》をつけた若者は早口にそういうと、ぼんやり立っている私の手に封筒を握らせ、人懐っこい笑いを残して、みんなのあとを追っていった。何を問い返す暇もない。私は封筒をポケットに納め、ウロウロと飛行場への山路をのぼってゆき、生れてはじめて帰ることのない出撃者を見送った。そして、私が改めて封筒をしらべたのは彼等のうちの十九機が無事に突入したという無線が壕内《ごうない》の通信所へはいって来てからだった。

（さっきの若者は、もうだれも生きてはいない……）

私は、預けられた封筒を、遺書か手紙だと思ってしらべてみると、それは百十三円二十銭という現金ではなかったか。私はうろたえた。相手の若者は少尉、少尉にとってその金額は一カ月分の俸給に近い。私が、まぶたに残っているその若者の笑顔をたよりに、各隊の間を駆けまわって、筑波隊のある兵曹から見せられた写真の中に彼を認め、彼の姓が「市島」ということだけを知り得た時には私は、もう一つの大きな発見に目を見はっていた。

それはこの必死部隊に、私の予想とはおよそ正反対の底ぬけの明るさが漂っているという、全く思いがけないことであった。――（山岡荘八「最後の従軍」第二回より　一九六二年八月七日　朝日新聞）

何とも強烈な、予想外の、特攻隊員たちとの最初の出会いであった。

野里を案内されるより先に、そして隊員たちに挨拶を交わすよりも先に、いきなり、特攻出撃の現場に居合わせることになったのである。

この日、鹿屋基地からは、菊水四号作戦によって、第四筑波隊、第五七生隊、第五昭和隊、第九建武隊らに属する航空兵たちが沖縄方面に出撃、二十七名が散華している。

これらの部隊は、爆撃戦闘機の部隊であったが、ロケット型の特攻機「桜花」を有する神雷部隊と行動を共にしていた。ただしこの日は、「桜花」の出撃はなく、爆撃機のみによる特攻が挙行された。

川端らの特攻隊員たちとの初めての出会いは、ひとりの若者の印象によって光輝を放っている。いよいよ出撃という際に、報道班員の姿を認め、自由に処分してくれと言い残して金の入った封筒を渡したというその人――市島保男少尉、二十三歳。第五昭和隊の一員だった。

市島はこの日、出撃を前に最後の文章を綴った。そのなかに、「一二一五搭乗員整列。進撃は一三〇〇より一三三〇頃ならん」とあって、予定としては十二時十五分に整列し、進撃（出撃）は十三時から十三時半頃と考えられていたことがわかる。ただ、基地側の記録によれば、市島少尉の出撃時刻は十四時二十分とある。

それから判断するに、川端らが野里に着いたのは、おそらく十三時前後だったのではなかろうか。市島少尉ら特攻隊員たちは、例のつづら折の小道を通って崖をのぼり、そこから飛行場へと向かった。報道班員も、その後を追い、飛行場まで出て、特攻機が次々と離陸して行くのを見送った。

市島の文章には、「我が最後は四月二十九日一五三〇より一六三〇の間ならん。」との記述もあり、十五時半から十六時半の間に、命の果てることを予測していたことがわかる。だが実際には、市島が最後に送ってきた無電が、「敵艦見ユ」（十七時四分）、そして「我敵艦ニ必中突入中」（十七時九分）であったと記録にあり、それが最期の瞬間であったことが知れる。

山岡の文章にある通り、報道班員は、出撃を見送った特攻隊員たちが散華して行くさまを、壕内の無線室にて立ち会い、見届けた。

衝撃は、想像に余りある。爽やかな笑顔を残して去って行った若者の面影がまだ瞼から消えぬうちに、その命ははかなくも消えてしまったのである。

その時には、川端らは知る由もなかったであろうが、市島は第二早稲田高等学院から早稲田大学商学部に学び、文学を愛する青年だった。

茨城県の谷田部海軍航空隊から、四月二十三日に鹿屋基地に転出、その日以来、鹿屋でも日記をつけていた。

この日記の内容については、後に詳しく見たいと思うが、今ここで、四月二十九日の市島と川端らの劇的な出会いについて私が突きつめたく思うのは、文学青年だった市島が、山岡の隣に立つ小柄で痩せぎすなもうひとりの報道班員を、川端康成だと認識できていたかどうかということである。

市島は、「報道班員!」と呼びかけて山岡の方に向かってきたという。報道班員は皆、「海軍報道班」の腕章を着用していたので、突如としてその場に現れた人たちが何者であるかは、すぐにも理解できた。おそらく新田と山岡については、それが誰であるか、顔まではわからなかったろう。だが川端は戦前既に著名な大作家であり、文学好きな人間であれば、その顔を写真で見知っていた可能性は充分にある。

市島は何故、金の入った封筒を、山岡に渡したのだろうか? 猛禽のような目をもつ小柄な報道班員が川端であることに気づいた上で、あえてその隣の、一見して川端よりも若く、気さくに見える山岡に託したのだろうか。処理を託する相手として、大作家に対しては遠慮があったということだろうか……。

市島自身が何も語らずに飛び立ち、帰らぬ人となってしまっているのに加え、川端自身もこの時の体験について筆にしたことがないので、あくまで想像上のドラマにはなる。しかし、私はこの川端と生身の特攻隊員との最初の出会い――しかも、とびきり印象的な出会いを、あえて深追いしてみたいのである。

山岡が書き残した文章は、山岡の「特攻」体験としては必ず引き合いに出されるものの、同席していた川端を主語に語られることはなかった。また、山岡側の衝撃は顧みられても、衝撃を与えた当人――市島保男の側から照明をあててみることもなかったのである。

山岡の証言を、川端と市島を隠された主語に、読み返してみることはできないだろうか。歴史に埋もれてしまった短い邂逅の場面を、拡大鏡でも覗くようにして、多角的に再現することはできないものだろうか。

そもそも、市島は何故、自身にとってはもはや不要となった金を、他でもない報道班員に託したのだろう。

本来はまだ出撃しない同僚や上司に預けようとしていたが、突如として報道班員が現れたので、世慣れた、そして金を私することなどあり得ない第三者として適当だと、咄嗟に判断したからだろうか。

想像を逞しくすれば、市島はこの日、報道班員が自分の出撃に立ち会うことを、あらかじめ承知していたのではなかったろうか。川端が鹿屋に来ていることも、知っていた可能性はないだろうか。川端の鹿屋到着は二十四日、この日までに既に五日がたっている。

普通、特攻隊員の遺品は、各自出撃を前に自ら箱ひとつにきちんと収め、それから発って行く。市島も、そのようにして残した遺品や日記、遺書などがあった。

だが、彼は金の入った封筒だけは、現場まで携行したのである。それは金だったからなのか。もし市島が報道班員の到着を待って、その人に金を託すことを期したからと言って、それは己の善行が記事になるように願ったなどという売名行為とは違う。そういう気持ちがあるなら、名乗りをあげている。だが彼は自分の名を明かしていない。

欲心というものを、彼はとうに捨ててその場にいる。すべてを捨てていることの証のように、自由に使ってくれと金を託したのである。

「報道班員、これをお願いします。あなたが最も適当と思う方法で処理して下さい。いろいろとご苦労さまです。さようなら」――。

この言葉は、山岡ひとりにだけ向けられたものだったろうか。市島は山岡に封筒を渡し、声をかけたが、その言葉は、同時に隣の川端に対しても向けられていたのではなかったか。

とりわけ、「いろいろとご苦労さまです」のひと言は、三人のなかの最長老、川端にこそ向けられてしかるべきねぎらいの挨拶であろう。

「人懐っこい笑いを残して、みんなのあとを追っていった」と山岡は去り際の市島を描くが、おそらくはこの時、市島は山岡に頭を下げ、隣の川端にも黙礼して行ったことと思われる。

市島は「報道班員」に封筒を託した。実際に封筒に入っていたのは金だったが、金の処理ということを超えて、報道班員に託したい「何か」があったとは考えられないだろうか。報道班員のなかでも、実は川端にこそ、託したい思いがありはしなかったのだろうか……。

そう思うのは、市島が、『英霊の遺文』を読んでいたのではと想像するからである。その文章のなかに、彼が特に、意に留める箇所があったと思うからなのだ。

川端の側から推測してみよう。

山岡にとって強烈な印象を残した若い特攻隊員との出会いが、川端にとっても忘れ得ない出来事であったことは想像に難くない。肉体を持った具体的な特攻隊員との初めての接触となり、笑顔で出撃して行った若者が数時間後には死んでいるという残酷な現実を教えられることにもなった。

実は『英霊の遺文』のなかで、川端はごく短くだが、出撃に際し、どうせ突っこむのだから、銃後が少しでも楽になるよう電信機などの装備品を外して行きましょうかと上官に尋ねた特攻隊員と、特攻兵士が持って行くものなら、銃後は徹夜を続けてでも喜んで生産にいそしむだろうと答えた指揮官の逸話を引き、その後で、「この特別攻撃隊員も高千穂降下部隊員も、出撃の時、所持金全部を国防献金したという」と付記し、所持金の供出に触れていた。戦地と銃後をつなぐ、「母なる内地」を論じる一環としてであった。

野里に着くやいなや、彗星のように現れては消えた若者が特攻によって短い命を終えた後、山岡から封筒に納められていたものが給料ひと月分の所持金だったことを知らされた川端は、咄嗟に、五カ月前に書いた自分の文章を思い出したであろう。

所持金をわざわざ報道班員に託したという事実から、勘のいい川端は、ひょっとしてあの若者は『英霊の遺文』を読んで、このような行動に出たのではと思い至ったかもしれない。

いずれにせよ、何かを託された者として、流れ星の光芒の跡を求めるような気持ちで、川端は市島の遺品に向かい、市島が書き残した日記を手にしたかと思われる。

報道班員として、隊員が残したそうしたものに目を通すことは「仕事」でもあった。世話好きの山岡などは、自身の報告を添えて遺書を遺族に送るようなことまでしている。

市島の日記を開いた川端は、まずはそこに綴られた内容の生真面目さと、質の高い文章に目を瞠《みは》ったことであろう。この青年が有していた豊かな文学的素養と才能は疑いようもなかった。

しかし、何よりも驚かされたのは、市島が敬虔なるキリスト教徒だったという事実であったに違いない。

『英霊の遺文』でとりあげた戦死者の遺文に、期せずしてキリスト教徒のものが続いたことがあったが、初めての特攻隊員との印象的な出会いが、はからずもクリスチャンとのものになったのだった。青年がもし『英霊の遺文』を読んでいたなら、キリスト教を信じた先輩兵士らの愛に満ちた心と行いに、必ずや胸を熱くしていたことだろう。

『英霊の遺文』から続くひとつの流れを——悲惨な殺戮の続く戦争の只中にあって川端が唯一信じようとした人間性溢れる精神の水脈を、若き特攻隊員が体現していたのである。

鹿屋で書き継がれた市島の日記のうち、明日が出撃だと知らされた四月二十七日（二十八日は天候不順で翌日に順延）の日記の最後には、聖書からマタイ伝十六章二十四節の一節が記されていた。

——人若《も》し我に従わんと思わば己を捨て己が十字架を負いて我に従え——

私はこの章のタイトルを、「川端が出会った特攻隊員たち」とした。

川端の鹿屋での「特攻」体験が、どのように彼の文学につながるのか、それを考察するには、まず何よりも、川端が鹿屋でどのような人たちと出会い、その生と死から何を見たのかを知ることが肝要だと考える。

だが、不思議なことに、特攻隊員との触れ合いの事実のなかから川端の鹿屋体験を考える試みが、あまりにも少ないのである。

文学研究、作家研究であれば、通常は戸籍調査から家族関係、生い立ちから知人友人関係など、膨大なデータ照合が行われ、現に川端の場合も、孤児のような境遇の生い立ちや初恋の女性との悲劇の顚末などは執拗なくらいに繰り返されるのに、何故か鹿屋での日々に関しては、具体的な特攻隊員の実像に触れることがなかったのである。

川端の鹿屋での「特攻」体験が、ブラックボックスのようになっていることは前にも記した。そのなかでも、特攻隊員たちとの接触が、最も顧みられていない。だが、その重要性は、野里に着くなりもたらされたひとりの特攻隊員との束の間の出会いを見ただけでも、充分に納得がいく。

私は川端がひと月の鹿屋滞在中に出会った特攻隊員について、まずはどのような人たちがいたのか、知りたいと思った。

鹿屋航空基地史料館の二階には、鹿屋基地から出撃して散華した特攻隊員たちの遺影がずらりと並んでいる。不幸な時代に青春を迎えざるを得ず、戦争という不条理に巻きこまれて命を散らすしかなかった若者たちの墓標である。

そのなかから、私は、川端が鹿屋にいた四月二十四日から五月二十四日までの間に、出撃し戦死した特攻隊員たちの遺影と記録を探し求めた。

史料館では多くの場合、各特攻隊員の遺影に、名前と出撃日、散華の場所など、簡単な記録が付される。場合によっては、遺書を始めとする遺品も添えられる。

遺書はいずれも本人の自筆になるものなので、活字で読むのとは違い、その人の生をじかに突きつけられるような気になる。痛みやら哀しみ、怒りなど、さまざまな感情が噴きあがり、胸を締めつける。

遺書については、少し述べておいた方がよいだろう。巷間時折耳にする、特攻隊員の遺書は、他人の目に触れられることを前提とした公のものなので、心の底の本音が書かれてはいないとする意見に対してである。

確かに、出撃にあたって必中を誓い、国と天皇への忠誠を述べ、両親に感謝し、九段の靖国神社での再会を期してなど、特攻隊員の遺書には類型的な内容が見られることは事実である。それが彼らに期待され、望まれていたからでもあったろう。

だが、決してそれだけではない。

死を前にしての溢れる思いを、それこそ鉛筆の芯をなめるようにして綴った文章である。巧拙を抜きに、時に読む者の肺腑を突き刺すような鋭さを放つ場合がある。帝国軍人である前に、人間としての真実が勝るのである。

第五神剣隊の一員として、五月四日に鹿屋から出撃し、帰らぬ人となった茂木三郎二飛曹、十九歳の遺書――。


――僕はもう、お母さんの顔を見られなくなるかもしれない。

お母さん、良く顔を見せてください。

しかし、僕は何んにも「カタミ」を残したくないんです。

十年も二十年も過ぎてから「カタミ」を見てお母さんを泣かせるからです。

お母さん、僕が郡山を去る日、自分の家の上空を飛びます。

それが僕の別れのあいさつです。――

この遺書は三月に書かれており、茂木二飛曹は、出撃の二カ月ほど前に、母への別れの挨拶をまとめていたのである。

形見を残すことを拒否すること自体、軍隊組織にあっては、常識破れというか、何がしかの抵抗精神なのかもしれない。無論、それを導くものは母への深い愛である。

牧野絃《かい》少尉は第六神剣隊の一員として、五月十一日に出撃して戦死した。二十三歳。金沢出身、明治大学に学んだ。

出撃前夜と、当日の朝に書かれた遺書が残されている。茂木二飛曹の場合と同様、川端は出撃を見送り、その後、遺書を目にしたと思われる。

——出撃の前日

御父上様、御母上様人生わずか五十年とは昔の言う言葉、今の世の我等二十年にしてすでに一生と言い、それ以上をオツリと言う。まして有三年も永生きせしはゼイタクの限りなり。いささかも惜しまず、笑って南溟の果てに散る。また楽しからずや。金沢の備中町、材木町小学校の頃、一月おきぐらいに病気をして弱かった頃、また千葉の家の前のグミの実など、潮干狩りのこと、新潟の永き思い出―明大に於ける生活、下宿、岐阜のこと、寺の娘、釣りのこと、いろいろと断片的に思い出されなつかしく、目を閉づれば眼前に浮かび上がります。ただただご両親様のご健康を祈るのみ。御父上様の例の御病気(何でもこわす短気病)は今後お慎み下されたく、御母上様のご心痛察するに余りあり。―

一緒に死ぬのは斎藤幸雄一等飛行兵曹とて、二十一歳の少年?かわいい男です。何故か私をしたって大部前から飛んでいますが死ぬのも一緒です。――

出撃の朝

散歩に行くような、小学校の頃遠足に行くような気持ちなり。

〇三〇〇朝めし。すしを食った。あと三時間か四時間で死ぬとは思えぬ。皆元気なり。――

「また楽しからずや」は、『論語』の有名な「有朋自遠方来不亦楽乎（朋《とも》あり遠方より来る、また楽しからずや）」のもじりだが、他の特攻隊員たちが書き残した文章にも登場している。おそらくは、隊員同士、くつろいだ折に、

「どうしてこんなに若くして逝かねばならないんだ？」

「それもまた楽しからずや、だよ」

などと、冗談を言い合うことがあったのだろう。笑って突撃するというのも、やはり何人もの特攻隊員たちの文章に見られる。

ただ、故郷の金沢以来、これまで生きてきた道のりを振り返り、走馬灯のように現れる思い出の数々に触れたところは、完全な個人の記録であり、人生のひと齣ひと齣を見せられるようで、涙なくしては読めない。改めて、ひとりひとりのかけがえのない人生があったことを痛感させられる。

最後の食事に寿司を食べたと、明るく記しているのも印象的だ。爽やかさが、逆に、唇を噛む痛々しさを突きあげてくる。

山岡荘八が書いた「最後の従軍」にも、この人のことが短く登場する。野里国民学校を出外れた麦畑の中の小川でハヤ釣りをしながら、牧野は元山基地にいた時分、練習中に飛行機を壊してしまった話な

どをして、大いに山岡を笑わせた。

遺書にも釣りが出てくるので、好きだったのだろう。かつ人を楽しませる快活さと心遣いも備えていた。好人物であったに違いない。

その人が、遺書の終わりのところで、三、四時間後に迫った己の最期について思いを馳せている。先の市島少尉もそうだったが、自分の命が数時間後には尽きてしまうことを、特攻隊員たちはそれぞれ意識せざるを得なかった。緊張し、さぞかし不安も昂じたことであろう。しかし、ひとたび機上の人となれば、敵艦のいる沖縄海域まで、一目散に向かって行ったのである。

隊員たちの遺書はそれとして、私はもう少し、その人の生前の人となりを知りたく思った。鹿屋での行動はもとより、それ以前の歩みまでも含めて、特攻隊員の「肉体」を知りたく思ったのである。

鹿屋航空基地史料館でも、隊員たちに特徴のある逸話があると、その解説や関連品の展示が付される場合がある。私は史料館で得た情報を基礎に、その後、特攻に関してこれまでに書かれた本を片っ端から当たって、自分なりに隊員たちの情報を増やして行った。

遺書によって死者として隊員の記録を知るだけでなく、川端が野里で出会った青年たちの姿を、若人の血潮がたぎる生きた「肉体」を通して、眺めてみたく思ったのである。

その結果が、以下にまとめた特攻隊員たちの記録である。茂木二飛曹や牧野少尉と同じく、川端が鹿屋にいた期間に限っているので、間違いなく、彼らの存在は、川端の目に映っていたはずである。

彼らを知ることで、川端が実際に鹿屋で何を見たのかという一端は知り得ることになるし、そこからさらに、川端の文学作品への橋渡しとなったものを見据える視野が開けることにもなるだろう。

四月二十九日、川端が野里に着いた日に飛び立った特攻隊員たちが残した遺品のうち、目を瞠ったに違いないものは、市島少尉の日記だけではなかった。

必ずや川端の目をとらえたに違いない遺品がある。特攻隊員の遺品としては、かなり異質であろう。茶道で使う抹茶茶碗だった。

その茶碗の持ち主だった隊員は、森丘哲四郎少尉、二十三歳。東京農大に学び、茶をたしなみ、ラグビー部の選手としても活躍した。元山航空隊から鹿屋に移り、第五七生隊の一員として出撃した。

茶碗は、朝鮮の元山航空隊にいた頃に求めたもので、一九四四年十月二十九日の日記に、「元山府ヲ散策ス。一老店舗にて楽浪焼茶わん一個購入す五〇円」とある。給料の三カ月分に相当する高額なものだった。

茶碗はいわゆる沓形《くつがた》で、器形をひしゃげ、歪ませたもので、森丘はそれを、ラグビーボールのようだと、面白がったという。また、器の表面に鉄砂で絵付けされた素朴な唐草文様が、見ようによっては翼をひろげた戦闘機のようにも見えることから、二重の意味でこの茶碗が気に入っていた。

出撃を前に、森丘はこの茶碗で茶をたて、一服喫した後で出陣して行ったと伝わる。

「俺が出た後、この茶碗を遺品とともに家へ送り返してほしい」

と、戦友に言い残している。

特攻隊と言えば水盃が有名だが、戦国武将さながら、出陣を前に、抹茶茶碗で茶を喫してから飛び立った隊員もいたのである。自身を象徴する茶碗で、おのれの人生を飲み干すようにして今生《こんじょう》の別れを告げたものだろう。

実は森丘にとってこの日は初めての出撃ではなかった。四月六日に出撃したが、エンジン・トラブルで奄美大島に不時着。森丘はそこから鹿屋に戻り、二十九日に再び出撃して帰らぬ人となった。

ひとたび散華を覚悟して出撃したにもかかわらず、搭乗機の故障等で目的を果たせなかった場合、特攻隊員は自分ひとり落伍したように感じて苦悩せざるを得なかった。そうした心の動揺を鎮めるにも、茶は大きな役割を果たしたことだろう。

川端は、森本少尉が遺したこの茶碗を目にし、手にとった時、何を感じたであろうか――。

戦後、『千羽鶴』（一九四九～五二）を書き、そこでは志野茶碗が主役のような役割を果たしたが、茶碗が単に茶を喫する道具ではなく、時に使い手の人格や人生を映しこみ、尽きせぬ情念を湛えるものであることは、誰よりも熟知する作家だった。

特攻兵士の遺した茶碗にも、必ずや、何がしかを心にとめるところとなったであろう。

茶碗は、二十三歳という若さで生を断ち切らなければならなかった特攻隊員の無念の象徴である。森丘というひとりの若者の内に輝いた「生命」そのものでもある。

今では、この茶碗は遺族の手から鹿屋航空基地史料館に寄贈され、展示されている。遺された茶碗には、今なお、その持ち主だった人の面影が漂い、ぬくもりが伝わる気がする。

なお、裏千家の鵬雲斎千玄室大宗匠（千政興元少尉）は、第十四期海軍予備学生として学徒出陣したが、森丘とは、舞鶴海兵団から土浦海軍航空隊まで一緒だった。茶をたしなむ同士、友人となった。

その縁で、千玄室氏は慰霊祭の折などに鹿屋をたびたび訪ね、森丘の愛した遺品の茶碗で茶をたて、戦死した特攻隊員たちの慰霊と平和を祈念する献茶式を執り行っている。

森丘の茶碗は、七十五年もの歳月を経て、史料館のガラスケースに収められてなお、現役である。

死の気配に覆われた特攻隊の宿舎に、意外な「生」が闖入してくることがあった。人間らしい愛情に、束の間、癒やしを求めた隊員たちもいたのである。

高野次郎中尉と小林常信中尉は神雷部隊の桜花隊に属し、ともに五月十一日に出撃して死去した。仲のよかったふたりは、野里国民学校の宿舎に同室していたが、アキオという戦災孤児をとめおき、家族のように可愛がっていた。

アメリカ軍による空爆は、鹿屋基地だけでなく、住宅地に暮らす鹿屋市民にも被害を与えていたが、アキオ少年は空襲で親を喪った戦災孤児だった。

山岡荘八が「最後の従軍」で書き留めているので、引用する。

——高野中尉は温和なエンジニア。小林中尉は絶えずみんなを民謡や踊りで笑わせるユーモリストで、彼等は自分たちの部屋に戦災孤児のアキオという少年をとめていた。六つか七つのこの迷い子はひどくいたずらで、よく小林中尉に裸にされては洗われていたが、部隊からの連絡で叔父が熊本から迎えにくると、中尉たちと一緒に飛行機で戦いに行くのだとダダをこねて困らせた。そして「帰らないと連れていってアメリカの上に落してやる」。そういわれると、ようやく納得し、新しい大人のダブダブのシャツを着せられ、中尉たちの集めてくれた彼にとっては大金をポケットに納め、ようかんを背負わせられてベソをかきながら叔父に連れ去られた。——

また、筑波隊の西田高光中尉が残した日記にも、この少年に触れたくだりがある。

――吾が神雷隊の養い児に父母なき瀬戸口昭男と云う十一歳の子供あり。隊に寝泊り、敵来たらば一緒に壕に入る。算数の頭不良なるも、画非常に上手なり。良く話し着のみ着のままなるも、兵隊と共に風呂に入れ、人気者で可愛らし。通称神雷モンキーと云う。――

実際の面倒を見るのは高野、小林両中尉であったろうが、西田の日記を見る限り、アキオ（昭男）少年は神雷部隊全体のマスコット的な存在になっていたようである。「神雷モンキー」というあだ名まで頂戴している。

川端は幼くして両親と死に別れ、孤児同然の生い立ちを送った。特攻隊員に育てられている孤児の存在は、川端の目にもとまらぬわけがなかったであろう。

まるで父か兄の代わりのように戦災孤児の少年を育てる高野、小林の桜花隊の両中尉。そして、隊全体のマスコットのように少年を可愛がる神雷部隊の特攻隊員たち――。

死を前にして、人は誰しも、人としてのやさしさが増すのであろうか。生命《いのち》に対する慈しみが、ことさら強まるのだろうか……。

少年を親族のもとに引き渡した後、いよいよ出撃の日が来た。高野中尉も小林中尉も、ロケット型特攻機の「桜花」に乗りこみ、目標に近づくや、母機となる一式陸攻から切り離され、一・二トンもの爆弾とともに突っこんで行った。高野中尉二十二歳、小林中尉二十三歳であった。

川端が朝日新聞記者に語ったという神雷部隊の「桜花」攻撃を讃えたプロパガンダ記事を、先に紹介したが、川端が実際にどこまで踏みこんで語ったのかはともかく、「桜花」機を操り突撃して行った特攻隊員が、一方では戦災孤児に愛情を注ぎ、手塩にかけて面倒を見ていたことを、忘れてはいなかったはずである。

なお、山岡の証言によれば、小林中尉は出撃の直前まで、近隣農民たちの麦刈りを手伝っていたという。

「さて、あちらで結婚式場の用意がよろしいそうで」

そう冗談を飛ばし、山岡の肩を軽くたたいて、出撃して行った。ユーモリストの面影は、最後まで変わらなかったようだ。

生命あるものへの愛情という点になると、菊池邦壽一飛曹も外せまい。神雷部隊の攻撃隊に属し、やはり五月十一日に出撃し、帰らぬ人となったが、部隊では犬を飼い可愛がっていた。

この犬は、もともとは野里国民学校の用務員室として使われ、神雷部隊の入居後は士官食堂となった部屋に、ある日、ふらりと現れたという。腹をすかし、どこからか迷いこんで来た野良犬であった。

菊池一飛曹はこの犬を可愛がり、自分の手で飼うことにした。餌をバクバク食うことから、バクと名づけた。バクも菊池一飛曹によくなついた。

特攻隊の基地では、他所でも、隊員が犬を抱いた写真が残るなど、犬を可愛がった例が知られている。やはり、死を前にした日々、ことさら生命が愛しく感じられたのであろうか。

出撃の日、菊池一飛曹は愛犬バクのためにマフラーを残して発った。バクが寂しがらぬよう、自分の匂いのついたものを渡して行きたかったのであろう。十九歳の青年のやさしさだった。

さて、川端康成は大の犬好きであった。五匹の子犬を抱えた有名な写真もある。

自宅でも犬を飼い、多い時には六頭もの犬を飼っていたという。犬が増えすぎて、生まれた子犬を坂口安吾や宇野千代にあげたこともある。

『わが犬の記』『愛犬家心得』など、犬を描いたエッセイもあり、「犬という動物は人間から愛されるために生き、人間を愛するために生きていると言ってもいいであろう」(『わが犬の記』)と書いた。

小説でも、例えば戦後の代表作『山の音』では、犬のテルが登場し、家族の風景に微妙なニュアンスを加味している。

そういう川端であれば、神雷部隊の宿営で愛嬌を振りまく犬の存在は、当然目に入ったであろう。手ずから餌をあげることもあったかもしれない。

そして必ずや、思ったであろう。

生きることが拒否され、死の気配を濃くする特攻基地で、生命が大切にされているという不思議さを。特攻によって自らの生命を絶たねばならぬ者の手によって、小さな生命がやさしく見守られ、愛されているという奇特さ、切なさを……。


川端が野里でともに過ごした特攻隊員のなかには、スポーツ選手として華々しく活躍した人物もいた。まずはスキーのジャンプ競技の選手だった森史郎少尉――。飯山中学、明治大学在籍中から全日本のジャンプ大会(少年の部)で優勝するなど、その道での才能は顕著だった。

幻のオリンピックとして知られる一九四〇年の東京五輪同様、その年に予定されながら戦争で非開催となった札幌冬季オリンピックでは、日本代表の有力候補にあげられていた。

第五筑波隊の一員として、五月十一日に出撃、戦死している。二十二歳だった。

遺品は一般的には風変わりであろうが、この人ならではの物でもある。愛用のスキー板の先端部に、「魁　大空」と毛筆で大書した。一九四三年十二月、学徒出陣に際して、書いたと伝えられている。

スキーのジャンプで飛んだのと同じ気持ちで、今からは戦闘機で大空を飛ぶとの決意表明だったろうか。あるいは、本来自分が飛ぶべきはスキージャンプであったが、夢を果たせなかったという苦い思いの表れだったのであろうか。

愛用のスキー板は、文字を書いた先端部を残して、後は乱暴に折り捨てられている。もう自分にはスキー板は必要なくなったという悲壮な覚悟が見えるようだ。

鹿屋に移る前、森は一週間ほど野沢温泉の実家に里帰りをしている。スキーを楽しみ、日焼けして故郷を後にしたが、特攻のことは家族には明かさなかったという。

川端が、森少尉の遺品のスキー板を目にしたかどうかはよくわからない。というのも、今では鹿屋の航空基地史料館に展示されているこのスキー板は、果たして、鹿屋での最後の日々、森少尉が携行していたかどうか、判然としないからだ。

ただ、スポーツの世界では有名だった人だけに、その人となりは、川端も聞き及んでいた可能性が高い。

小説『雪国』の舞台は湯沢温泉だが、主人公・島村の定宿の部屋からは、山麓のスキー場が見渡せた。ヒロインの芸者・駒子は、「スキイ場の宣伝写真に、座敷着のまま木綿の山袴《さんぱく》を穿きスキイに乗って」、先輩芸者と並んでモデルもつとめている。

冬の到来を迎え、宿の玄関先では物置から出してきた客用のスキー板を並べ干す。「そのほのかな黴の匂いは、湯気で甘くなって」と、川端は筆にしている。村の子供が浅く雪をかぶった田圃でスキーに乗って遊ぶ様子も描かれた。

ジャンプ競技が小説に登場するわけではなかったが、スキーが雪国の人々の暮らしに溶けこんでいることを、身をもって知る川端だったのである。

作品世界としての『雪国』は、俗世の塵埃を免れた別天地だった。

鹿屋基地で、スキーに長《た》けた雪国出身の特攻隊員がいることを知って、川端はどう感じたであろうか……。

素朴な親近感を抱きもしたであろう。雪に覆われた大地の汚れなき清浄の気が、ふと胸をよぎりもしたことだろう。

逆に、無垢と静寂に包まれた白銀の広野が、有無を言わせぬ暴力によって蹂躙され、戦火と戦塵にまみれるような、むごたらしい地獄絵を幻視することにもなったかもしれない。

雪国に馴染み、罪なき桃源郷としてその地をよく知る川端には、何がしかの崩壊と喪失がひしひしと感じられてならなかったであろう。

その思いが、森少尉の胸の内と谺を響かせたことは容易に想像し得る。

北国ではぐくまれた夢が挫折し、南国の五月の朝、森少尉はスキー板を特攻機の翼に変え、大空に旅立って行った。


野球界で活躍した元選手もいた。石丸進一少尉――。

佐賀商業高校のエース・ピッチャーとして活躍、その後、兄が選手をしていた「名古屋軍」(中日ドラゴンズの前身)に入団、速球派の投手として、一九四二年には十七勝、翌四三年には二十勝をあげた。

四三年には、ノーヒット・ノーランも達成している

プロの野球選手として活躍しながら、徴兵を逃れるためもあって、日本大学法科の夜学に通った。それが逆に、一九四四年春の学徒出陣で召集され、野球界を離れることになった。

森少尉と同じく第五筑波隊の一員として、五月十一日に出撃して戦死。二十二歳だった。

野球を愛してやまなかったこの人の出撃直前の様子を、山岡荘八が「最後の従軍」で書き残している。

——石丸進一少尉は兄と共に職業野球の名古屋軍にはいっていたことがあるとかで、本田耕一少尉と共によくキャッチ・ボールをしていたが、いよいよ出撃の命が下り、司令の訓示が済むと同時に、二人で校庭へ飛び出して最後の投球をはじめた。「ストライク！」今もハッキリとその声は私の耳に残っている。彼等は十本ストライクを通すと、ミットとグローブを勢いよく投げ出し、「これで思い残すことはない。報道班員さようならッ」

大きく手を振りながら戦友のあとを追った。——

「ストライク！」という声が今も聞こえてきそうだ。

なお、山岡の書きぶりだと、キャッチャー役の本田耕一少尉とふたり一緒に出撃したように読めてしまうが、実際には、石丸少尉が五月十一日、本田少尉は三日後の五月十四日に出撃している。

本田少尉は、学生野球で活躍、法政大学に学んだが、一九四四年春の学徒出陣で召集された。出撃時には二十二歳だった。

山岡は石丸少尉の勇ましく潔い部分しか描かなかったが、鹿屋基地では「死にたくない、怖い」と漏

らしていたとも伝わる。兵舎の陰で、人知れず、泣いていたこともあったという。間違いないことは、何よりも野球を愛し、戦争さえなければ野球を続けたかったことである。

川端が野球に関心があったかどうか、定かではない。名古屋軍時代の石丸投手の活躍についても、どこまで知っていたものか、よくわからない。

ただ、鎌倉文士には、実は野球好きが少なくなかった。鎌倉文庫で川端と一緒だった久米正雄や里見弴は、野球好きが昂じ、選手を集めて「鎌倉老童軍」というチームを結成、一九三四年には都市対抗野球に出場したこともある（総監督は久米）。

身近にそういう野球好きもいたので、川端が全く野球に無知で関心もなかったとは思えない。

石丸少尉は最後のキャッチ・ボールだけでなく、鹿屋では本田少尉を相手によくキャッチ・ボールをしていたというので、そういう場面は、川端も目撃したことだろう。

山岡の文章を見ても、「石丸進一少尉は兄と共に職業野球の名古屋軍にはいっていたことがあるとかで」とあるので、山岡自身、プロ野球選手としての石丸投手の活躍にさほど通じていたとは思えない。だが明らかに、その情報を、誰かから聞き及んでいる。

だとすれば、川端もまた、神雷部隊の誰かから教わって、キャッチ・ボールをよくする特攻隊員の前身について、知識を得ていたと考えるのが妥当であろう。

石丸にとってキャッチ・ボールは、単に余暇の運動や息抜きのレベルではなかったはずだ。速球がミットに吸いこまれるあまりの真剣な音に、川端が思わず耳を澄ますこともあったろう。

語るに語れぬ思いを――、口惜しさや無念も含めた整理のつかない感情を、石丸は白球に投げこんだのである。

キャッチ・ボールを眺める川端は、白球に込められた石丸少尉の思いを、何がしか、感じていたのではなかったろうか……。

石丸少尉の最後のキャッチ・ボールは、山岡荘八が書き残したお蔭で後世に知られるようになり、映画まで作られるに至った（『人間の翼 最後のキャッチボール』一九九六）。

実際、山岡は足しげく特攻隊員たちの間をまわり、積極的に特攻隊員たちと接し交わった。

五月十六日に、NHKの放送局員が鹿屋基地を訪ね、神雷部隊を取材し、ラジオ番組用に録音をとったが、この時も、山岡が部隊を紹介する司会や解説役をつとめている（放送は六月十三日から数次にわたった）。

先に戦災孤児のアキオ少年に触れた際、その日記の一部を引用して紹介した西田高光中尉もまた、鹿屋での最後の日々、山岡と親しく交わり、腹を割って話し合った人物だった。

第五筑波隊の隊長をつとめた西田中尉の出撃は五月十一日であったが、その二日前、山岡は、特攻に際して支給された新しい飛行靴を、西田が出撃命令の出ていない部下の片桐清美一飛曹に与えている場面を目撃した。

使い古した西田の靴は底がパクパクだったが、新品の靴は自分にはもはや必要がないとして、遠慮する片桐に「命令だ！」と無理にも受け取らせたという（片桐一飛曹は六月二十二日に出撃する日まで、西田中尉から貰い受けた飛行靴を履いた）。

その豪気さに打たれ、山岡は禁句ともいえる質問を西田にぶつけることになる。「最後の従軍」でもある意味、クライマックスとなるくだりだが、以下、原文から引用しよう。

——そうした中尉の態度は、もう何を訊《たず》ねても、そのために動揺するような気配は全くなかった。そこで私は古畳の上に胡座《あぐら》して、教え子（＊注　入隊前、西田は国民学校で教員をつとめていた）に最後の返事を書いている彼に、禁句になっている質問を矢つぎ早に浴びせていった。この戦を果して勝抜けると思っているのかどうか？　もし負けても、悔いはないのか？　今日の心境になるまでにどのような心理の波があったかなどを……。

彼は、重い口調で、現在ここに来る人々はみな自分から進んで志願したものであること。したがってもはや動揺期は克服していること。そして最後にこうつけ加えた。

「学鷲（＊註　予備学生出身の搭乗員）は一応インテリです。そう簡単に勝てるなどとは思っていません。しかし負けたとしても、そのあとはどうなるのです……おわかりでしょう。われわれの生命は講和の条件にも、その後の日本人の運命にも繫っていますよ。そう民族の誇りに……」

私は、彼にぶしつけな質問をしたことを悔いなかった。と、同時に、彼がパクパクとつまさきの破れた飛行ぐつをはいて、五百キロ爆弾と共に大空へ飛び立っていったとき、見送りの列を離れて声をあげて泣いてしまった。——

山岡の筆ではここまでだったが、牛島秀彦氏の著書『消えた春』（一九八一　時事通信社）では、西田の会話の続きが紹介されている。

牛島は石丸進一少尉の従弟にあたるが、そのことを知って、山岡が西田中尉の言葉として牛島に話して聞かせた内容である。

――「皆それなりに、自分自身を納得させてるはずです。親兄弟や妻や子や恋人を守るために……とかね。そうじゃなきゃ死ねませんよ。そりゃ死ぬのは、こわい――と言うよりイヤですよ。でも、泣いたり、喚いたりしたって醜態を晒すだけだし、脱走するわけにはいきませんしね……。ただ私の教え子たちには、絶対に特攻になってほしくないです。検閲があるんで、そんなことは手紙に書けませんがね――」――。

「最後の従軍」は新聞連載だったので、字数に限りもあった。山岡としては西田の言葉のエッセンスをまとめたものだったろうか。牛島に語った内容の方が、軍への批判はより強いものになっている。とりわけ、自分は運命に従い特攻隊として散って行くが、教え子たちは絶対に特攻になってほしくないと明言するくだりは、ずしりと重い。公にはしにくい、二十三歳の若者の本音中の本音が披露されている。

特攻隊員がここまで心の深奥を明かすには、相当の信頼がなければならない。山岡との間には、兵士と報道班員の間に交わされる絆の極致が結晶している。

そのことは、西田の遺書を見てもよくわかる。遺書は二通あって、ひとつは前日に書かれ、皇国の必勝を信じ「必中」の覚悟を述べたものだが、もう一通の、出撃前夜から当日の朝にかけて書かれた「あとをたのむ」という遺書に、山岡の名が記されている。

――あとをたのむ

五月十日
　大空に雲は行き、雲は流れり
星は永遠に輝き　久遠にきらめく・
空、空

五月十一日
　五月十一日の朝は来た。
今より五時間後は必中する。
　総ての人よさらば、後を頼む。
お父さん、お母さん、
　征って参ります。
　　一生の最後の書

神雷一轟処　砕敵艦無跡（＊註　神雷一たび轟くところ　敵艦を砕き跡もなし）
作家　山岡荘八氏、最後を見送ってくれた人。――

おそらくは西田中尉にとっても、最後の日々、山岡と腹を割った話ができたことが、なにがしかの癒やしになったのであろう。この世の最後に綴る文の終わりに、わざわざ報道班員の名前をあげたのは、山岡との話し合いに、人としてよほどの充足を見出したからに違いない。

さて、ではこの西田中尉を、そして、山岡との心温まる交流を、川端はどのように眺めていたのだろうか――。

大分師範を卒業後、国民学校の教師を一年半ほどしていたという西田中尉には、先の片桐一飛曹とのエピソードにも見られるように、自らの指導的立場とでもいうか、上に立つ者としての自覚、自負を強く感じる。よき師、よき兄であろうとする意志である。

第五筑波隊の隊長を務めるからでもある。しかし、それ以上に、人としての地が、潔く、男っぽくできている。そうありたいと願い、そうあることを自らに課している。

遺した日記を見ても、例えば五月一日には、「朝より梅雨の如き雨なり、夜ビール十本入手、大いに飲みて歌えば空晴れて星出づ。明日は出撃のことならん」とあって、部下の者たちと痛飲し高歌放吟したことが綴られており、そうしたさまも、いかにもこの人らしい。

そういった点も含め、後に『徳川家康』を書く山岡とは、人間的肌合いとしても響き合うものがあったのだろう。

無論、その男気に溢れた潔い顔の奥で、人として苦しみ、悩んだ部分もあったはずだが、その葛藤を克服した晴れ晴れしい姿に、山岡は惚れている。軍の方針に異議があっても、あえて自分はその駒として犠牲となり、新しい世のための礎となる――その姿に、涙を流すほど感動したのである。

だが、そこのところは、川端の反応は少し違ったのではないかと思われる。

あえて言うなら、川端がリアリティを感じるのは、人には見せぬ水鳥の足のように、水面下でもがく苦渋そのもの、陰影の濃さだったのではないだろうか……。

山岡は一九七二年に川端が死去した時、故人の思い出を綴った文章（「眼」『文藝春秋』同年六月号）のなかで、鹿屋の特攻基地で川端と一緒だったことを回想し、自分が原稿（硫黄島で玉砕した栗林忠道大将の伝記）を書くのを川端が背後から凝視するので困惑したと述べている。しつこく覗き続けるので、「ちょっと脇を向いていてくれませんか」と頼んだが、川端はニヤリとするだけで目はそらさなかったという。

また、米軍の猛爆を受け防空壕で一緒になった折、空襲がやむやいなや、瞬時にして「山岡さん、もう小鳥が鳴き出しましたよ」と川端から告げられたとも綴っている。どうやら鹿屋での山岡は、川端に見透かされているような気分から逃れられなかったようだ。

川端の訃報を聞いて「ホッとした」思いがしたとまで山岡は語るのだが、追悼文にはなじみがたい感想を吐露したのも、鹿屋での齟齬が尾を引いたものかと思われる。同じく海軍報道班員として動員されながら、水と油のように、作家としての決定的な差が存在したということなのだろう。

さて、次章では、もう少し、特攻隊員が抱えた陰の部分に重きを置きながら、なおも川端と特攻隊員との接点を探って行こう。

第七章　川端が出会った特攻隊員たち　その二

川端康成が具体的な特攻隊員の面影について述べたのは、第一章でも紹介した通り、一九五五年に発表した『敗戦のころ』で短く言及した箇所だけである。

——私は特攻隊員を忘れることが出来ない。あなたはこんなところへは来てはいけないという隊員も、早く帰った方がいいという隊員もあった。出撃の直前まで武者小路氏を読んでいたり、出撃の直前に安倍先生（能成氏、当時一高校長。）によろしくとことづけたりする隊員もあった。——

もう一度、この回想に焦点をあてたい。川端が鹿屋で出会ったはずの特攻隊員の何人かを前章で紹介したが、川端が忘れることが出来ないとした隊員たちとは重なるのであろうか。

そもそも、川端のこの『敗戦のころ』の文章を、私たちはこれまで表面的な理解のうちにさらりとやり過ごすことはなかったろうか。川端が抑制的に語った短い証言の真意を、きちんと読みこめていなかったのではないだろうか——。

例えば、武者小路実篤である。『友情』、『愛と死』、『その妹』など、時代を超えて読み継がれている代表作を想起しただけで、終わっていないだろうか。

特攻隊員たちは、自身の最期を前にして、武者小路のどのような著作を読んでいたというのだろう？宮崎県の木城村（現在は町）で武者小路が始めた理想郷「新しき村」を今もただひとりで守る松田省吾氏に、鹿屋基地ではいったいどの武者小路作品が読まれていたと考えるべきか伺うと、さすがに即答が返って来た。

「きっと『人生論』でしょう。戦前から岩波新書で出され、読まれていたようです」

武者小路実篤の『人生論』は、一九三八年に第一刷が出ている。

本を開いてみて、驚いた。かなりのページが、「死」について書かれていたからである。しかも、死の恐怖をどう乗り越えるかという点に、重きが置かれている。

――健全な死は安らかな死なのだ。無理に死ななければならないから死が恐ろしいのだ。だから死の恐怖を味わうことは、その人がまだ生きてしなければならない仕事をしていないからだ。生きている内にその人がすることを命じられていることを仕上げたら、その人は死を許されるのだ。もう一つは死以上の生活が出来ていないからだ。自分の一生を犠牲にしてもいいという仕事にぶつからないからだ。

その人が死ぬことを自然がより望む場合、その人は死を選ぶのだ。

その人が死ぬことで、他の人の生命が助かる時とか、その人が死ぬことで社会の人が助かるとか、又その人が死ぬ事がその人の義務を果す時とか、そういう時、死は生以上に美しいことであり、人々はその人を讃美するのが自然であり、勇気のある人で始めて、そのことは行われることになる。――

――我等が死を恐れるのは、なすべきことを何にもせず、ぐうたらに生きているからだ。真剣に生きて、なすべきことをなした時は、死は恐怖の姿をあらわさず、親しみある姿を見せるか、まるでそんなことを超越することが出来るであろう。死を恐れなかった人は、昔から決して少なくない。名は惜しむが死は惜しまないという人も少なくなかった。

死の恐怖はたまらないものだが、之は自然が我等を生かす為に与えたものだから、生きる以上に自然に気に入った死に方をすれば、死は凱旋になり得るのだ。――


大学から学徒出陣で戦塵にまみれることになった特攻隊員たちは、迫り来る死をどう自らに納得させるか、苦しんだのだろう。

言うまでもなく、武者小路が語った死についての言葉は、特攻隊員に向けて書かれたものでもなく、自殺、自死を勧めたわけでもない。死を通して、生の充実の必要を語っているのである。

だが、特攻隊員たちは、死の不安や恐怖と懸命に闘いながら、まさに溺れる者は藁をもの心境で『人生論』の文字を追っていたのだろう。苦しみを喚き叫ぶのではなしに、静かに書に触れることで、何とか死の恐怖を克服しようと努める飛行服姿の若者が目に浮かぶようだ。

そのような特攻隊員の姿を、川端は目に留め、胸に刻んだのである。

では、「安倍先生によろしく」という特攻隊員のことづけの方は、どう解釈すればよいのだろうか――。

普通に考えれば、これは安倍能成の教え子から恩師への挨拶ということになる。安倍は長く朝鮮の京城帝国大学で教鞭をとった後、一九四〇年から東京の第一高等学校で校長をつとめることになった。

川端がわざわざ「当時一高校長」と注記していることを見れば、一高で安倍の訓育を受けた特攻隊員がいたということだったろう。川端も一高の出身であることを知って、「安倍先生によろしく」とことづけすることになったかと思われる。

当然ながら、私は川端が鹿屋基地に滞在した時期に、鹿屋から出撃した一高出身の特攻隊員がいなかったものかどうか、そこから調査を始めた。

だが、これがひと筋縄ではいかなかった。学徒兵あがりの特攻隊員については、その出身大学についての記録は処々に載るものの、それ以前の高校となると、出身校捜しは容易ではない。

私は自分の調査が遅々として進まないので、鹿屋航空基地史料館にも問い合わせてみたのだったが、史料館でも出身高校までは把握していないとのことだった。ところが数カ月たって、筑波隊関連の資料のなかに一高出身者を見つけたとの連絡をいただいた。粘り強く資料確認を続けてくださったお陰だった。

吉田信少尉――。一高から東大に進み、その後、海軍航空兵への道に転じた。五月十一日に第五筑波隊の一員として鹿屋から出撃、散華している。

そこからは、私の方で調査がとんとん拍子に進み、川端と安倍、吉田のつながりについて述べた未見の資料に出会うことができた。

『死の日まで天を仰ぎ』――。一高出身の鈴木一郎氏が藤代肇のペンネームで書いた一種のノンフィクション小説である。

鈴木氏には、やはり藤代肇の筆名で刊行した、『春の遺跡』（一九八一　昭和出版）という戦没学徒兵の手記や日記をベースにした著書があるのだが、出版後も大幅に加筆修正を続けた。鈴木氏の逝去により未完の原稿として残されたが、その後、『死の日まで天を仰ぎ』という新たなタイトルで、まとめられることになった。
書籍にはならなかったが、もとは「一高同窓会」のホームページとして立ち上げられ、現在では東京大学駒場博物館が引き継いでいる「東大教養学部学生諸君へ」というサイトに、全文が掲載されるに至った。
『死の日まで天を仰ぎ』の第三部の二から、当該部分を引く。

——川端康成は戦争中、海軍報道班員として特攻基地の鹿屋にいたことがある。ある朝、出撃する特攻隊員の一人から「先輩」と声をかけられた。「安倍（能成）先生に会われたら、よろしくお伝えください」そう言い残して、その特攻隊員は走り去ったという。
戦後、安倍能成は一高校長から文部大臣になり、学習院院長になった。たまたまある会合で川端からその話を聞いた。別の会合で一高時代の教え子の一人にその話をしたところ、それは旅行部にいた山男の佐々木八郎だろうということになった。（中略）
筆者（＊註　鈴木一郎氏）がその話を聞いたのは、安倍邸で開かれた旧制一高出身者の会合の席でだったが、それから十数年、筆者も安倍と同様、その特攻隊員が佐々木だということを信じて疑わなかった。疑いを持ちはじめたのは、佐々木の日記を読み、また、同じ特攻隊員だった吉田信が手記を残していることを知ってからである。佐々木と同期で、ホッケー部にいた、あの吉田信である。——

ここに言う佐々木八郎というのは、『きけ　わだつみのこえ』のなかの主要人物となった学徒兵出身の特攻隊員のことで、膨大な手記を残し、手記は単独でも『青春の遺書』として一九八一年に出版されている（昭和出版）。学生時代には反戦思想を抱きながら、最終的には特攻隊員として、一九四五年四月十四日、鹿屋基地から出撃、戦死した。

川端が鹿屋に到着したのは、四月二十四日であるから、佐々木とは出会うはずもなかった。鈴木氏もこの鹿屋滞在の時期の差に目をつけられて以降、佐々木ではないと思い始め、四月二十九日に鹿屋入りし、五月十一日に出撃して戦死した吉田信少尉に違いないと確信するに至ったのである。

鈴木氏が鹿屋での川端の話を聞いたのは、安倍能成からだったらしいが、川端の書いた『敗戦のころ』は未読のままだったようで、また「（川端は）特攻基地で見聞したことを一言も口にしなかったし、また、一切文字にもしていない」とも書いていることから、『生命の樹』や『虹いくたび』など、川端の特攻関連の小説にも目を通していないかに思われる。

安倍の回想をもとにした鈴木氏の文章のなかで、川端本人の手によって書かれなかった「新情報」は、安倍へのメッセージを伝えた特攻隊員が「先輩」と声をかけてきたという点である。このひと言で、同じ一高出身の先輩として、川端に安倍への挨拶を委託したことが明白になる。

では、吉田少尉は、何故、一高校長の安倍によろしく言ってほしいと願ったのだろうか——。

安倍能成は、リベラルな自由主義者として知られた。軍部に対してもひるまず、軍が進めた高校の年限短縮（一九四三年に就業年数が三年から二年に短縮）に反対、また近衛文麿に早期和平を進言して憲兵隊から睨まれ、たびたび呼び出しを食らった。

大学生や高校生などを対象に学徒出陣が始まったのは一九四三年十月からだが、十一月九日に安倍が出陣する学生たちへの餞《はなむけ》として綴った「諸君を送る」というメッセージがある。

「六ケしい（＊註　むつかしい）ことではあるが、生死の程は、諸君はこれを国家と歴史との動きゆく大いなるいのちに任せて、徒らに生に拘することも死を急ぐことも避けてもらいたい。日本が東亜が世界が必要とする人々は、神が死なせないであろう。」（向陵時報　一九四三年十一月二十日）――。

当時、教職にあった者としては、ぎりぎりいっぱいの軍部への抵抗であった。学問への志半ばに、学徒出陣を強いられた学生にとって、軍の圧力にひるまず、教育者としての信念を貫こうとする安倍は、一種のヒーローとして映った。

そのような安倍に、よろしくと言った吉田少尉の胸には、学徒出陣を送った際の安倍の言葉があり、かつ修業年数をめぐって高校生の学ぶ権利を守ろうとした教育者としての一徹な姿勢への共感があったのだろう。

このように考えると、特攻隊員の吉田が川端に託した思いとは、軍に対する批判そのものということになる。自身は命令によって命を犠牲にせざるを得ないが、軍の方針に対して異議を抱き、意に反して飛び立って行くのだという意志表示だったことになる。

しかもそのことづけが出撃直前になされたということは、いよいよ最期を迎えるにあたり、どうしても言い残しておきたかった秘めたる本音ということになる。時局に対する最後の抵抗にもなる。

川端は、そのような隊員の思いを、引き受けたのである。背負わされたのである。

吉田は生前、戦争に対し否定的であったと言われ、五月六日に戦友たちとものした寄せ書きでも、他の隊員が「不惜身命」「死即生」「爆戦」などと書きこんだのに対し、「望」の一文字だけを記入している。

吉田の残した日記には、川端との接触を書き残した部分はない。ふたりの邂逅は出撃間際のわずかな時間に限られた出来事だったのか、ある程度の交流や親交があった上でメッセージの委託となったものか、正確なところはわからない。

吉田の日記には、「夜、宿舎にて報道班員の山岡荘八氏来り、ともに語る」（四月三十日）という記述があって興味を引くが、これは吉田が、「あとをたのむ」の遺書で山岡荘八の名前をあげた、西田高光中尉が率いる隊の一員だったからであろう。

ここまで理解できたうえで、改めて川端の『敗戦のころ』を整理しよう。

川端の筆は極めて抑制的なので、実像が見えにくかったが、短い文章のなかで彼が語った忘れがたい特攻隊員の面影とは、次のような人たちだったということになる。
一　川端の身を気遣い、早く戻るべきだと勧める者。川端がいるべきところは戦地ではなく、川端が本来すべき仕事は他にあると、忠告する者。
二　武者小路の『人生論』によって、何とか死の恐怖と闘い、自らの若すぎる死を納得させようと努めている者。
三　軍部に対して批判的な考えを持ち、学窓にあって軍と対立する安倍能成にエールを送る者。
この三種の隊員像を川端は描いていたのだった。

最後の、安倍能成によろしくと依頼した特攻隊員だけは吉田信少尉だと判明したが、それ以外については、いったい誰なのか、特定できない。私が本稿で具体的な名前をあげてとりあげている特攻隊員ではない、別の特攻隊員だった可能性も否定できない。

いずれにしても、川端が抑えた筆で伝えた特攻隊員たちの実像は、軍の方針に対して含むところがあり、それでもなお、死の恐怖と闘いながら、理不尽な死を納得できるものとすべく努力を重ねた若者たちだったということになる。

この点、山岡の伝えた清々しい特攻隊員の姿とは、やはり相当の差異がある。

同じ特攻基地に身を置きながら、作家としての質の差が、単に「動」と「静」ということを超えて、隊員たちに向ける眼差しのアングルを違えることになるのであろう。


特攻隊員たちの遺影が並ぶ鹿屋航空基地史料館二階の展示室の一角に、そこだけ花が咲いたように、たおやかな花嫁人形が飾られている。

文金高島田に角隠しを巻き、花嫁衣裳を着てやさしげに微笑む人形は、思いを寄せる女性と添い遂げることのできなかったひとりの特攻隊員に捧げられたものだ。

中島眞鏡少尉――。神雷部隊の攻撃隊、七〇八飛行隊に属し、五月十一日に出撃して戦死、二十二歳だった。

中島少尉には、愛する女性がいた。台湾に暮らし、女子挺身隊で勤労奉仕をしていた。だが米軍機の空爆を受け、死去してしまう。

家族は中島少尉に女性の死を伝えず、中島少尉は愛する女性の死を知らぬまま飛び立ち、散華する。

遺族は、この世では一緒になることのできなかったこの短命の男女を不憫に思い、後日、花嫁人形を用意し、史料館に寄贈した。

特攻隊員のなかには、女性との思い出を胸に秘める者や、相思相愛の仲にある女性を抱える者もいた。

愛する女性への思いはさぞかし断ちがたかったであろうが、その恋情と未練を、この上なき熱き筆で綴った特攻隊員がいた。

藤田暢明少尉――。第六筑波隊の一員として、五月十四日に出撃、戦死。二十一歳だった。

藤田少尉は徳島県の農家出身、上京して東京農業大学に学び、その頃から、睦重さんという女性と思いを寄せ合うようになった。

やがて学徒出陣で応召、海軍予備飛行学生として訓練を積み、筑波航空隊を経て、鹿屋基地へ転進した。

いずれは特攻隊として出撃する運命であることを知りながら、藤田は愛する女性との結婚を熱望した。何度か結婚を申しこむが、睦重さんの両親は反対。しかし、睦重さん自身も強く結婚を望んだため、ついに両親が折れ、結婚を許諾、その知らせが鹿屋に届いたのは、出撃のわずか三日前のことだった。

早速、藤田は睦重さん宛てに手紙をしたためる。喜びに満ちた手紙が、同時に遺書でもあるという、複雑な手紙となった。その矛盾を乗り越えようとするかのように、愛の激情はひたすら燃えあがり、途中からは激越な調子で「睦重！」が繰り返された。

鹿屋から出撃した特攻隊員がものした遺書のなかでも、これほど激烈で、胸にたぎる思いのたけをぶちまけたものはないだろう。


――本日父上、母上様からお許しのお手紙を頂戴し感無量なり、お前も嬉しかったと思う。両親は睦重の美しい心、優しい女らしい柔らかい線を持った態度を認めてくれたのだと俺は信ずる。俺は本当に幸福の中の幸福な男と思う。睦重無くして俺なく、俺なくして睦重なし。俺はお前を誰よりも愛するであろう。どうか俺の親へのご孝養を俺に代わって尽くしてくれ。睦重！　睦重！　お願いします。

いよいよ待望の秋《とき》が来た。昭和二十年五月十四日薄暮より開始せられる菊水七号作戦中、特攻隊の最先峰を征くのだ。男子の本懐之に過ぐるものなし。睦重も、優しい敬愛する睦重も俺と一緒に祝福してくれ。

おれは幸福だ。世界中唯一人の最も優しい最愛の妻睦重と、何処までも征けるのだ。

之からの生涯に於いて如何なることがあろうとも俺は断じて愛する睦重を守り通さんことを今固く誓って置く。

暢明を信ずべし。信じうる者は常に強ければなり。

歌心あれど歌なきを如何にせん。歌わんとするわが心中の歌を察せよ。

何か俺に知らせたきことあれば作物に向かい述べるべし。

睦重、畑におらば俺は作物の中におらん。

睦重、これで失礼する。先にいくことを悪く思うな。許せ。

ではくれぐれも身体に気をつけて一日も早く土になりきる様、またご両親、祖父母様のお世話をよろしくお願いする。

真の幸福とは現在の我が身の味わいつつあるものを言う。

新しき者、睦重の幸福と頑張りを祈ります。

優しい我が愛妻睦重！　来世も次の世もまた次の次の世も暢明の妻となってくれ。睦重、睦重、睦重。優しいお前を誰よりも俺は愛する。睦重さようなら。むつえ、睦重、睦重、睦重！　優しい優しい唯一人の

睦重さらば！　又の日

昭和二十年五月十一日

大日本帝国海軍　神風特別攻撃隊筑波隊　第十中隊第二区隊長

海軍少尉　藤田暢明

最愛の妻

睦重殿　――

五月十一日にまずは書き、十四日の出撃日当日にも書き足したものらしい。

文中、「一日も早く土になりきる」よう願うとあるのは、藤田の実家が農家なので、結婚後は睦重さんが畑仕事に従事することを前提に書いている。大きな活字、太字の部分は、実際の遺書のなかでも、そのように激情がほとばしった。

狂おしいまでの愛に駆られ、心のたけを叫ぼうとする二十一歳の青年の一途さ……。

ひとりの女性への至純の愛が、遺書の上では、特攻による死を栄誉とする考えと並列する。今の目をもってすれば、それは矛盾に映るが、当人としては、矛盾としない。愛する女性を得た幸福を胸に、特攻隊の最先峰として出撃することを、男子の本懐とした。

だが他人には見せない心中の奥深くでは、後ろ髪を引かれる思いで出撃に臨んだのではなかったか。

それでも出撃時には、他の特攻隊員と同じく、搭乗機に向け一目散に駆けて行ったことだろう。見送る人々に、笑顔で手を振り、颯爽と飛び立って行ったのだろう。

しかし、少なくとも、この人が最期の瞬間に叫んだ言葉は、「天皇陛下万歳」ではなく、「睦重！」であったことは間違いあるまい。

この遺書を目にした川端は、特攻の残酷さに唇を噛みつつ、涙を流すしかなかったろうか……。容易に想像できるのは、川端の思いが、特攻隊員本人だけでなく、遺された妻の側にも向かったに違いないということである。特攻を女性から眺める視点が芽生えるにいたったであろうということだ。

命をかけた夫の愛の絶叫を浴びた睦重さんは、白無垢の花嫁衣裳に身を包み、海軍士官の制服を着た藤田の写真と並んで結婚式を挙げた。

結婚後は、養父の説得に応じて徳島には留まらず、帰京して大学に進学。最後までひとりの人生を貫き、一九九三年に亡くなった。

不思議なことに、何人もの特攻隊員について思い出を筆にした山岡荘八が、この藤田少尉に関しては、何も語っていない。

やはり山岡の語る特攻隊員の清々しさとは、ひたすら男性原理に沿った視点からのものだったのであろう。女性が入りこむと、途端に山岡の筆は鈍くなる。

藤田少尉のような例を知ると、特攻を語るに、竹を割ったような清々しさだけで押し通すには、どうにも無理があるように見える。

骨っぽい男らしさが誇張され、看板になりやすい特殊世界ではあっても、特攻隊の個々人の背後には、女性の存在が影のように寄り添っていたのである。

女性とのことになると、愛情の件もさることながら、若い男子ならではの性の問題が出てくる。

鹿屋航空基地史料館を含め、公の記録や展示といったところでは、この件は表立って語られることはない。だが、隊員たちにとっては、切実な問題でもあったのである。

杉山幸照元少尉が書いた『海の歌声〜神風特別攻撃隊昭和隊への挽歌〜』では、特攻隊員たちに対する杓子定規な見方を嫌い、特攻隊の内側から彼らの素顔に迫ろうとしただけあって、この問題——性をめぐる葛藤も隠されていない。

「出撃の前夜」と題された章のなかで紹介された、ふたりの特攻隊員たちのエピソードを見よう。

予科練出身の特攻隊員で、杉山少尉を兄のように慕う青年たちがいた。Y二飛曹とS一飛曹である。ともにまだ十八歳だった。

出撃の前夜——。ふたりは「死ぬ前にどうしても、一度でいい、異性の肌にふれてみたい」と、杉山に相談した。杉山は二十三歳、自身がその道に詳しいわけではなかったが、隊を抜け出し（「脱」と言った）、両人を連れて町中の遊郭に向かった。飛行服のままだったという。

店に着くと、約束の時間を決め、Y二飛曹とS一飛曹を残して、杉山はいったん店を離れた。約束の時間よりも前に再び店に行くと、ふたりはひとりの女とともに杉山を待っていた。「定ちゃん」という名の女は、泣いていたという。

店が混んでいたので、Y二飛曹とS一飛曹は、同じ女性を相手に、事に及んだのだった。ひとりにつき五分しかないと、あらかじめ女に断っての上だったという。

「一生忘れません。Yさん、Sさん、お達者でね。私は、明日は朝早くから、空を拝んでいます。定の心も一緒に連れていってね……」

そう声をかける女を後に、三人は野里村の宿舎への帰路についた。道すがら、口を閉ざしたままの若いふたりに杉山は尋ねる。

「どうたった?……」

「つまんないものですねェ……。でも、これで安心しました。もう思い残すことはありません」

両人とも、同じことを口にした。杉山は、思いきって連れ出してよかったと思った。

翌朝、杉山がふたりと会ってみると、さっぱりとした様子であった。杉山は昨夜の出来事を、再び「よかった」と思い返す。

「さあ——。よおし」と言うと、ふたりの純真な青年たちは出撃して行った……と、杉山はこのエピソードを閉じている。

杉山の著書のなかでは、Y二飛曹とS一飛曹は実名で紹介されている。ただ、それは死を前にして同じ釜の飯を食った元特攻隊員の杉山だからできたことで、私は仮名扱いにせざるを得ない。

事実関係で言うと、明らかな杉山の勘違いもある。Y二飛曹は四月二十九日に出撃、戦死している。この人に関しては、杉山の言う通り、出撃前夜の出来事であったのかもしれない。ただ、S一飛曹の出撃は五月十一日になる。

ひょっとすると、Y二飛曹と同日に出撃した同僚の名前を、S一飛曹と勘違いして筆にしてしまった可能性もある。

Y二飛曹は地元鹿児島の出身で、実家は鹿屋からもほど近い高山町（現肝付町）にあった。弟さんの証言によれば、谷田部航空隊から鹿屋に転進して来て以降、Y二飛曹は数日の間、夕方になると、汽車に乗って故郷を訪ね、実家に顔を出した。「軍神」を迎えて、近所では大変な騒ぎだったらしい。

家族たちの愛に触れて、心は大いに和んだに違いないが、それでも、女性の肌を知らないまま逝くことが耐え難かったかと思われる。親しい先輩兵士に相談し、案内を受けて、ようやく遊郭を訪ねたというわけである。

杉山は禁じられた「脱」を敢行したように書いているが、実際には、岡村基春司令がその方面では鷹揚に構え、明日なき特攻隊員たちの外出を見て見ぬふりをしたので、基地を抜け出し、色町に繰り出す者は少なくなかったと言われる。

杉山がわざわざこのエピソードを自著に書きこんだのは、特攻隊員たちが軍の方針に唯々諾々と従い、祖国のために迷いもなく出撃して行ったとする解釈に対する反発からであった。世に出まわる表面的な修辞を見るにつけ、「そんなものじゃない！」と叫びたくなる苦い感情が湧くのを、抑えがたく覚えたのだろう。

杉山自身、鹿屋基地での自らの恋とも言えぬ恋について触れている。

基地は基本的には「男所帯」で、賄い方も含め、すべて男性兵士が事に当たった。

ただ、地下壕の司令部には、近隣の女学校（鹿屋、高山、志布志、末吉）から二十五人ずつ選抜された百名の女学生たちが、女子挺身隊として、補助的な仕事に従事した。

無線室では、二十四時間制三交代で、電話や電文の取次ぎなどを行ったという。

百人もの女学生が鹿屋基地にいたとは驚きだが、野里国民学校を宿とする特攻隊員たちとは、直接の接触はなかったようだ。

ただ、彼らにも、連日のように基地まで訪れてくるふたりの女性との触れ合いがあった。鹿屋駅前で理髪店を営むHさんと、その助手のCちゃんである。Hさんはなかなかの器量よしで、三十歳に手が届こうかという女盛り、Cちゃんはまだ十六歳だった。

この理髪師の女性らは、奉仕活動として、わざわざ町中から野里まで足を運び、特攻隊員たちの頭を刈りに、基地を訪ねていたのである。Hさんは、バリカンを隊員の頭にあてると、持参した半紙に刈った髪を包み、「家へ送ってやんなさい」と、涙を浮かべて渡すような人情味に溢れた女性であった。そういう気配り、やさしさに特攻隊員たちは信頼を置き、親しみも感じて、たいそうな人気を呼んだという。ただ、杉山の筆によれば、隊員たちが惹かれたのは、Hさんが胸も腰つきも女らしく豊かで、とりわけ豊満な胸が人目を引いたからでもあったらしい。

頭を刈り、髭を剃るのに前かがみになった折など、着物の襟もとから丸い胸のふくらみが覗き、それが若き隊員たちの異性への憧れを刺激したという。

春から初夏にかけ、南国の鹿屋では暑さもつのる一方だったが、うっすらと汗の滲んだ乳房が、たとえ覗き見えるのは三日月のように先の部分だけであっても、青年たちを恍惚とさせたようである。

Hさんらを隊員たちは待ち望み、見張り番までいて、野里村に近づく姿を認めるや、隊員たちは先を争って、頭を刈ってもらおうと集まった。散髪の必要がなくとも、束の間、女性のやさしさに触れたかったのである。

杉山は、「恋愛の夢さえみることなく、明日消さねばならない若い、青い生命《いのち》の灯が、燃えゆらぐのである」と書いている。

Hさんの豊満な肉体と、おおらかであたたかな人柄によって、隊員たちは、母の胸に抱かれる赤子のように和み、癒やされた。死を前にした若者たちが、その時ばかりは、命の大本に立ち返り、生の泉を喫する気分にいざなわれたのであろう。

杉山自身、Hさんに淡い恋心を抱き、隊で待つだけでは飽き足らず、遠く離れた町中の理髪店にまで、「脱」をして出かけて行ったという。

杉山だけでなく、他にもそういう隊員がいたようで、特に外山雄二少尉は理髪店に入りびたり、杉山の最大のライバルだったとか。ただ、外山少尉は四月二十九日に出撃して戦死しているので、川端は実際にその人となりに触れる機会はほぼなかった。

なお、杉山によれば、Cちゃんは小柄で胸も薄く、痩せっぽちだったという。女性と言うより、まだ花の開ききらない蕾のような少女の印象だったのだろう。

隊員たちの誰かに憧れているとの噂で、若い娘の心を射とめたのが誰なのかが隊員たちの話題となり、Cちゃんは隊に出向くたびに、大勢からそのことでからかわれた。

HさんとはHさんなりに、CちゃんとはCちゃんなりに、男女間にのみ成立する引力が存在していたのである。人として本然の心の働きだった。

杉山がこうしたエピソードを紹介するのも、先のY二飛曹らの例と同じく、「明日消さねばならない若い、青い生命の灯が、燃えゆらぐ」のを、どうしても書き留めておきたいと欲したからであろう。

死ぬことを運命づけられた男たちの、他人には見せることのなかった懊悩の深さを、杉山は訴えたかった。きれいごとではすまない隊員たちの心の陰影の濃さを、死者たちの思いを引きずるかたちで、明かさずにはいられなかったのである。

そしてこの点、川端もまた、見過ごすことはなかったかと思われる。

詳しくは次章で述べるが、鹿屋での「特攻」体験から生まれた短編小説『生命の樹』(一九四六)では、ヒロインの若い女性が特攻隊員と相思相愛の仲にある。特攻隊員たちが遊郭を訪ねるシーンまである。

やはり「特攻」の記憶が重くのしかかる長編小説『虹いくたび』(一九五〇~五一)では、死んだ特攻隊員との恋の傷から立ち直れず、彷徨を続ける女性がヒロインなのである。

川端は見ていたはずである。

遠く離れた女性への至純な愛にせよ、束の間触れる鹿屋の色町の女性の肌にせよ、特攻隊員たちにとって「異性」の存在がどれほど大きいかということを……。

死を前にして、情愛や欲情がふと焔のように燃えあがる時もあったろうし、それこそが生きている証だと自覚することもあったろう。

最終的には国が掲げる大義に殉じて散って行った隊員たちだが、生きている限り、異性への憧れは心臓の鼓動の如くに脈打ち、赤き血潮のように若き体内を巡ったのである。

さて、川端が出撃を見送ることはなかったが、同じ時期に間違いなく鹿屋の基地にいて、川端と親交をもった特攻隊員たちがいる。

『海の歌声』の杉山少尉もそのひとりだったが、第三章で名前の出た鳥居達也少尉も、鹿屋で川端に馴染み、しかも散華を免れて特攻基地から生還した人だった。

海軍神雷部隊戦友会がまとめた『海軍神雷部隊』（一九九六）のなかで、「終戦時、川端は彼の信奉者だった鳥居達也候補生（要務士）に「生と死の狭間《はざま》でゆれた特攻隊員の心のきらめきを、いつか必ず私は書きます」と約した」と書かれていた人物である。

「終戦時」は間違いであるにしても、私はこの鳥居元少尉がどこかで川端のことを語ったり書いたりしていないものか、知りたいと思った。川端の「信奉者」とされた人なので、何かしら記録が存在する可能性は充分にあるように思われた。

鳥居氏は一九七四年に五十二歳で亡くなっていた。没後四年、友人たちの手で、『鳥居達也遺稿集』がまとめられている。

私はこの本を苦労して手に入れ、川端との縁に触れた個所がないか、隅から隅まで血眼になって探したのだが、わずかに特攻隊時代からの友人・緒方彰氏による回想文のなかに、終戦後（一九四五年秋）、鳥居は小松の宿で詠んだ詩を、鎌倉の川端に送ったが、川端からは何の返事もなく、地団駄を踏んだという一節を見つけることができただけだった。

もう少し前後を説明すると、鳥居少尉は四五年の六月、鹿屋から石川県の小松航空基地へ転出になった。

特攻隊を徹底してつぎこんだ沖縄戦だったが、結局は、思うような戦果があがらず、沖縄は米軍の手に落ちた。今後は、本土防衛に備えるべく、特攻隊員は各地に転進することになったのであった。

小松に移った鳥居は、出撃することもなくそこで終戦を迎える。終戦後ほどなくして綴った詩を、鹿屋の縁を頼りに川端に送ってみたが、ナシの礫だったという。

『鳥居達也遺稿集』のなかには、これ以外、川端との付き合いに触れた個所はない。

ただ、取材を重ねて行くうち、戦後九年にして、鳥居が代表をつとめた日本織物出版社から出された『エミーよ、愛の遺書』（金子和代著　山崎安雄編）という本に、川端が序文を寄せていることが判明した。「この書の出版者、鳥居達也君に私は序文を求められて」と、川端の書いた文にある。

詳しくはまた、戦後の川端を見る章で触れたいと思うが、鹿屋で芽生えた特攻隊員との親交が、戦後まで続いたのである。

一度は皆に見送られて出撃したものの、搭乗機の故障などで、運命の悪戯のように基地に帰還した特攻隊員たちもいた。さぞや複雑な思いだったに違いないが、そうした隊員のなかに、川端と親交をもった隊員のいたことがわかった。

金子照男少尉——。

もともと金子少尉は、谷田部航空隊から鹿屋基地に転出してすぐ、第一昭和隊の一員として、四月十四日に出撃する予定だった。ところが、整備不良により搭乗機が発進せず、離陸できなかった。

金子は次の出撃の機会を待ったが、四月十六日には米軍の鹿屋基地空爆により、自身の乗る戦闘機が損壊してしまう。

特攻に飛び立とうにも、乗る飛行機がなくなってしまった。いったんは原隊に戻るよう指示が出たが、金子は帰隊を拒み、同じ境遇に置かれた四人の同僚とともに宮崎県の富高《とみたか》基地に赴き、何とか戦闘機を確保し、鹿屋に復帰している。

次に五月十一日に出撃することが決まった時、金子は泣いて嬉しがったという。しかし、またしても整備不良で飛べなかった。金子の落胆ぶりは、傍目にも痛々しいほどであった。

こうした一連の整備不良は、整備担当者の怠慢ではなく、問題を抱えたオンボロ飛行機しか残っていないのが実情だったのである。

金子がようやく飛び立つことが出来たのは、六月二十二日だった。この日は、沖縄戦が実質的に終わった日——。この間、沖縄を死守すべく多くの特攻機が鹿屋から飛び立ち南洋に消えたが、その最後の出撃に加わり、散華したのである。二十二歳だった。

さて、金子少尉が整備不良に翻弄された経緯については、杉山幸照の『海の歌声』にも登場し、早くから承知していたことであった。

しかし、その同じ人が、川端と深い縁をもつ人物だったという事実は、ある本に巡り合うまでは、全く気がつかないことであった。

神山圭介のノンフィクション小説『鴇《とき》色の武勲詩』（一九七七　文藝春秋）――。

神山氏の本名は金子鉄麿といい、金子照男少尉の弟である。『鴇色の武勲詩』は、特攻で戦死した兄の最後の日々の実相を知りたいと、鹿屋を始めとするゆかりの地を訪ね、関係者に話を聞いてまわる物語だ。

登場人物はすべて仮名になっている。金子照男少尉にも、小説上では山根小弥太という仮名が与えられた。

しかし神山は、すべて調べあげた事実を書いたとしている。確かに、特攻隊の出撃の日どりやその規模、成果なども、極めて正確で、入念な取材、調査を下敷きに書かれていることは、疑いようもない。

川端康成の名前は、直接には一度も書かれることはない。しかし、「『伊豆の踊子』『浅草紅団』の作者」などとあるので、川端であることは明白である。

弟の手によって明らかにされた金子照男少尉の実像には、特攻隊員となる以前、学生時代から驚かされる。文学青年で、早くから川端作品を愛読し、その世界に憧れていた。自宅には、改造社版の川端康成選集を揃えていたという。

ある私大の医科に合格したのに、『伊豆の踊子』の白線帽に惹かれるあまり、それを振ってまで官立の高校を受験し続けた。二度失敗した後、早稲田の高等学院に落ち着くと、川端の『浅草紅団』や『浅草の灯』、また高見順の『如何なる星の下に』といった浅草物に夢中になって、浅草に入り浸った。

早稲田大学ではラグビー部だったが、それ以前に、川端作品に憧れ、のめりこんだ時期があったのである。

一九四五年六月、鹿屋から金子家に宛てて、遺髪や時計などの身のまわり品に長い手紙が添えられた小包が届く。この便りに、川端とのことが触れられていた。

神山の本から、そのままその個所を引く。二カ所、全く別々のところに現れる文章である。

——兄の小弥太が死ぬ前にK基地でその小説（＊註『伊豆の踊子』）の作者に会っていて、《先生とは、いろいろお話ししました》と、手紙に嬉しそうに書いてよこした——

——山根小弥太はこの狸御殿で、海軍報道班員として三人の作家が基地に来ていること、とくに『伊豆の踊子』『浅草紅団』の作家と話ができて嬉しいこと、放送局の録音があったのでラジオの放送に注意してほしいこと、など、無罫の紙に硬いエンピツで綺麗に書いて、原隊に戻る者に託す最後の荷物のなかに入れたのだった。——

特攻隊員と川端との親交を直接に語る資料が、ようやくにして出現したことになる。

不思議なのは、杉山幸照の『海の歌声』では、金子少尉と川端とのことが全く記されていないことだ。金子少尉が持ち前の明るさの反面、繰り返し出撃不能に見舞われ、もだしがたい苦悩を抱えたことは杉山の本にも記されている。また、杉山が先輩として金子の傷心を慰めるため、町中の居酒屋に誘うなどのエピソードもある。だが、金子が文学青年で、なかんずく、学生時代から川端康成のファンだったことは、いっさい触れられていない。

それゆえ、川端の目線から特攻隊員たちの素顔を追う過程では、長く見落としてしまっていた。だが、その金子少尉が、川端と語り合っていたのである。《先生とは、いろいろお話ししました》というのだ。

想像が膨らむ。金子少尉は、いったい何を川端と話し合ったのだろう。

文学談議――、もちろん、それもあろう。高校生の頃、川端の浅草物に憧れ、浅草に通い詰めた話、それもあったろう。

だが、肝心な点は、金子が深い懊悩を抱えていたという事実である。文学の話を超えて、やり場のない苦悩や、特攻隊員としての心の襞について、他の隊員たちの前では決して明かすことのできない秘めた思いを、川端を相手に打ち明けていた可能性は充分にあるだろう。

いろいろと話ができたことが、嬉しかったというのであるから……。

金子と川端との間には、ちょうど、西田高光中尉と山岡荘八のような信頼関係ができていたのかもしれない。

ただ、西田は報道班員である山岡と親しく交わったのである。それに対し、金子はあくまで作家の川端に親しんだ。その作品をあらかじめ知って魅せられた青年が、作家・川端康成に接したのである。

この差は、一見して感じる以上に、実は大きい。本質を語って、決定的とさえ言える。

そして、この金子との親交の逸話は、必然的に、川端自身の書いた『敗戦のころ』における特攻隊員の記憶に立ち戻ってくる。

「あなたはこんなところへ来てはいけないという隊員も、早く帰った方がいいという隊員もあった」

という述懐――、そのひとりは（おそらく後者は）、金子であったような気がする。

　というのも、川端との交流が記された手紙が、遺髪などと一緒に届けられたのは、六月に入ってのことだからである。その頃には、川端自身は既に鹿屋にいない。彼は五月二十四日に、鎌倉の自宅に戻っている。

　それでいながら、金子の便りは、川端との交わりを喜ぶ内容で、川端の離脱を嘆いたり悲しんだりする様子がない。例えば、川端と少しく交わったが、特攻隊を見捨てるようにさっさと帰ってしまったといった愚痴や恨み節は、綴られていなかったのである。

　嬉しさのみを語った金子――。そこには、どこか川端が鹿屋を離れたことを納得しているようなニュアンスがないだろうか。川端が引き揚げたことを肯定しているように思えてならないのである。

　それはつまり、金子が――、川端を愛してやまない金子だからこそ、川端に帰ることを勧めたと、そう考えてもよいのではないだろうか。

「早く帰った方がいいという隊員もあった」と川端が述べたのは、金子のことだったのではないかと推測する所以である。


　さて、前章と本章と、川端が鹿屋で出会った特攻隊員たちについて、なるべく彼の視線に引きつけて追ってきた。

　まだ漏れていることだろう。川端との出会いや親交について、何も書き残さず、無言で出撃し、散って行った特攻隊員も、いるやに思われる。

だが、現時点で接触可能な資料としては、尽くしたという実感がある。川端の視線に立った特攻隊員探しは、ひとまず区切りをつけたい。

次章からは、これらの隊員たちとの出会いとその記憶が、『生命の樹』を始めとする川端の文学作品にどう影響したのか、鹿屋で実見したことが、どのように小説作品に像を結んで行くことになるのか、それを追って行くとしよう。

第八章　『生命《いのち》の樹』

一九四五年の春から初夏、川端康成は鹿屋の特攻基地にいた。夏の盛り、戦争が終わった。無条件降伏を受け入れる天皇の玉音放送を、川端は鎌倉の自宅で家族とともに聞いた。

この年から一九四六年にかけて、日本はまさに天地がひっくり返るほどの激変と混乱を経験した。戦争を指導してきた国の為政者、軍の代表者たちが、戦争犯罪人として裁かれる世になった。国家に忠誠を誓い天皇に命を捧げることが美徳とされた時代は去り、アメリカ流の民主主義が絶対の価値観となる占領下の日本が出現した。

昨日まで軍国主義を讃え、鬼畜米英と敵意を煽り、大和魂を鼓吹していたメディアが、手のひら返しに、自由と平和を称揚してやまなかった。学校の教科書は、新体制にとって不都合な部分には、黒々と墨を塗らせた。

多くの非業の死があったのだった。戦場だけでなく、銃後にまで多大な犠牲者が出たのだった。その無念を、どこに仕舞い、どう収めればよいのか整理のつかぬままに、あたふたと戦後社会は始まった。

沖縄の海で若き特攻隊員たちが命を散らしてからまだ数カ月もたっていない。その年の春に芽を吹いた木々の緑は、まだ紅葉を始めてもいない。

だが、遺族らの涙も乾かぬうちに、かつて「軍神」に献じられた喝采の声は忽然としぼみ、ひどい場合には、「軍国主義の尖兵」として白い目を向けられた。特攻隊員たちは二度、死を強いられたようなものだった。

敗戦の年、川端は鹿屋から戻って以降、小説に手を染めなかった。

文芸雑誌がまだ戦後の再スタートの体制を整えられていないこともあったし、鹿屋へ発つ前から始めた貸本屋の鎌倉文庫を発展させ出版社にし、東京に事務所も構えたので、忙しいこともあった。

しかし、川端自身も、しばし立ちどまることを要したのだろう。佐藤碧子著『瀧の音　懐旧の川端康成』（一九八〇　東京白川書院）のなかに、「天災のあととちがって、人の心の棲かが安定しないから、小説なぞ書けませんよ」と、この頃の川端が口にしたという言葉が紹介されている。偽らざる心境であったに違いない。

作家として、己の腰をどこに据えるかを見極め、妙に見晴らしだけはよくなった茫洋とひろがる海原に、自身の航路を定める必要があったかと思われる。

第一章でも引用した、終戦直後に亡くなった島木健作に寄せた川端の追悼文（『新潮』一九四五年十一月号）中の「私はもう死んだ者として、あわれな日本の美しさのほかのことは、これから一行も書こうとは思わない。」は、日本の敗戦によって受けた感慨と、戦後の自身の道につながるものだった。

敗戦後の文学的決意は、他所でもストレートに述べられ、同じ哀しみを響かせている。

――敗戦後の私は日本古来の悲しみのなかに帰ってゆくばかりである。私は戦後の世相なるもの、風俗なるものを信じない。現実なるものもあるいは信じない。（随筆『哀愁』一九四七）――

季節が動いた。秋から冬へと時が移り、一九四六年が明けた。

戦後初めての新年が明けるとともに、作家・川端康成が復活する。この年の前半、三篇の短編小説を書きあげた。三つの小説を通して問われているのは、戦争を挟んだ過去から現在に至る時の意味——、その断絶や継続する流れである。

戦後初の小説となる『女の手』は、鎌倉文庫の川端と久米正雄が四五年十二月にたちあげた文芸誌『人間』に発表された。

戦争が終わって信州の疎開先から東京に戻った恩師の未亡人に挨拶に行く国文学者の北川。久しぶりに会った未亡人は恩師に似てきたようにも、田舎暮らしを経て別人のように逞しくなったようにも感じられた。かつて恩師の手を引いた妻の手、恩師の未亡人の今の手など、戦中から戦後へ至る時の移ろいを女の手にまつわる記憶を通して描く。

恩師は戦争で亡くなったわけではないが、「戦争」がひどく意識されている。

——「戦争でなにもかも忘れたのか。」と彼は吐き出すように言って不機嫌になった。——

——「戦争が終ってみると深い疲れが出て来ましてね。」——

などと、「戦争」という言葉も頻出する。

ただ、戦争を経てきた日本人の記憶をたどるのに、「女の手」に焦点をあてて描こうとするところに、いかにも川端らしさがある。

二月には、『世界文化』誌に『感傷の塔』が発表された。

山口市の、五重の塔が裏手に見える家に住む藍子という女性読者に宛てた便りのかたちを借りて、五人の女性読者の戦争によって強いられた運命を描く。女性への語りかけがいっさいの改行もなしに綴られ、普通の小説とは趣が少し違うが、濃密で読みごたえがある。何よりも、日本人と戦争について、正面から向き合おうとしている。

五人の女性たちのうち、四人が夫や恋人を戦争で亡くし、ひとりの女性は空襲後に行方不明となった。

――(女性たちの)お二人がお会いになってみたら、魂の「復員」についてお話なさってみたらと私は思わぬではありません。――

確かに、戦争によって愛する男性を喪い、遺された女性たちにとっての魂の「復員」が、なされていないままなのである。

この小説のラストに、女性たちの運命や消息を受け、作者自身の感慨が率直に述べられている箇所がある。

――いったい戦争中の時間は私どもの生命にとって長かったのでありましょうか、短かったのでありましょうか。おそろしい浪費という考え方もありましょうが、時間は人がかりそめにも浪費出来るようななまやさしいものでは絶対にありません。戦が終りました時に、私の生涯も終ったと、私は感じました。いまだにその感じから起きあがることが出来ません。――

戦争が終るとともに、自身の生涯も終ったと感じざるを得なかったという感慨は、島木健作を送る追悼文と同質である。

いよいよの小説の末尾は、以下のように結ばれる。

——私が日本の古いあわれにいよいよ沈みましたことは疑えないようであります。私の流れは降りしきる落葉を浮べて時雨の里を通りかかったのでありましょう。同胞とともに戦えませんでした私はただ戦う同胞を昔ながらのあわれと思うことで戦の下に生きてまいりましたが、今戦敗れた同胞にそのあわれが極まりまして昔なら出家するところでありましょう。（中略）この日本の山河風物を戦が通ってゆきましたように私の心の上をも戦が過ぎて行ったということは、藍子さんがたにもおわびしなければなりますまいが、一切を破壊されても風土があるように私を洗いすててみたいと思ったりいたします。——

多くの若者たちの死を、見てきたのだった。死に行く者を、「昔ながらのあわれ」、つまりは「もののあわれ」とともに見つめ、思うしかできなかった。

日本が戦争に敗れ、彼らへの「あわれ」は極みに達した。が、彼らは逝き、自分は遺ったのである……。

同じ二月には、雑誌『世界』に『再会』を発表している。この作品は、続編となる部分が『過去』というタイトルで『文藝春秋』の一九四六年六月号と七月号に載せられ、最終的に、二月発表分と七月発表分とを併せて『再会』という一篇の小説にまとめられた。

――今の祐三の場合の過去と現在との間には、戦争があった。――

――あの殺戮と破壊の怒濤が、しかし微小な男女間の瑣事を消滅し得なかったのだ。――

戦争によって互いの消息も知れぬままに別れてしまった富士子と、鶴岡八幡宮の秋の例祭、「文墨祭」で思いがけず再会した祐三……。

戦争中は、妻や家族とともに、必死に生き抜いてきて、その間、ほぼ忘れていた女と、偶然にも再会したのである。敗戦から二カ月あまり後のことだった。

戦争によって断ち切られていた時間が、再び形をとり始める。過去、現在、未来が連続性のなかに蘇生する。女との再会によって、祐三は、何がしか、自分自身を取り戻す気になる。

――（富士子が）生命と時間との流れの継目に浮んだもののようであった。そして祐三のそういう心の隙に、なにか肉体的な温かさ、自分の一部に出会ったような親しさが、生き生きとこみあげて来た。――

女は一時的に、自立の援助をしてほしいと請う。女との再会をどのようにすればよいのか、迷いながらも、祐三は女を伴い、町を歩き続ける。

祐三の視線を借りて、駅のホームの復員兵や故国へ帰る朝鮮人の群れなど、混沌の世相も綴られる。

そのラスト、祐三は女との心地よさに屈服する。

――温かく柔かいものはなんとも言えぬ親しさで、あまりに素直な安息に似て、むしろ神秘な驚きにしびれるようでもあった。

ながいあいだ女っ気から離れていたという荒立ちよりも、病後に会う女の甘い恢復があった。（中略）生き生きと復活して来るものがあった。

祐三は瓦礫の上からバラックの方へ降りた。

窓の戸も床もまだないらしく、傍によると薄い板の踏み破れる音がした。――


当人は「生き生きと」蘇る気分を感じ、戦争によって久しく絶たれていた人間らしさを取り戻したように感じているが、逢引の場所にもなるかと思われたバラック建ての家の踏板はたちまち破れるなど、前途は明らかに険しそうである。

戦争が終って二カ月後の心の「復員」の実相と言えるだろうか。主格を男の祐三にあて、その気持ちに添いつつも、川端は、決してロマンティシズムに酔いも溺れもしない。


そして、いよいよ特攻隊の記憶を正面からとりあげた作品を迎えることになる。一九四六年七月、やはり鎌倉文庫から生まれた雑誌の『婦人文庫』に発表された短編小説、『生命《いのち》の樹』である。

川端の鹿屋での「特攻」体験が如実に反映された作品だが、物語の牽引役は啓子という女性である。基地で巡り会った特攻隊員の植木と想いを寄せ合う仲だったが、植木は出撃して死に、啓子はひとり遺された。

特攻隊の話を描くにも、女性の側から描くところが、いかにも川端である。

しばらくは、『生命の樹』がどんな小説なのか、その梗概を追うとしよう。


――今年の春もやはり、春雨のやわらかく煙る日、春霞ののどかにたなびく日は、一日もなかった。あの春の日は、日本からうしなわれてしまったのだろうか。去年まではなにか戦争のせいで、季節も狂っているのかとも思っていた。しかし、戦争が終って迎える今年の春にも、あの日本の春らしい空はかえって来ない。植木さんたち、あの特攻隊の若い人々が空から還って来ないように……。植木さんたちと共にいた私の、あの愛の日が返って来ないように……。――


小説は、一九四六年の春から書き起こされる。戦時下に迎えた昨年の春同様、戦後初めての春も異常な春である。狂った春がなおも続くのである。

その春の日、主人公の啓子は東に向かう列車のなかにいる。一年前、啓子は鹿屋の水交社の経営をまかされている姉夫婦を手伝うために、故郷の近江から九州の南端まで出向いたのだった。

東上する啓子は、特攻隊の生き残りの寺村と一緒である。鹿屋の特攻基地で植木と一緒だった。啓子が想いを寄せた植木は特攻で死に、寺村は雨天が続いたせいで出撃命令が出ず、生き残った。

啓子は死ぬつもりでいる。死を覚悟した目に、自然が鮮やかに映る。これが東海道の春の見納めかと啓子は自問する。

「見納め」という言葉を契機に、植木との回想シーンになる。出撃前夜、星空をともに仰いだ、美しくも哀しい、詩のような場面である。

――「星が出てるなあ。これが星の見納めだとは、どうしても思えんなあ。」と、空を見上げながらおっしゃった植木さんが思い出される。

植木さんには、ほんとうにそれが、星の見納めだった。

植木さんはその明くる朝、沖縄の海に出撃なさった。

(我、米艦ヲ見ズ)

そして間もなく、

(我、米戦闘機ノ追蹤ヲ受ク)

二度の無電で、消息は絶えた。

(中略)

「どうもおかしいね。死ぬような気が、なにもせんじゃないか。星がたんと光ってやがら。」

「そうよ、そうよ。」と、私は追いすがるように言った。胸がふるえた。

いいことよ、ちっとも御遠慮なさらないで、手荒く乱暴なさいよ、とでも言いたいのが、私の「そうよ、そうよ。」という声だったらしい。私は抱きすくめられるのを待っていたようだった。――

明日は出撃して散華しなければならないという夜、これが見納めとは思えぬ星空を、愛する女性と見あげる特攻隊員――。

短い人生をまもなく自らの手で終わらせなければならない者は、星の輝く夜空に溶け、宇宙という大きな生命と和することによって、何とか心の整理をつけようというのだろうか。己の生命を、せめてそのように解放させようと願うのであろうか。

愛する女性を得て、生命は今を盛りとときめき、熱い血潮を体中に巡らせるが、決められた人生のシナリオは、その幕引きだけがあまりにも明瞭に定められている。死は絶対的なものとして、明日の夜空を再び仰げぬほどに逼迫して、立ちはだかっている。

夜が明け、星々の光が払暁の大空に溶け行く頃、彼は特攻機を駆って、その空に向け飛び立たねばならないのだ。


――特攻隊員である植木さんには、死は定まったことだった。特攻隊の基地の水交社にいた私は、その死を信じていた。

強いられた死、作られた死、演じられた死ではあったろうが、ほんとうは、あれは死というものではなかったようにも思う。ただ、行為の結果が死となるのであった。行為が同時に死なのであった。しかし、死は目的ではなかった。自殺とはちがっていた。

植木さんたちは、死を望んでいらしたわけでも、死を知っていらしたわけでもなかった。死を主にして御自分たちをお考えになりたくないようだった。飛行機に乗ってしまえば、まして突入の時には、死など念頭にないとは、皆さんのおっしゃることだった。

それにしても、植木さんは、確かに明日死ぬお方だったから、あの五月の星空はきっと不思議に美しくお見えになっていたのではなかったろうか。

その植木さんのお傍だったから、私にもあやしい火が燃えたのだったろうか。明日死ぬお方だから、なにをなさってもいいと、私は思ったようなのに、植木さんは、明日死ぬ身だから、なにもしないと、お思いになったのだろうか。

もうどうするもしないもない、植木さんは、ただ、星空と同じように私を感じていらしたのだろうか。それならなおのこと、そのように美しい私は、一生に二度とないように思う。

小山の多い、あの基地の五月は、新緑が私の心にしみた。植木さんたちの隊へ行く野道の溝に垂れつらなる、野いばらの花にも、植木さんたちの宿舎になっている、学校の庭の梅檀《せんだん》の花にも、私は目を見張ったものだ。

どうして、自然がこんなに美しいのだろう。若い方々が死に飛び立ってゆく土地で……。——

植木は戦死し、啓子は五月末には鹿屋を引きあげ、近江の自宅に戻った。

戦争が終り、再び春が巡ってきたある日、寺村が啓子の家を訪ねて来た。東京に住む植木の親に挨拶に行くのに、啓子を伴いたいというのである。

啓子本人には告げていないが、その親には、寺村は妻として啓子がほしいということをほのめかしている。その前にけじめとして、啓子を亡き植木の親に引き合わせなければいけないと考えたようだった。

自分を望む寺村の気持ちを、啓子は本人からではなく、客に出す食事の支度中、母親から台所で知らされた。

——灰汁《あく》を棄てて水洗いすると、わらびはみずみずしい青さ、私のたまっていた涙がぽたぽた落ちた。

堰を切ると、とめどがなかった。

私が死のうと思ったのは、この時だった。植木さんのために死んであげよう……。

涙の出たのが不意だったように、死のうと思ったのも、不意だった。

なんのわけもない。ただ、植木さんが、おしたわしくて、おいたわしくて、よよと泣き伏したいばかりだった。

（中略）

出来心かもしれない。気まぐれかもしれない。娘らしい感傷で、愛と死との幻にあまえる……。

あるいは、私のうちに埋もれていた深い悲嘆、鎖されていた熱い思慕が、寺村さんに扉を開かれてどっとあふれ出たのだろうか。くすぶっていた胸に火をつけられて……。――

寺村に連れられて、啓子は東京を目指す。植木への想いが、啓子の胸に揺れ続ける。

――あの基地では、植木さんの死を、私も人前で悲しみはしなかった。そのような死は、複数であり、連続であった。植木さん一人ではなく、植木さんに続く人は絶えなかった。戦争の波の起伏による、前線の刺戟と戦場の興奮とに、私も揺すぶられて、異常な躍動と麻痺とにある私の心は、そう一人の死を見つめてもいられぬようだった。

しかし、近江の家に戻ると、基地の自然や人々や戦いは、みな背景に退いて、植木さん一人が、前面に浮び上って来るのだった。背景があのように強烈であれば、それだけ植木さんは鮮明に……。

やがて沖縄戦は終了した。やがて、日本は降伏した。

あの空襲と敗戦とを通じて、私の心から一人の人の面影が消えなかったのは、不思議なことと言うのだろうか。
（中略）
たとえば植木さんが星の見納めの時、私が基地から家へ帰り着いた時、母が台所で寺村さんの意向を告げた時――そういうなにかの、くぎりのたび、時の流れの波頭に立つたびに、きまって私は、こんなに植木さんを思っていたのかしらと、驚きに打たれる。そうして、驚きのたびに、思いは深まってゆくようだ。死のうというところまで来た後にも、なおこの思いは、どれほど深まってゆくものだろうか。

――

植木の家を訪ねたのは四月二十五日だった。寺村は、植木と啓子が相思相愛の純愛をかわし合う仲だったことを強調するが、植木の母親は啓子に心を開こうとはしない。水交社で働いていたというのを、水商売の娘と思ったようでもあった。

寺村の言葉によって、啓子の想いは初めて言葉というものに現れた。人前にさらされ、現実の問題となった。だが、それがかえって、植木との仲が「とらえるべき形」もなく、「はかなく消え失せそう」であることに啓子は思い至る。植木への想いは「心の外に出ると冷たくなるのを嫌って」、自身の「底にかくれて」しまいそうだった。

――私は植木さんと、おなじみと言えるほどのおつきあいもなかった。あるべき道理も機会もなかった。特攻隊員は水交社へお泊りにならないし、飲み食いにもいらっしゃらない。（中略）

私も水交社からほとんど出なかったし、隊をお訪ね出来るはずもなかったが、町の娘さんたちにまぎれて、洗濯やつくろいものの奉仕に、植木さんたちの宿舎へ三四度行った。その前から、植木さんは私が隊へお貸しした、岩波文庫などを読んでいらした。水交社の裏の道を、お通りになる植木さんを、私はよく窓からお見かけしていた。また、隊の遠足にいらした先きで、運よくお会いしたこともあった。

――

啓子の胸に、またひとつの植木との思い出が去来する。植木に連れられて娼家に入ったという奇異な体験、痛みを伴う記憶……。

事の次第はこうである。水交社の夜の宴会に出る酒を帳場で記入していた啓子は、自分を窓越しに呼ぶ植木の声に気づく。出られないかと誘われた。下駄をつっかけて外に出ると、植木は寺村と梅田という特攻隊員らと一緒だった。連れ出されるままについて行くと、向かった先は遊郭だった。

血がのぼり足がすくんだが、気づいた時には、啓子も玄関の内側に入っていた。二階の広い部屋に通された。ソーセージや焼き豚の料理が出され、酒は隊で配給されたウィスキーを持参していた。

――寺村さんは立ったまま、ウイスキイの杯を取って、

「おい植木。」と、お呼びになると、それでわかるのか、植木さんも素直に立ってお並びになった。そして、両方からこころもち肩を傾けてちょっと目顔を見合わせて、その親しい温かさ――植木さんの美しい頰の色、涼しい目もとが、ほっと私の胸にしみた。

お二人の合唱が始まった。ドイツ語の歌だった。二部合唱だった。寺村さんが太い声、植木さんが高

い声、自由で快活な青春の歌声だった。

一つ歌い終って次を歌ううちに、お二人はちゃぶ台の傍から、床の間近くまで離れてらして、どこか舞台に並んだような身振り――お二人で、こうして幾年も、歌い慣れてらしたと思えた。同じ高等学校か、同じ大学の音楽部で、合唱隊のお仲間だったのだろうか。青春の友情も、歌声に流れていた。

梅田さんもおとなしく、また二人のおはこかという風に聞いていらっしゃる。私の縮かんだ心は、歌声にほぐれて来た。いつまでも歌は明るく楽しく続いた。植木さんの頰はかがやいた。私の愛情は潤って来た。ここが汚い場所とも思わなくなった。若い生命があふれて来た。しかし、これがお二人の歌の歌い納め、明日か明後日、この世にいなくなる方――私はおしたわしくて、おいたわしくなった。――


歌が二十分ほども続き、やがて女がふたり現れた。

――「いらっしゃいよ。」と、この時、一人の女が私の手を引っぱった。私はぞっとした。

「いいじゃないのう？　その方がお可哀相じゃないの？　思いやりがないのねえ、死んでいく人に……。」

「こらっ。」と寺村さんが、その女を振り払って、

「童貞処女だ。ほっとけ、おれは知らん。」

「失礼しちゃうわ。童貞は信用するけど、処女は疑問だわ。」

「黙れ。」

「なにが惜しいのさ。素人って、なんてけち臭いんだろう。」

植木さんと二人で残されると、私は泣いていた。

「ごめん、ごめん。」と、植木さんは少しふるえ声で、

「おれは卑怯だ。」

「そんなことないわ。そんなことないわ。」私はわけもわからずに、かぶりを振っていた。

「そうか、そうか。」植木さんも、なにかうなずいていらした。

私は沈むようにさびしくもあった。――


植木は、啓子の出身が京都であるかと問い、近くの近江であることを確認すると、「京都は今ごろ、祇園円山夜桜だね、平和ならね……。」とつぶやく。頷き、涙をこぼす啓子に向かい、「いのちひさしき、という詩、知っている?」と尋ねた。

啓子はその詩を知らなかったが、植木は長い詩を諳誦して聞かせた。

――「いのちひさしき花の木も
おとろふる日のなからめや
ふるきみやこの春の夜に
かがり火たきてたたへたる
薄墨ざくら枝はかれ

幹はむしばみ根はくちぬ
みちのたくみも博士らも
せんすべしらに
枝を刈り幹をぬりこめ
たまがきにたて札たてて
名にしおふ祇園のさくら枯れんとす
いたはりたまへ
たちよりて根かたの土を踏まゆなと
命じたまへり
あな無慙《むざん》祇園のさくら枯れんとす
みるかげもなくうらぶれし
けふのすがたのあはれさへ
時の間とこそなりけらし
ああこのさくら朽ちはてて
名のみはのこれむなしくも
…………………………
…………………………
ひのもとのいちとたたへし

はなのきをかるるにまかす
せんすべしらに」——

花の木を枯れるにまかせる、それも仕方がない……。後から考えると、植木が「このような日本の運命」を知りながら、飛んで行ったのだろうと啓子は思う。

植木は言葉を続けた。


——「君はここの女を軽蔑するかい？」

「いいえ。——罪なき者石もて……。」

「そうか。僕は幼稚な感傷家で、虫のいい夢想家だ。ここから飛び立つ僕らが、汚してゆくたびに、その女は浄化されていって、おしまいに昇天しやせんかと、思ったりするんだがね。」

私はあきれたけれど、これも後では、そんなことをおっしゃったお方のために、私という女一人くらい、あとを慕って行ってもいいような気もする。

それなら、あの時、私を昇天させて下さればよかりそうなものに。私はなにも惜しくなかった。私はそんなに清い娘ではなかった。

あの夜、私は水交社に帰って、ぐったりつかれきって、朝まで眠れなかった。なぜ、私を殺しておしまいにならなかったのかと、お恨みしていた。

植木さんも、潔白でなかったかもしれない。誘惑に胸を燃やしていらしたのかもしれない。そうでないと、私を娼家へつれて行くなど、奇怪ななさりようがわからない。

誘惑に負けて、宿舎を抜け出していらしたのだろう。しかし、途中で反省し、躊躇し、困惑なさったのだろう。それなら、お戻りになればいい。しかし、自己嫌悪の烈しい懊悩で、うまく身の処置がおつきにならぬところへ、一道の光明のように私の姿が浮んだのではなかろうか。私はそう信じる。あれは植木さんのお心の突発事件だった。前後のお考えはなかった。それでなお、私はありがたい。愛の噴火としておこう。

私にだって、その後、基地の星の下でも、近江の家の台所でも、こんな噴火があったではないか。私をさしあげていいと思ったり、死のうと思ったり……。

こういう私は、植木さんのお母さまに、もし、いたずらな娘と見えても、しかたがなかったのだろうか。――

東京の山手線の車中、思念に沈む啓子に、「啓子さん、啓子さん。」と、寺村が声をかける。「あの木を見ろよ。」と促した先には、焼けた木に若葉が芽吹いていた。

――街路樹だった。枝はことごとく焼け折れて、炭の槍のように尖った、その幹から、若葉が噴き出していているのだった。若葉はぎっしり、重なり合い、押し合い、伸びを争い、盛り上って、力あふれていた。

篠懸《すずかけ》か銀杏《いちょう》かはわからない。そういう木々が整列しているのだった。どこかはわからない。広い舗装道路が、真直ぐに通じているのだった。焼けただれた街に、自然の生命の噴火だった。

「御使《みつかい》また水晶のごとく透徹《すきとお》れる生命《いのち》の水の河を我に見せたり。……都の大路《おおじ》の真中《まなか》を流る。河の左右に生命《いのち》の樹《き》ありて……、その樹の葉は諸国の民を医《いや》すなり。……」

ヨハネ黙示録の一節が、私の心に浮んで、真直ぐな道路は、その河のように見えた。

「我また新しき天と新しき地とを見たり。これ前《さき》の天と前の地とは過ぎ去り、海も亦《また》なきなり。」

本郷にある、寺村さんのお友達のおうちへ、私たちは帰るのだった。――


川端康成の小説『生命の樹』は、このように閉じられる。

少し補足しておこう。

作中に引用された「いのちひさしき」という詩は、三好達治の詩集『花筐《はながたみ》』(一九四四年六月刊)に収められており、京都祇園の円山公園にあった有名な枝垂《しだ》れ桜の古木を詠んでいる。三好が詩に詠んだ時、既に枯れつつあったが、完全に枯死したのは一九四七年のことで、今ではその二代目となる枝垂れ桜の木が花見客を集める。

また、『生命の樹』が発表されたのは、アメリカの占領下であったが、GHQによる検閲があったことが明らかにされている。

『検閲・メディア・文学　江戸から戦後まで』(二〇一二　新曜社)に収められた十重田裕一氏の論考「内務省とGHQ/SCAPの検閲と文学――一九二〇‐四〇年代日本のメディア規制と表現の葛藤」によれば、『生命の樹』の校正刷から、以下の二カ所が検閲により削除されたという。

「それは特攻隊員の死という、特別の死であった。」と、「一里四方ほどの土地、一万か二万の人々が、その死を中心に動いていた、死であった。その時は、国の運命もその死にかかっていたかのような、死であった。」であったとされる。どちらも、現在見られる『生命の樹』からは落ちたままである。

なお、短編小説ということもあってか、『生命の樹』は長らく文庫化されず、浩瀚な『川端康成全集』を開かなければ作品に接することができなかったが、一九九二年に出た講談社文芸文庫『反橋、しぐれ、たまゆら』に登載され、手軽に読めるようになった。

その後、『反橋、しぐれ、たまゆら』は絶版になり、たやすく手にとる方途を失ったが、二〇一九年に集英社文庫から『セレクション　戦争と文学2　アジア太平洋戦争』が出て、川端作品のなかから『生命の樹』が収載され、再び文庫本で読むことができるようになった。

戦争を扱った作品として、まさに川端の代表作なのである。

第九章　「特攻」体験から『生命の樹』へ

川端康成は、一九二九年に発表した『私の七箇条』において、自身の創作に関して七つのポイントをあげている。

風景から短編のヒントを得る場合が多いこと（「風景」）、ひとり旅はあらゆる点で創作の家であること（「旅行」）、電車の中や街などで見かける人の姿から短編の生まれる場合の多いこと（「姿」）、主題があれば筋は大体でも書き出せること（「主題と筋」）、モデル小説は嫌いであり、私生活の事件をそのまま書くのは創作の喜びが感じられないので滅多にないこと（「モデル」）、そして最後に、自分に近い人の事件は書きたいとは思わず、事件そのままよりも、事件に出会った気持ちを、空想の事件に移したいことを述べている（「材料」）。

このなかで、後半の「モデル」と「材料」が、特攻との関係を考える上で重要になる。川端は「事件」乃至は「事件との出会い」といった言葉を使っているが、ここでは「体験」と置き換えてもかまわないだろう。川端の創作流儀に従うなら、鹿屋の特攻基地で出会い、見聞きしたことが、そのまま小説に登場することはないが、そこでの印象や感想、思念が、インスピレーションの羽を得て物語に飛翔すると、そのように理解したいと思う。

『生命の樹』は、川端の鹿屋体験を直接の下敷きにする小説である。体験から創作への秘儀――体験から文学への飛翔の軌跡を確認するには、ある意味、もってこいの作品である。

具体的な本論に入ろう。

まずは、『生命の樹』の冒頭に置かれた「春」という書き出しである。川端が鹿屋に着いたのが四月二十四日であった。五月二十四日までの一カ月間、特攻基地に滞在したので、その経験が小説の時の入り口を春に設定させたことは、誰の目にも明らかであろう。

小説のなかで、啓子が寺村とともに植木の母を訪ねたのが四月二十五日であると明記されている。川端は律儀すぎるくらい、自身の鹿屋行きの日取りを、啓子の東上に重ねている。

さて、その春である。ただの春ではない、異常な春。狂った春――。

特攻隊がしきりに出撃し、若者たちが次々と命を散らして行った一九四五年の春。そして、遺された者が、喪失の心の空洞をどのように埋め、何をよすがに生きるのか、その指針すらたたぬまま、世の中の価値はひっくり返って、逝きし者を忘れ、蔑みさえしかねない四六年の春――。

生き残った者の心も、死んで行った者の魂も、落ち着きどころもなく、虚ろな彷徨を続けなければならない状態から抜け出せずにいるのだ。

春に始まる小説、『生命の樹』のヒロイン・啓子は、近江の人である。

――ゆく春を惜しむのは近江の人とでなければならないかのように、芭蕉も詠んだ。私はあの近江に育って、春の美しい京都の女学校に通ったせいで、日本らしかった春の日が人一倍なつかしいのだろうか。――

鹿屋での特攻の記憶が、春を介して近江とつながる。芭蕉が詠んだというのは、「行く春を近江の人と惜しみける」という有名な俳句を踏まえている。

芭蕉の句による連想のリンケージを借りてはいるが、実は、表立ってこそ小説に出ないものの、鹿屋と近江をつなぐ、大事な春のシンボルが存在する。

それは、春の野を染めるれんげ草であった。鹿屋の野里国民学校周辺の大地は、四月になると、紫の花をつけたれんげ草に覆われる。そして、近江は一面のれんげ草で全国的に知られたところである。現に『生命の樹』においても、「近江の春霞のなかの菜の花やれんげ草は、よそとは色が違うと思っている。」と、川端自身が近江のれんげ草の見事さに言及している。

鹿屋については、その自然の美しさに触れて、具体的には「新緑」と、「野道の溝に垂れつらなる、野いばらの花」、そして「宿舎になっている、学校の庭の栴檀《せんだん》の花」があげられた。啓子の目に沁みた鹿屋の自然のなかに、れんげ草は入ってこない。

それは、この作品が五月をメインに設定されているからだ。四月はれんげ草で、それが五月になると野いばら（野ばら）に移行して行く。そういう春の花の移行期に、川端は鹿屋ですごしたのである。

だが、四月二十四日に鹿屋に着いた時、そして二十九日に初めて野里に足を踏み入れた時には、まだ、れんげ草がいっぱいに咲いていたはずである。若き命を次々に呑みこむ死神に魅入られたような特攻基地が、重苦しい死の気配をよそに、可憐なれんげ草に囲まれている光景は、不思議な幻想美であったかもしれない。

川端自身の目に触れたれんげ草に加え、実は、ある特攻隊員の残した日記のなかに、野里のれんげ草の美を綴った印象深い文章がある。末期《まつご》の目がとらえたれんげ草の忘れがたい描写があったので、川端は、れんげ草の連想によって近江へと進み、かつ、単なる春の野の景観から、文学として飛翔する鍵をつかんだように思われるのである。

その、川端に決定的な飛躍をもたらした運命の特攻隊員は、かの市島保男であった。

川端が野里に初めて出向いた日、現場に到着するやいなや、出撃する隊員たちの列から駆け寄って来て、「報道班員、これをお願いします」と言ってひと月分の給金を渡して飛び立って行った、クリスチャンの特攻隊員、市島少尉である。

実は、川端の鹿屋での「特攻」体験から『生命の樹』に至る過程において、地下水脈のメイン・ストリームをなし、いろいろなところで発想の泉を湧出しているのは、他でもないこの市島保男なのである。

市島がこまめに日記をつけ、その文章がなかなかに文学的であることは前にも述べた。鹿屋に着いた四月二十三日以降も、出撃した二十九日当日に至るまで、自己を省察し、心模様を綴る日記をつけ続けた。

れんげ草が出てくるのは、鹿屋到着のその日の夜のことである。四月二十三日の市島の日記から引く。

——宿舎は飛行場から少し降った小学校で天井は爆弾で穴が明いており、教室の中に机と竹のベットが置いてあるだけである。机の上には誰が挿したかバラとかたばみ、矢車草が飾ってあり、殺風景な中に一脈の可憐さを漂わせている。（中略）ベットに横になり破れ天井から朧月を眺めていると彼等（＊註　先に逝った戦友たち）の幻が次々に訪れ、御魂が我に囁く様にも思われる。

明日出撃になるかも知れぬ故に田舎道をブラツキながらバス（＊註　風呂のこと）に行く。

我が二十五年の人生も愈々最後が近付いたのだが、自分が明日死んで行く者の様な感がせぬ。

今や南国の果に来たり、明日は激烈なる対空砲火を冒し、又戦斗機の目を眩ましつつ敵艦に突入するのだとは思えない。

畦道を手拭を下げて彷徨うと、あたりは虫のすだく声、蛙のなく声に包まれ、幼き頃の思い出が湧然と生じ来たる。れんげの花が月光に浮き出て実に美しい。川崎の初夏の様子とすっかり似ており、一家揃って散歩した事などが懐しい。

室にかえると電燈がないので、パイ罐（＊註　パイナップルの缶詰）に油を注いで燃しており、焔が一人〳〵の影をユラ〳〵と壁に映じている。

実に静かな夜である。

マスコットを抱きつつ………（四月二十三日）——。

れんげ草がよほど印象的だったのだろう、翌日にもれんげ草の記述がある。眺めるだけでなく、花摘みをしたとある。二十四日の日記を引く。

——敵機動部隊未だ見えず。十一時より二時間待期。チャートにコースを入れたり符号を調べたりし、何時でも出撃出来る準備をなす。只命を待つだけの軽い気持である。

隣の室で『誰か故郷を思わざる』をオルガンで弾いている者がある。平和な南国の雰囲気である。徒然なるままにれんげ摘みに出掛けたが、今は捧げる人もなし。梨の花と共に包み、僅かに思い出を偲ぶ。

夕闇の中をバスに行く。

隣りの室では酒を飲んで騒いでいるがそれも又よし。俺は死する迄静かな気持でいたい。人間は死する迄精進しつづけるべきだ。まして大和魂を代表する我々特攻隊員である。その名に恥じない行動を最後迄堅持したい。私は自己の人生は人間が歩み得る最も美しい道の一つを歩んで来たと信じている。精神も肉体も父母から受けた儘で美しく生き抜けたのは、神の大いなる愛と私を囲んでいた人々の美しい愛情の御陰であつた。今限りなく美しい祖国に我が清き生命を捧げ得る事に大きな誇りと喜びを感ずる。

（四月二十四日）――

市島は、この日に摘んだれんげ草を、捨てずに残しておいた。思いの籠ったものだったのだろう。それが、遺品の一部となって伝わっている。二〇一三年に早稲田大学史資料センターで開かれた「ペンから剣へ――学徒出陣70年――」展において、遺品のマフラーや日記とともに、このれんげの花も公開された。

川端は、二十九日の出撃の際の衝撃的な市島との「出会い」に続いて、その死を電信室で見とり、その後に、遺品に対面することになったはずである。

頭を垂れ、合掌してから開いたに違いない日記――。彼がクリスチャンであったことを知ったのも、この時であった。日記に綴られた文面とともに、彼自身が摘んだれんげ草を目の当たりにして、川端は何を感じたであろうか……。

青年・市島保男は、沖縄の海に散じた。その肉体は散華によって粉砕し、もはやこの世に存在しない。だが、二十五年の人生を生きたかけがえのない一個の生命《いのち》は、間違いなく遺品のなかになおも熱く息をしていた。れんげ草は、あたかもその人の生命の象徴であるかのように、この世の息づきを刻し、姿をとどめていた。

市島日記でのれんげ草は、単に一れんげ草というマメ科の植物ではなかった。それは、れんげ草にして、れんげ草を超えた生命の息吹だった。人生のさまざまな場で出会った、生命あるものの輝きが、今、その一点、一景にすべてを託すようにして、れんげ草に輝き、薫っているのである。

生命の反射鏡。生命の共鳴板——。私流に言わせてもらえば、それこそが「生命の谺《こだま》」に他ならない。川端は『生命の樹』のなかで、主人公・啓子を通して、「どうして、自然がこんなに美しいのだろう。若い方々が死に飛び立ってゆく土地で……。」と、末期の目に映じた自然の沁み入るような美しさを綴っていた。

これも、野里の自然が、市島と川端の間で生命の谺をかわしたのである。末期の目を通したれんげ草の美しさが、生命の精華として谺を放ち、それがまた、主人公の啓子の思いにまで、脈動を伝えたのである。

人間爆弾であることを強いられた特攻という非情の装置にあって、それは、基地の地下壕を覆う分厚く不愛想なコンクリートの対極にあるものだった。コンクリートに圧迫され、封殺されんとする人間的な感情の、封殺の反動として溢れ出す瑞々しい生命の息吹なのである。

川端が狂った春の現場にはれんげ草を登場させず、れんげ草の理想郷のように近江がもちだされ、そこに本然の春を据え置いたのも、五月に時の主軸を設定したからだけでなく、この対立構造をよく把握していたためでもあったに違いない。

かくて、れんげ草を春の精華とし、生命の輝きの象徴のようにとらえる考えは、市島から川端に受け継がれつつ、『生命の樹』の作品化にあたっては、地表には姿を見せぬ伏流水でつながるかのごとくに、鹿屋から近江へと舞台が移されたのである。

市島保男と『生命の樹』との谺の響き合いについて、さらに続けよう。

四月二十三日の日記にあった、「人生も愈々最後が近付いたのだが、自分が明日死んで行く者の様な感がせぬ」「明日は激烈なる対空砲火を冒し、又戦斗機の目を眩ましつつ敵艦に突入するのだとは思えない」という一節は、なんと『生命の樹』の特攻隊員・植木の感慨と似ていることだろうか。

「星が出てるなあ。これが星の見納めだとは、どうしても思えんなあ。」――。

「どうもおかしいね。死ぬような気が、なにもせんじゃないか。星がたんと光ってやがら。」――。

ただし、明日死ぬとは思えないとの感慨は、市島のみならず、他の隊員たちの胸にも去来する思いであった。

その遺書の最後に、山岡荘八の名を記した西田高光中尉にも、出撃前日に綴った日記のなかに、「考うれば明日どうもこの体が木端微塵になるとは思われない」との一文が出てくる。

しかしながら、そのような思いを、夜空を見上げ、月光を浴びながら胸に抱き、述懐したのは、私の知る限り、市島だけである。

先に引用した四月二十三日の市島日記によれば、彼はまず野里国民学校の宿舎の簡易ベッドに身を横たえ、破れ天井を通して朧月を眺め、次に風呂への行き帰りに月光を浴びたれんげ草の畑を見つつ、明日死ぬような気がしないとの感慨を得ている。

川端の小説のなかの星空は清冽なイメージで、凛とした星々の瞬きまでが見える気がするが、死ぬような気がしないとの思いは、宇宙的な生命の輝きを放つ夜空のもとで胸に湧いている。市島は、月光を浴びて生命の輝きを放つれんげ草の間を逍遥しつつ、死ぬ気がしないとの思いを得る。

月光に濡れるれんげ草から星空へと、視線は移され、宇宙にひろがってと、文学的なイメージとしては川端作品の方がより鮮烈かつ豊饒である。だが、死を前にした末期の目に映じた生命の息づきに自身の生命が共振共鳴し、あたかも人生の最後の花火のように、なおも生の灯をともすところは、両者に通底している。生の深いところで生命の発光を見つめている点、市島は川端の筆に少しも劣らない。

ただ、その生命の共振共鳴が、思いを寄せ合う隣の啓子にまで移り、女性としての生の焔が愛に煽られてふと燃えあがるあたりは、川端の独壇場で、文学にしか許されないリアリティが光る。

日記を注意深く読めば、市島の胸中にも、思いを秘めた女性のいたことがわかる。四月二十三日の日記の末尾には、「マスコットを抱きつつ……」とあった。

「マスコット」とは、特攻隊員たちがお守りのように身につけたり、操縦席に飾ったりした小さな人形のことをいう。通常は女性の形をしており、基地近在の女性——主として女学生たちがつくり、寄贈する場合が多かった。特攻隊員を「ひとり」では征かせず、心情としては最後の最後までお供したいという、銃後のやさしい心に違いなかった。

ただ、市島が出撃基地である鹿屋に着き、後は命令を受けて飛び立ち敵艦に突っこむだけの身となった日の夜に、その人形を抱いているのは、一般的な銃後への感謝からではなかったろう。

女性の形をしたマスコット人形を手にした彼の胸に去来するのは、思慕の情を寄せながらも別離に甘んじざるを得なかった、ひとりの女性のことだったかに思われる。ひょっとすると、彼が所持していたマスコット自体、恋した女性の思い出につながる形見の品のようなものだったのかもしれない。

翌日、れんげ草を摘みに行った後で、「今は捧げる人もなし」と綴ったのも、その女性のことが思いを離れないことを物語っている。
入隊前、一九四三年十一月二十一日の市島の日記に、この女性との縁を語る内容が綴られている。この日、市島はかねてより想いを寄せてきた女性に、他の人々と一緒ではあったが、久しぶりに再会したのだった。既に学徒動員により、翌月には海軍に入隊することが決まっていた。

——三年前とほとんど変わっていない。大きな叡智にみちた顔が、かわいい西洋人形を思わせる。視線が会うといたずらそうな眼をする。思い出は次から次へと起きてき、たのしき回想が車輪のごとく脳裏をかけめぐる。（中略）
梢を通して星が澄んできらめいている。月はなく道は暗い。先生とM君は先に行き、自然と五人の足は思い出に鈍る。一足後ろでHちゃんと話していた彼女は急に歩をのばして僕に話しかけてくる。肩と肩とがぶつかるのが苦しく感ずる。過ぎ去りし日の思い出はあまりに楽しく、美しすぎる。——

その後、電車が来たので、皆で乗る。市島と彼女は、座席に腰かけた先生の前の吊革につかまりながら、話を続ける。
市島はかねて自分が外見的に男っぽいところが薄く、「女形《おやま》のよう」と陰口をたたかれることを知っており、彼女もそのことを嫌ったのではと気にしていた。同行のHちゃんから、彼女とふたりで市島について話をしたことがあると聞かされて、動揺する。そのことを、電車のなかで市島は彼女に問うた。意外な答えが返ってきた。

――「それはね、ちょうどそのころいろいろ苦しいことがあり、あなたへ私の気持が傾いていたこと」僕は愕然とした。運命の皮肉、いま征かんとするとき、永久の謎は解かれた。ああ、たがいに愛しあいながら、ともに相手の心を知りえなかったのである。（中略）

ついに別れの時がきた。永遠の別れかもしれない。私の心は平静を失って行き、混乱が頭を占めはじめた。二人はじっとたがいの瞳に見入り、私は永久に彼女の面影をわが脳裏におさめ、彼女の幻を見失うことがないように全霊をあつめて凝視した。（中略）

走り出す電車の窓から、彼女と先生の姿が階段に消えて行くのが見えた。ああ視界から彼女の姿は消え去った。現世において相見ることは、おそらくもうないであろう。私は静かに眼をとじ、彼女の姿を瞼のかげに浮かべた。彼女はかすかに笑う。さらば、愛する人よ。これが人生の姿なのだ。

会えば別れねばならぬ。夢……そして虹のごとく美しすぎる愛の記録だ。しかし、すべてを去り、己を捨て、祖国に捧げよ。煩悩を絶ち、心しずかに征くべきである。――

「すべてを去り、己を捨て」と、市島は別離の運命を甘受しつつ、自らに言い聞かせている。

その結果――去り、捨てた結果として、市島は鹿屋に来た。去り、捨てることの極みとして、散華が待っている。それでも――、いや、それだからこそ、残されたわずかな時間のなか、愛した女性との思い出が去来してやまないのだ。

その最後の出会いと別れの日の思い出を、市島は星空とともに綴っていた。その日の思い出の舞台は東京だったが、街の梢を通して、「星が澄んできらめいて」いたのである。

日記に綴ったのは既に二年半も前のことであったが、人生最後の日々、市島は何度となくこの日のことを思い返したことであろう。星の瞬く夜空に、れんげ草の可憐な花に、愛する女性の声や面立ち、表情や仕種を重ねたことであろう。

過去の泉のなかから新たな清水を汲みだすように、市島は記憶のなかを逍遥した。ほどなく閉じられる人生であることが定められていればこそ、過去から汲みあげる思い出は瑞々しく、光彩陸離とした輝きに満ちていたことだろう。

それこそが、彼の生きた証だったからである。市島保男という青年が生きた短い人生のなかの、確かな生命のきらめきだったからである。

話を川端に戻そう。『生命の樹』についてである。

市島と女性の愛の記憶は、その清らかな哀しみによって、植木と啓子の上にも恩寵を与えていることだろう。確かな生命の光を照射しているに違いない。

だが、このことは、単純に市島をモデルにしたということを意味しない。そのようなストレートな仕立て、事実そのままの流儀に、川端の筆は染まらない。あくまで、「事件そのままよりは、事件に出会った気持ちを空想の事件に移して書く」作家だからである。

過去の事実の泉から小説を潤す澄んだ真水を汲みあげ、そこから物語の稲を育て、穂を実らす――。真水が澄みきって、光のきらめきを鏡のように返すほど、はぐくむ「かて」も豊かになるだろう。美の旋律を切々と奏でもすることだろう。

末期の目に映じた自然は、心に沁み入る美しさを放ってやまなかった。死を前にした心に思い返す愛の記憶は、虹のような美しさに輝いてやまなかった。定められた死によって抑えこまれ、封じられていてなお、生命は燃え、その冴が随所に響きわたる。

自然と人間、市島とその想い人、植木に啓子、市島と川端……、谺は乱反射し、響き合いを重ねて、生命の合唱のようになる。

生命の樹は、青々と葉を茂らせる。亭々とそびえ、蒼穹の頂きを向く……。


川端の『生命の樹』では、植木ら三人の特攻隊員が啓子を誘い出し、遊郭を訪ねるシーンがある。これは、部隊のなかでも折り紙つきの生真面目で知られる市島少尉にはあり得ない行動であった。この場面を、どのように考えればよいのだろうか。川端は、どこからこのシーンの発想を得ることになったのか――?


実際に、鹿屋の特攻隊員たちが「脱」と称して基地を抜け出し、色町に出入りすることは少なくなかったという。自らの命を犠牲にせざるを得ない最後の攻撃さえきちんと果たしてくれれば、この世の名残りに、多少のことは大目に見るというのが、神雷部隊を率いる岡村基春司令の方針だった。

川端が町中の滞在拠点とした水交社(水泉閣)のあった場所は、野里国民学校の宿舎から基地の北辺を東にまわった北東の角にあたるところ、そこから基地の東側を南下して行くと鹿屋駅(大隅線の廃線に伴い現在は廃駅)に出るが、そのすぐ先、表通りから裏にまわった川沿いの場所に、鹿屋の遊郭があった。数件の大きな娼家が軒を連ねていたという。

川端の小説では、水交社で働く設定の啓子に、基地を抜け出てきた植木が窓ごしに声をかけ、そのまま寺村、梅田と一緒に四人つれだって遊郭を目指すことになっているが、場所の位置関係としてはきちんと事実を踏まえている。

ある意味、特攻隊員の悪事を曝すような、英傑な「軍神」像からかけ離れた「秘め事」を暴露することになるので、作家としてかなりの覚悟が必要となるシーンだったに違いない。

寺村と梅田は現にここで娼婦を買い、事に及んでいる。ただそれを、男性兵士の単なる性欲処理のように描かなかったところが、川端のユニークさであろう。

想いを寄せる素人の女性を遊郭に誘うという行為自体は、相当にいびつであり、奇怪であると言わざるを得ない。通常の、平和時の恋愛風景であれば、このようなことはあり得まい。だが、迫り来る死を前にして、生命の血潮が愛とともにつむじ風のように吹き荒れる時、愛の形も迷い、危うく歪んでくる。

川端が、「仏界入り易く、魔界入り難し」という一休禅師の言葉を初めて小説のなかで用い、芸術にとっての至言としたのは、一九五〇年から翌年にかけて書かれた長編小説『舞姫』においてだが、『生命の樹』のこのようなところにも、その片鱗は現れていると言えよう。

作家・川端康成をして「魔界の住人」と、川端研究家の森本穫氏は形容するが、その研ぎ澄まされた感性と筆は、特攻基地という文字通りの「魔界」において、生命の冴が、白銀に輝く星空のような清冽の場にも、酒と脂粉の匂いに饐《す》えた欲望が渦巻く紅灯の巷にも、等しく乱反射を重ね合うことを見逃しはしないのである。

欲望の焔の悪戯によって、愛する女性と訪ねてしまった遊郭ではあったが、この、嫌な言葉ではあるが「掃き溜め」のような、啓子の言葉を借りるなら「汚い場所」において、川端はすばらしい場面を用意した。爽やかで、人間的な、哀しくも美しい情景が展開する。植木と寺村が二十分あまりも続けたという合唱シーンである。

ドイツ語で歌われた二重唱であったとされるが、具体的な曲名はあげられておらず、どのような歌であったか、手がかりがない。

また、鹿屋にいた特攻隊員のうち、学生時代に合唱団に所属していた者がいないか、調べてはみたが、表立った情報としては出てこない。

結論が出ないばかりだが、ここで真に大切なことは、ふたりの若者が歌った合唱曲が、当人たちにとって、かけがえのない青春の歌だったという点である。そしてもうひとつ、その歌が、基地でも巷でも、当世盛んに声が張りあげられる軍歌の類の対極にある音楽であったという点である。

つまりは、特攻を生み、軍神と讃え、多くの若者たちを死に追いこんだ世の趨勢に対し、アンチテーゼとして響く歌を、川端は登壇させているのである。

ドイツ語の歌なので、敵性音楽にはあたらない。しかし、常識的に考えれば、大学のグリークラブで歌われた西洋音楽など、出撃を間近に控えた特攻隊員たちが、公に歌うべき曲とはとても思えない。

皮肉なことに、実際には、基地には「歌」が溢れていた。出撃の予定がなければ、待機の間、隊員たちはやることがない。死を前にした密にして虚ろな奇妙な時間なわけだが、気勢をあげるために、隊員同士、昼から酒盛りをしたり、高歌放吟したりすることは、ある意味、「日常茶飯事」だった。

そのような場では、まずは軍歌が盛んに歌われた。圧倒的に歌われたのは、「貴様と俺とは同期の桜」と歌い出される『同期の桜』、そして同じように特攻隊を歌った軍歌だった。いずれも、華々しく散る身を桜の花に譬え、美化している。

鹿屋基地での特攻隊員たちの様子を内側から書いた杉山幸照氏の著書『海の歌声～神風特別攻撃隊昭和隊への挽歌～』でも、同じ軍歌が繰り返し歌われる様子が描かれている。「若い予科練生の唱は、〝七ツボタン〟の歌ばかり。まるで能なし。よくあきずに同じ歌が唄えるものとあきれたものである」とあるので、杉山自身も食傷気味だったようだ。

「七ツボタン」とあるのは、一九四三年にできた『若鷲の歌』のことで、「若い血潮の予科練の七つボタンは桜に錨」と歌い出される。映画『決戦の大空へ』の主題歌でもあり、大ヒットの戦時歌謡であった。

神雷部隊のなかで生まれた曲もあった。昭和隊の指揮官、森田平太郎大尉の作詞作曲によりできた、『ああ神風昭和特攻隊の歌』という軍歌がそれであった。杉山の著書に歌詞が載っているので、少し拾ってみると、

「残る思いは数あれど　願う御国のいや栄《さか》を　乗せて飛び立つ若桜　ああ神風昭和特攻隊」、「轟然起る火柱に　見事敵艦真二つ　後に残るは油の波紋　ああ咲いたりな若桜」、「死しても魂魄留まりて　尚も沈めん敵艦を　七度人に生まれては　永久《とわ》に守らん日の本を」

などとあって、その歌詞を見れば、およそどのような調子の歌であったかは知れる。

森田大尉は隊員たちを集めて、自ら指揮をして歌わせたという。歌を作るのが趣味だったらしいが、指揮官として、特攻隊員たちの戦意高揚につとめたのだったろう。

だが川端の耳には、それは特攻隊のイデオローグのようにしか響かなかったろう。特攻精神を宣揚する軍歌が、どれほど高らかに、繰り返し基地の宿舎に響き渡ろうと、川端は自身の小説にそのような歌を登場させなかった。代わってもちだしたのが、遊郭で歌うドイツ語の合唱曲だったのである。

時代が押しつけた軍歌とは全く異種の歌を、植木と寺村は歌った。それは、個が封じられ、国に殉じることを大前提として成立している基地にあっては、思う存分、おおっぴらには歌うことのはばかられるものであったろう。遊郭という特殊な場であるからこそ、許される行為なのである。

市島保男の残した四月二十四日の日記のなかに、オルガンのことが記されていた。野里国民学校の教室で使われていたものが、そのまま引き継がれていたのである。

市島日記のなかでは、このオルガンで演奏されていたのは、歌謡曲の『誰か故郷を思わざる』であった。一九四〇年、霧島昇が歌って大ヒットした戦時歌謡だが、故郷を思う望郷の念は、一般市民以上に兵士たちにとって切実な思いであったろう。その曲が、特攻隊の宿舎に鳴っているのは、静かな哀しみの光景でもある。

隊で歌われるのは軍歌が多いものの、必ずしも軍歌ばかりではなく、時には歌謡曲や唱歌、童謡なども歌われることがあった。加藤浩著『神雷部隊始末記～人間爆弾「桜花」特攻全記録～』（二〇〇九　学研パブリッシング）には、次のような記述がある。

——宿舎となった教室にはオルガンが残されていた。演奏の心得のある者が折りを見て弾いては他の者が加わり唱和した。曲目は『影を慕いて』『誰か故郷を思わざる』といった流行歌から、『あめふり』や文部省唱歌等から英、仏、独に満州国の国歌まで、敵性曲であろうと何であろうとお構いなしに歌った。——

これによれば、鹿屋基地では、「脱」にも寛容だったという岡村司令の方針で、宿舎での歌についても、かなりの放任主義がとられていたことが窺われる。オルガンが置かれていたことで、隊員たちの歌が豊かになったようだ。公の歌というべき軍歌に加えて、彼らの私的な心情を託す歌も歌われることになった。

よく歌われた歌の具体的な曲名があげられていたが、このうち『あめふり』は、誰もが知っている「雨雨降れ降れ母さんが、蛇の目でお迎え嬉しいな」の曲。望郷の歌に続いて、母の愛が歌われ、特攻隊員の歌は、美しくも切ない。

おそらく、川端は軍歌ばかりでなく、野里の宿舎で、オルガンを囲んだ特攻隊員たちの歌を耳にしたことだろう。表立って歌われる軍歌とは違い、私的な曲を歌う時に見せる隊員たちの人懐っこい笑顔も目にしたことだろう。

そして、多少の場違いな感はあっても、ドイツ語の歌が歌われる姿も、目撃したのだろう。その時、川端はその歌のもつ意味を、たちどころに悟ったはずである。

すなわち、それらの歌が、時代に導かれて特攻隊に身を置くことになった若者たちの、個としての人生をかぐわしく薫じた青春の歌であることを……。学徒出陣によってキャンパスを追われ、にわか軍人に仕立てられた大学生たちにとっての、懐かしくも溌溂とし、生き生きとした光彩に満ちた、学窓時代の青春の息吹そのものだということを……。

実際には、鹿屋の基地で、ドイツ語の歌など、出番はわずかしかなかったはずである。軍歌を公の歌とする場にあって、それは私的なうちの最も私的な歌である。

だが、青春の証であるその歌を、川端は思いきり歌わせてやりたかったのだろう。隊員たちの前にしゃしゃり出て差配をふるうようなことは川端の流儀ではないが、せめて自身の綴る小説においては思いきり歌わせてやりたいと、そう願ったのではないだろうか。

遊郭という奇妙な「解放区」で、植木と寺村は、愛してやまないドイツ語の合唱曲を次から次へと歌い続ける特権を与えられた。

束の間の自由。歌の間だけ蘇る、青春の輝き……。

頰を輝かせて熱唱する植木の様子に、啓子の愛情は潤ってくる。若い生命が溢れるさまに、もはやそこが「汚い場所」であることも忘れた。生と死が縒りこまれた時間に、啓子は歓び、そして哀しんだ。「しかし、これがお二人の歌の歌い納め、明日か明後日、この世にいなくなる方――私はおしたわしくて、おいたわしくなった。」――。

「歌い納め」という言葉を、川端は使っている。歌もまた、最後の生命の燃焼である。星を仰ぐ場面では、星の「見納め」とされた。歌を歌えば、「歌い納め」となる。何をするにも、「やり納め」「し納め」になってしまう。

遊郭の場は、そのまま詩の朗誦になだれこむ。寺村と梅田は女と消え、ふたりだけが残された。植木はそこで、啓子を娼家に連れこんだ自分の「卑怯」を悔い、「いのちひさしき」という詩を朗唱して聞かせる。

無論、それはドイツ語の合唱と同じく、兵士である前にひとりの若者として植木が愛読し、馴染んだ詩なのだろう。それもまた、青春の息吹には違いなかった。

合唱もしかりだが、川端の筆になる植木の行動からは、総じて、時代の強いた運命によって果たせなかった若人たちの夢が炙り出される。音楽、詩、異性への思い……、平和の時代だったなら、それは若き日を彩る人生の果実となるべきものだったろう。

そういった、人生の潤いをすべて捨て去って、隊員たちは出撃しなければならない。できることはと言えば、すべての美しい思い出をしかと胸に刻むことだけだ。死出の旅路を、その貴重な、珠のような心の宝を抱いて行くしかないのである。

そのさまは、先に引いた市島日記を思わせる。市島に代表される、すべての特攻隊員たちに共通した思いでもあったろう。川端は、その思いを――、表立っては言葉にならなかった彼らの思いを、無念を、夢を、両肩に負って書いている。

それにしても、青春の証としての詩の朗誦はよしとして、川端はどうして三好達治のこの詩を、特に選んで引いたのだろうか――。

川端が小説のなかで与えた「理屈」は、啓子の故郷に近い京都の春の名所、祇園八坂神社の枝垂《しだ》れ桜が詠みこまれた詩だからということになっている。春→近江→京都→八坂神社の枝垂れ桜→三好達治の詩と、そのような連想の道筋が推測される。

だがそれ以上に大事なのは、この詩が他でもない、桜の詩だからである。

鹿屋基地に駐屯していた神雷部隊は、別名を「桜花隊」と称した。「桜花」という特攻専用のロケットで突っこんで行くことを主目的とする部隊だったからである。そこに、零戦などによる特攻隊も加わったが、散華を宿命とする彼らは、しばしば桜に譬えられた。「同期の桜」と歌われ、「若桜」とも讃えられた。

時代の華のように謳われ、利用された桜だった。華やかに咲いてぱっと散る、その散り際の見事さばかりが強調され、軍歌に代表されるごとく、麻薬のように注入されたのである。

だが、川端はここで、そういう短命の、ぱっと散るだけでない、先祖代々、長い歳月にわたって都人《みやこびと》の目を楽しませ、季節ごと、芳《かぐわ》しい潤いを与えてきた桜の老樹を登場させている。つまりは、ドイツ語の歌に続き、桜のアンチテーゼをもちだしたのである。

八坂神社の実際の枝垂れ桜は樹齢二百年を超す程度だったというが、川端の用い方からは、いわゆる

「千年桜」が想起される。千年の風霜に耐えてきた老樹である。散る運命を負わされた「若桜」が、散華を前に、悠久の時を生きてきた桜の古木に思いを馳せているのである。

ただ、その老樹が今、枯れようとしている……。

「ひのもとのいちとたたへし　はなのきをかるるにまかす　せんすべしらに」――。

枯れる……。死が刻々と迫り来る……。

巨大な時間を生きて来た桜の生命と、明日にも散ることを定められた特攻隊員の若き生命とが、時を同じくして、枯れ、死に行くのである。巨大なる滅びが、ひたひたと押し寄せているのだ。

枯れ行く生命が共鳴し、哀しみを共奏する。

古語と平仮名を多用し、七五調の調べによって詠われた詩が、『源氏物語』以来の、日本の美の情感を高める。哀しき旋律が溢れ流れる。その「もののあわれ」の哀調は、たとえようもない。

「せんすべしらに」……。しかたないではないか……。どうすることもできないではないか……。

諦念の歔欷《きょき》が重なり合い、荘重な楽の音《ね》をなす。その音は葬送の譜とも鳴り、鎮魂歌とも響くのである。

小説での登場順としては逆になるが、時系列的には、啓子と植木のふたり一緒の記憶は、この後、出撃前日の星を仰ぐ夜となる。読者の思いも、輪を描くように星空に戻される。

「せんすべしらに」の調べがなおも底奏を響かせている。だが、死は少しもリアリティを感じさせない。

永遠の生命が瞬く星に刻されたように、澄んだ星空にふたりの生命が解放されたかのように、生と死が溶け合い、昇華する。

愛するふたりの若い生命は、そのように死と和することによってしか、完遂しないのだろうか。特攻隊員の生命のゴールが散華の死に定められていたのと同じく、遺された女性も、死ぬことによってしか、生命を生きることができないのだろうか。遺された者の「心の復員」は、戦争で逝った者に殉じるしか、身の置きどころ、生命のやり場がないのだろうか……。

ちょっと待って！　と言わんばかりに、思念は破られる。「啓子さん、啓子さん」との寺村の声が、啓子を呼び覚ました。植木の親を訪ねた帰り、山手線の車中である。

ここからがいよいよ終結部、コーダになる。文庫本にしてちょうど一ページほど。新たな展開に突入する。

寺村が示した先には、空襲に遭い、枝がすべて焼け折れた街路樹があったが、その満身創痍の木の幹から、春の若葉が噴き出していた。ぼろぼろに痛めつけられてなお生きようとする、力強い「生命の樹」であった。

焼けただれた街の、自然の生命の噴火を目の当たりにして、啓子の胸に聖書の一節が閃く。「御使《みつかい》また水晶のごとく透徹《すきとお》れる生命《いのち》の水の河を我に見せたり。……都の大路《おおじ》の真中《まなか》を流る。河の左右に生命《いのち》の樹《き》ありて……、その樹の葉は諸国の民を医《いや》すなり。……」「我また新しき天と新しき地とを見たり。これ前《さき》の天と前の地とは過ぎ去り、海も亦《また》なきなり。」——。

ともに、ヨハネ黙示録の一節であった。まさに天の啓示のように、豁然と開ける新しい道を、啓子は得たのである。

新たな「受胎告知」でもあるかのように、突然に表れた聖書の一節に、とまどう読者もいるだろう。仏教の流れをくむ「もののあわれ」的な美学を基底として抱える川端文学が、この『生命の樹』のラストでは、まるで火山の爆発のように、いきなりキリスト教に傾き、聖書の至言を噴出させる。

啓子はそれまで特にクリスチャンであるようには描かれていない。わずかに、遊郭シーンの終わりに、植木に娼婦を軽蔑するかと訊かれて、「罪なき者石もて……」と、イエス・キリストの言葉を踏まえた受け答えをしているが、これは、聖書に端を発するとはいえ、クリスチャンでなくとも、有名な娼婦の逸話に引かれてと解することもできる。

しかし、このラストでは、焼跡に芽吹いた木の若葉を契機に、いささか強引とも感じられるほどの切迫さで、キリスト教がもちだされる。しかも、聖書の引用という簡勁《かんけつ》かつストレートなかたちで……。

実は、小説のこの絶頂部において、普通の読者には明かされぬ、もうひとつの大事な生命の谺がかわされている。そのことを、本書の読者は既に気づいておられるのではないだろうか……。

川端の意識下において、この部分は、かのクリスチャン特攻隊員、市島保男が残した日記のラストと、呼応し合っている。

「人若《も》し我に従わんと思はば己を捨て己が十字架を負いて我に従え」――。

聖書のマタイ伝からのこの引用をもって、市島は日記を閉じ、大空に散るべく出撃して行った。イエスから授かった至言を、遺された者たちにリレーの襷《たすき》のように渡して、市島は逝ったのである。

市島の日記が、川端の『生命の樹』において、地下水脈の主流をなし、処々に発想の泉を湧出していることを確認してきた。

遊郭のシーンを経て、市島との谺は、このラストにてクライマックスに達する。物語の底を伏流水のように流れてきた市島保男の記憶が、最後の最後に、聖書の登場によって、爆発的に顕在化したのである。

市島は最後のメッセージで、己を捨てよと言い残した。自分を棄てるということは、彼の日記のそこかしこに綴られている。キリストが受難の道を自ら進んだように、クリスチャンとして、自ら率先して国、国民のために犠牲とならなければという信念があった。キリスト教信仰と祖国愛が、市島のなかでは融合していた。

啓子もまた、己を捨てる覚悟だった。ひとり逝った植木のために死のう、死んであげようと、思いつめて東京へ向かった。東海道線で東上する啓子の目には、車窓の景色が「春の見納め」のように映っていたのだった。

啓子もまた、「己が十字架を背負う人」になった。末期の目を抱えたのだ。

だが、全くの新しい道を、天の啓示が教えた。それは、死ぬのではなく、生きるということだった。戦争によって心に傷を負った者が、戦後に踏み出す新しい生命の道だ。

生きよ。生きよ。逝った者たちの御霊を忘れずに、新たな天地、新たな時代を生きよ。それは天意を受けている。恥じる必要もない。怖がる必要もない。生命の谺と和して、自然《じねん》なる生命の道を生きよ……。

ここには、戦争を生きぬき、大切な人を喪った人たち、とりわけ女性たちへの強いメッセージがある。『感傷の塔』から続く思いであるが、「寡婦」となった女性たち全員に贈る言葉であり、応援歌なのであった。

生きよ。生きよ……。それは植木の声であり、市島の声でもある。死んだ特攻隊員たち皆の地下からの叫びでもあり、それらを受けた川端の声でもある。

生きよ。死んではならない。生きよ……。それは啓子だけに留まらない、すべての遺された者たちへの祈りだった。


川端が『生命の樹』という物語をつむぐのに、鹿屋での体験（「事件」）から得た素材として、メインとなる縦糸と、そこに織りこまれる横糸があったかと思う。

メインのラインをになうのは、市島保男の記憶である。もうひとつ、そこに縒り合されたのが、杉山幸照から聞き及んだ隊員たちのエピソードである。

遊郭のシーンを、川端がその発想をどこから得たのかと問いながら、答えていなかった。

結論的に言うと、私はこのシーンは、杉山が『海の歌声～神風特別攻撃隊昭和隊への挽歌～』で綴っていた、Y二飛曹とS一飛曹の「事件」から飛翔したと考える。詳しくは前々章で紹介したが、若いふたりから、死ぬ前にどうしても異性の肌に触れてみたいと相談された杉山が、市内の遊郭に案内するという逸話である。

特攻隊員三人で娼家を訪ねるという設定が、瓜ふたつなのである。『生命の樹』では、三人目の特攻隊員として梅田という男が登場するが、実質的には役を果たさない。植木と寺村の合唱を、啓子と同じに聴くばかりで、他には何も意味のある行動をしない。

川端は鹿屋の基地で、私たちが想像する以上に、いろいろと杉山から話を聞かされていたようだ。

『別冊1億人の昭和史　特別攻撃隊　日本の戦史別巻4』に寄せた文章で、杉山は「大学出身の予備士官は、彼と文学の話に花を咲かせることが多かった。私も、彼とは何度となく、士官食堂で、食事をとりながら語り合った」と書いている。何度となく、杉山は川端に語ったのである。

おそらく、そのようにして遊郭訪問の話が語られ、川端はその印象を記憶に留めるところとなったのだろう。それゆえに、三人の特攻隊員たちが連れだって娼家を訪ねるという「事件」の外枠が、『生命の樹』にも踏襲されたに違いない。

無論、杉山はこの逸話を、食事の席でのただの与太話のように口にしたわけではない。特攻隊員の抱える看過しがたい懊悩の表れとして、川端に訴えたかったのだろう。

特攻を美化するあまり、祖国愛に燃える高潔の士らが、ひたすら潔く、迷いもなく、決然として散って行くなどとする見方が、いかに実情を知らぬ表層のものでしかないか、同じ隊員として、杉山は作家の川端に伝えたかったのである。

三人の報道班員のうち、作家として、この人ならと、川端に期するところも大きかったのだろう。散華して行った者にとっては、身の恥と聞こえかねない部分があろうと、杉山は隠し立てもせずに、川端に語りつくしたように思われる。

特攻隊員もまた人間であれば、愛も欲望も苦悩も、その心と体に負い、憤激や懊悩、煩悶など、数々のもだしがたい思いを抱えて、飛び立って行くのだと、杉山は説いた。

その精神、特攻観を、川端は杉山と共有した。生きる人間であれば、若い生命が揺れるものであることに、異論のありようもなかった。軍歌などに溢れる表面的な華々しい特攻隊のイメージより、杉山から聞く話の方が、よほどリアリティを感じたはずだ。

特攻隊員の真実を熱心に語って、大作家へのインプットに手ごたえを覚えたからこそ、逆に戦後、川端は特攻について何も書かないと——これは誤解であったが——、怒りをつのらせた杉山だったと推測されるのである。

私の目には、『生命の樹』のなかの寺村という男の人物設定には、どこか杉山自身の面影がつきまとって見える。

娼家を訪ねた三人のうち、その方面には一番の訳知りで、会話も行動も、リードしている。もちろん、ひとり生き残ったということもある。口がよくまわるというか、面倒見よくおせっかい焼きで（この点は杉山自身の著書でも処々に匂いたつ）、かつ友情を振りかざしながら、時にやや毒もある。

後に啓子を望むところからすると、啓子を巻きこんだ遊郭での振る舞いには、わずかに嫉妬の炎がちらつき、それが、あてつけであったり、殊更な庇いだてであったりと、見ようによっては残忍さの小さな棘をたてている。

それはもはや、杉山の実像を超えた、小説固有の世界であろう。体験（事件）の素材は、文学へと昇華されたのである。

第三章で紹介したが、戦後、特攻を書かないと川端への非難をつのらせていた杉山が、最後の著書『ノンフィクション小説　恋そして』（一九八八）では、打って変わって、メンター然とした川端を登場させたのは、遅ればせながら『生命の樹』に目を通したことで、すべてが氷解する思いを得たからだったろう。

一般読者には見えない、素材から物語へのジャンプの軌跡が、杉山には見えたのだろう。自身の姿さえ、そこに見出すことになったのかもしれない。川端イメージの豹変、呪詛を裏返した聖人化は、そうでなくては腑に落ちない。

さて、ヨハネ黙示録の引用の後、川端はわずかに一行をつけたして、『生命の樹』という小説を閉じている。

「本郷にある、寺村さんのお友達のおうちへ、私たちは帰るのだった。」――。

具体的な結論をあえて明かさない、川端独自の終わり方である。ふくよかな余韻のなかに、ある時間、期間を切り取られたドラマが吸いこまれて行く。霧のなかを立ち去る人のようであり、あたかも能の終わりのように感じる。

生命の樹が登場した後の、この短いラストの文章から、啓子はこの後、寺村との結婚を選択することになるとの暗示で終わっているとする研究者もいる。だが、そこまでの具体的な道のりは、示されてはいない。文字通り、その日、東京での宿である寺村の友人の家に一緒に向かうところで終わっているのだ。

確かなことは、この先の具体的な啓子の道がどうあれ、その道には、再生を祈る「生きよ」の声が満ちていることである。生命の谺が響いているのだ。

無論、それは生きることが平易であることを意味しない。生きることを決したからと言って、すぐにもバラ色の人生が訪れるわけではない。

ただ、死ぬことばかりを考えていた、死に束縛されていた季節が終り、今や新たな春にふさわしい再生の時が訪れたのである。新たな生の出発点を迎えたのだ。

戦後小説としての『生命の樹』の意義が、ここにある。肉体としての復員は、兵士が戦場を去り、故郷に戻ってくれば果たせるが、遺された者の「心の復員」は、このような文学によってしか、かなわないのである。

小品ながら、美しく、清純な作品である。特攻という暗く重いテーマを抱えながら、『生命の樹』は澄んだ清らかな響きをたてる。

川端の特攻基地での直接体験から、この作品は生まれた。『生命の樹』が、戦争体験に負うものは、あまりにも大きい。数多くの若者たちの死が、行間に、作品の底に、言いようのない哀しみを奏でている。

鹿屋での特攻隊員たちとの日々が、一年後、ひとつの短編小説を誕生させた。では、「特攻」体験から受けたものが、この先、どのように展開して行くのか――、それをたどることは、戦後の川端文学の軌跡を、象徴的になぞることにもなるであろう。

第十章　「特攻」体験の揺曳～『虹いくたび』を中心に～

短編小説『生命の樹』の発表から四年後、そのヒロイン啓子と同じように、近江付近を東海道線の列車で東へ向かうひとりの女性がいた。無論、川端の描いた小説でのことである。

――琵琶湖の向う岸に虹の立つのを、麻子は見た。
彦根を過ぎて、米原とのあいだだった。年の暮の汽車はすいていた。
虹はいつ立ったのか。麻子が窓からながめていた湖水の上に、いきなりほっと浮き出たようだった。
――

長編小説、『虹いくたび』の書き出しである。一九五〇年の春から翌年の春にかけて、『婦人公論』に連載された。

冬の虹がかかる湖水の手前にひろがるのは、春ならば、一面のれんげ草に蔽われる大地である。鹿屋の春から近江へと連想が飛んだれんげ畑は、『生命の樹』に留まらず、なおも川端の意識から抜けていない。

――「岸のこのあたりは、菜種やれんげ草の畑が多いところで、春の花どきに虹が出たら、それこそ幸福の感じでしょうね。（中略）しかし、冬の虹は少し不気味ですね。寒帯に熱帯の花が咲いて、魔王の恋みたいですな。虹の根もとで、ぶつりと切れているからかもしれないが……。」――

京都から東京へ戻る麻子が乗り合わせた、赤ん坊づれの男が放った言葉である。「魔王の恋」のようだと、小説の出だしから、いささか奇怪なイメージが躍る。狂った春から始まった『生命の樹』を引きずるように、『虹いくたび』は魔王の恋のような冬の虹から始まるのだ。

――しかし、切れはしの虹の浮きようは、虹をなおあざやかにした。虹は花やかななかなしみが雲を呼んで、昇天するかのようであった。見つづけているうちに、麻子はそういう感じが強まって来た。――

物語は、三姉妹の話である。建築家の父（水原常男）と、それぞれ別の女性との間に生まれた三人のヒロインがいる。

このうち、正妻の子は真ん中の麻子だけで、その母は既に亡く、長女の百子の母は自殺、末の若子は京都の芸者の子である。父はこの芸者とは戦争で別れてしまい、若子は母と京都に暮らし、東京で父と暮らすふたりの姉は末の妹の在所を知らず、麻子はその行方を捜している。

母の違う姉妹たち。百子、麻子、若子――。性格も、運命もそれぞれである。

この物語は、三姉妹が血のつながりを確認し合う過程をひとつの流れとしつつ、戦前から戦後へのさまざまな「分断」を乗り越えようとする人々の葛藤が描かれる。

ストーリーテリングの語り役のように、構造的な中央に置かれたのが次女の麻子だが、物語の核となるのは、始めのうちは座標軸から外れて見えた長女の百子である。物語が進むにつれ存在感を増し、後半では文字通りに中心を占め、圧倒的な印象を放つ。『虹いくたび』の真の主人公は、戦争を経て、奔放とも凄惨ともつかぬ異常な生き方を送る百子なのである。

戦時中、百子には愛する男がいた。啓太という。特攻隊員となって、鹿屋基地から出撃し、散華した。百子にとっては、単に恋人を亡くしただけではなかった。身をまかせたその男から、愛の行為の後に残酷な仕打ちを受け、その心の傷は、今なお鮮血を噴いている。特攻隊員との愛は、束の間の甘美さの代わりに、長く続く衝撃と苦痛の傷痕を与えたのだった。

百子は、『生命の樹』の啓子の変形、発展形である。啓子は清らな関係のまま植木を送り、百子はすべてを捧げた後、啓太に去られた。相手の男性への態度の違いが、その後の人生に差をつけたと、そのような話ではない。戦後五年がたってなお、戦時中の愛の記憶から逃れることができず、地獄めぐりのように負の連鎖を繰り返して、生きがたい生を生きる女性がいるということなのである。

百子が啓太と愛し合い、関係したのは、はっきりと明示はされていないが、啓太が東京からほど近い関東の航空基地にいた時分のようである。そこから啓太は鹿屋に移動し、出撃して帰らぬ人となった。

しかし、特攻隊員の心理――なかんずく、愛を抱えた心と体の葛藤をどうすることもできない姿は、間違いなく川端自身が鹿屋でつかんだものだろう。物語の舞台を鹿屋に置かぬものの、『虹いくたび』は、他でもない鹿屋から生まれた「特攻小説」である。

小説の基本的な時の設定は、京都の都をどりが七年ぶりに復活したとあるので、一九五〇年であることが知れる。『婦人公論』連載時の、現在進行形の物語である。

「戦後」は、小説の端々で意識されている。戦争で中断していた都をどりが復活する一方で、父と麻子が訪ねた熱海では、「もとの宮家、もとの華族、もとの財閥の家で、戦後、宿屋になっているのが、熱海ではことに多い。」と、かつての面影を著しく変えているさまを、嘆きとともに描く。

世の中は、それなりに動き、変わる。だが、時代の変化に応じて都合よく変わり得ず、いまだに「戦時中」を生きるしかない哀しみの人々がいる。男も女もない。真剣であり純粋であればこそ、痛手をもとに自傷行為のように傷を再生産してしまう。特攻が生んだ堕天使、それが物語の真の主人公、百子なのである。

百子個人の変わりようと言えば、愛した人を忘れられず、愛の傷痕を抱える反動として、若い男を次々と食い荒らすようになったことだった。つまみ食いの後で捨てることになった青年からは、「悪魔」「妖婦」とさえ言われている。

百子は啓太に去られてから、一度は死のうと思って、青酸カリを飲んだという。徴用された先の工場でもらったものだった。特攻隊員との愛に殉じようとした百子は、やはり『生命の樹』の啓子と、同じ哀しみの因子をもつ。

だがその青酸カリを、百子の義母――麻子の実母が、砂糖にすり替えていて、百子は助かることになった。以来、自殺の試みはやんだが、若い男をツバメにしては、もてあそんだ。

愛情があるわけではなかった。かつて真に愛した男への「復讐」のようなものであった。人間としての、そして女性としての存在の核にあたる何かが狂ったまま、やけ酒でも煽るように、ひたすら坂道を転げ落ちるように生きている。

啓太との愛は、初めから何かが歪み、タガが外れていた。特攻隊員としての死と、それに伴う愛する女性との別れが、はなから既視化されていることで、愛は自然な感情のままに育まれず、奇怪さを募らせた。恋人を娼家に連れこんだ『生命の樹』の植木に比べても、啓太の奇怪さは、ほとんどグロテスクなまでに肥大している。

——啓太は百子と会う前に、娼婦とたわむれて来ることが多かった。しかも、それを百子に話すのだった。百子は啓太の真意を計りかねて苦しんだ。

なぜ別の女が必要なのだろう。なぜそれを打ち明ける必要があるのだろう。なぜ娼婦と遊んだ後でなければ、百子と会えないのだろう。

娼婦も日本の女で、特攻隊員には必死の奉仕をすると、啓太は言った。飛行場の近くの農家の娘なども、啓太らに身をささげるのが少くない。そんな冒険の話も、啓太は百子に聞かせた。——

愛情と欲望が、コップのなかの水と油のように分離してしまい、溶け合わない。愛があればこそ、啓太はあえて攪拌せず、二律背反のままに仕分けようとする。

それでいて、啓太は百子の肉体を渇望した。その望みを生むのは、単に性欲と割りきれるものではなかった。初めて百子の乳房に触れた時、啓太は、「お母さん」と何度も口にする。

「ああ、お母さん」……、「お母さん、ああ、お母さん」……。

——「不思議だなあ。」

啓太は百子の胸に額を寄せた。

「お母さん、と僕は今言いましたね。ほんとうにそう思ったんです。お母さんに会って、安心して死にに行けそうな気持です。」

ほんとうに啓太は、明日にも死にに行くかもしれぬ、航空兵だった。また、啓太には母がなかった。

百子は愛情の堰が切れた。

百子の乳房に、啓太が母性を感じてくれたことは、百子の女性の羞恥をゆるめた。

百子は神聖なやさしさに溺れてもいた。

また、幼い時母に死なれた、百子自身の母恋しさも、啓太の言葉で呼びさまされた。

「どうして、こんなに安心出来るのかしら。」

と、啓太は言った。

「このごろ僕は心が荒《すさ》んで、やはり死におびえていたんですね。こうしてると、それがよく分ります。」


平和の時代のカップルであれば、男性が女性の肉体に触れても、その場で「お母さん！」と叫ぶようなことはしない。たとえ男が女に求めるものの原点に母への憧憬が滲むにしても、目の前の裸身の女性の胸を、幼少期の記憶のなかの母の乳房と、その場で重ね、それを口にするなどはあり得ない。

だが、死を前提に生き、死の不安を抱える特攻隊員の場合は、事情が異なるようだ。特攻隊員が女性に接して、「お母さん！」と叫んでしまうことは、時代の証言として、いくつか拾うことができる。

一例だが、三木鶏郎著『三木鶏郎回想録①　青春と戦争と恋と』（一九九四　平凡社）は、三木が東部軍管区教育隊の主計中尉だった一九四五年の五月頃、飲み屋である女性から聞かされたという次のような話を載せている。

――「ねぇあんた、中尉殿、三日女房ってぇの知ってるかい？」

と女は酔っていた。

「知らないね」

と私。私も酔っていた。

「あたしゃ特攻隊の基地から流れて来たんだけどさぁ、あの人たちは若くて童貞なんだよ、ほとんどがさ。それが発つ前にさ、必ず女を抱いていくのさ、〝お筆下ろし〟してくのさ、なかには三々九度の杯を挙げてく人もいる。結婚して三日目にはあの世行きということなんだよ。男もかわいそうだが、女もかわいそうだよ。ある男は、一晩中あたしにしがみついて泣いていた。そして最後に言うことがしゃくじゃないの、〝お母さーん〟だって。あたしゃその三日女房なんだよ」――

三木が聞いたという女性の話は、どこの特攻基地でのことなのか特定されていないのだが、死を前にした特攻隊員が、女性を抱き――、否、より正確には女性に抱かれて、「お母さん！」と口にするようなことは、特定の基地に限られた話ではあるまい。人として生まれた者の、そして男という性を天から授かった者の、生命の根幹からしぼり出される叫びなのである。

話を『虹いくたび』に戻そう。

啓太は、百子の両の乳房の間に顔をうずめながら、あ、る、こ、と、を懇願する。

純粋さとグロテスクの奇妙な交錯のなか、妖しげに乱舞する愛と性と死……。頽廃とエロスが青白く燃える、川端ワールドならではの凄艶な世界が現出する。

――乳房の型を取って、銀の碗をつくるのだと、啓太は言った。
「それを盃《さかずき》にして、僕の命の最後を飲みほしたいんです。」
百子はなにかおびえた。
「昔から水盃ということがあるでしょう。今も、特攻隊が出撃する時には、冷酒《ひやざけ》を飲ませてくれるんです。その最後の盃を、僕につくらせて下さい。その盃で、僕は人生に別れてゆきたい。」――

啓太は、その後実際に、石膏を百子の乳房の上に垂らして、デスマスクの要領で型を取った。ある意味、それは確かに、「デスマスク」であった。

――「僕にとっては、死の盃になるわけでしょうが、しかし、僕はこの盃で、最後の生を飲ませてもらうつもりなんです。」――

奇怪さは、『生命の樹』に比べ、格段に昂じている。だが、乱調であれ、これも確かに「生命の刕」なのであった。
内側の底のところに、乳首の小さな窪みのある碗の型が取れた。「これは可愛い。」と言う啓太……。ぐったりと疲れ、「生命も抜き取られてしまった」ように感じる百子……。さびしさも覚え、これで終わりかという物足らなさもあった。

自分に会う前に、啓太がしばしば娼婦と関係してくることを、百子は思い出す。それを自分に語る啓太の気持ちを斟酌する。

啓太が百子を抱きあげて次の間の寝室に運んだ時、彼女は拒まなかった。

――啓太は百子の純潔を尊んでいてくれるのだ。死ににゆく身で、百子の純潔を傷つけまいとつとめているのだ。百子はそう思った。

百子と会う前に娼婦とたわむれるのは、啓太が自分の衝動を警戒して、あらかじめ慾望を解決しておくためだろうか。

しかし、そういう啓太に、百子は責められているようだった。明日にも死へ飛び立つかもしれぬ人に、与えるものを与えない罪を感じた。

啓太は百子にもとめるはずのものを、娼婦にもとめている。

なぜ自分にもとめてくれないのだろうと、百子は思った。なにも惜しんではいない。

啓太は娼婦のよごれを、百子のところへ洗いに来るだけなのだろうか。

しかし、啓太は感傷の表では、百子の純潔を尊んでいるものの、奥の本心は、捨鉢にこわれてしまって、刹那の放縦に酔っているのではなかろうかという疑いも、百子になくはなかった。

啓太は百子の純潔を、自分の放縦の弁解の糧にし、自己を瞞着しているのではなかろうか。そう疑うのには、百子の口に出せない嫉妬もあった。

だから、純潔をうばう啓太の力に、百子は長い愛の曇り空に稲妻がはためき、かっと日の照るようなよろこびさえあった。――

だが、ここからが予想外の展開となる。並の作家なら絶対に進まない方向に、川端は大胆にも、踏み出す。

この作品の核となる部分である。その後の百子の人生を狂わせてしまう、男の衝撃的な言動だった。

――啓太はすぐ百子をはなすと、

「ああ。」

と、吐き出すようにつぶやいて、向うにころがった。

「ああ、つまらない。しまった。」

百子は冷やっとして、胸を上げた。

啓太は背を向けたまま、寝台をおりた。

「なんだ、だめなひとだよ、あんたは……。」

百子は血が凍るようだった。憎しみとも悲しみとも知れなかった。

啓太は長椅子に坐って、目をつぶっていた。

「その石膏をこわしてちょうだい。」

百子は羞恥と憤怒とが燃え上って来て、叫ぶように言った。

「いやだ。」

それきり啓太は百子と会わないで死んだ。

「乳碗」は出来たらしいが、百子は見なかった。

一週間ほど後に、啓太は南九州の鹿屋の航空基地に移動して、沖縄で戦死したのだった。――「ああ、つまらない、しまった」――。ようやく結ばれた後で啓太から浴びせられた冷たい侮蔑的な言葉によって、百子はどん底に突き落とされる。

このひと言が、強烈な決定打となった。ある意味、『虹いくたび』中の最大の謎でもある。いったい何が、百子のどこがだめなのか……?

一見すると、男を知らない百子が、閨房でのあしらいにうとく、娼婦と比較して淡白であるのに失望したように聞こえなくもない。

だが、事はそう単純ではない。啓太という人間の何かが、壊れてしまっている。防波堤が決壊した途端、大水が侵入し、もろもろ一気に崩れるかのような破壊、粉砕である。

原因は、啓太の側にこそある。百子の側の「罪」をあえてあげるなら、特攻隊員の男を真剣に愛してしまったことだけだ。

おそらく啓太には、自ら描いた自己完結の愛の物語があったのだろう。特攻隊員として死に行く宿命を背負いつつ、その定めを苦痛なからしめ、精神を鼓舞し、死出の旅路を美しく飾りたてる、そのような女性との愛が……。

特攻での散華に終わるこの愛の神聖劇にあっては、女性は母であって、女になってはならなかった。しかし、女の性、女性の肌だけがもつ柔らかさやぬくもり、やさしさに美しさといったものは、是非にも欠くべからざるものだった。

それなくしては、生は死に還元できなかった。乳房は、母なるもの、生命の根源の象徴だった。ややこしいことに、この神聖劇では、乳房は女の性の宿るものでありながら、性が女体として愛の焔を噴きあげることは禁句だった。もしそうなれば、その途端に、男は女との愛に溺れてしまい、現世への執着に絡めとられてしまう。

啓太の自分勝手な理屈では、啓太と百子は通常の男女のように関係してはいけなかった。啓太がそのような欲望に駆られたなら、百子は拒まねばならなかった。乳房を与え、身体を開きながらも、精神の愛のみによって寄り添い、彼を送るべきだとした。

だが結果的に、啓太の仕組んだ自己完結の物語は崩れた。女の肌は、男にとって、生命そのものだった。しかし、同時に、男の描く身勝手な架空の物語を打ち破るだけの、女の側の真実があった。言うまでもなく、女の肌は、女の生命でもあったのである。

特攻隊員が自ら脚本を書き、演じようとした神聖劇は、崩壊した。それでも彼自身は、無理にもそのシナリオ通りに、「乳碗」で水盃をして飛び立った。

鹿屋の基地を離れ、大空に舞った啓太の胸に去来する思いは何だったたろう。沖縄の海までの数時間、心中深くから突きあげてくる百子の面影に、幾度となく涙を拭いたのではなかったろうか……。

啓太は逝った。百子は戦後日本に、心の傷を引きずりながら遺された。啓太の愛は自己完結をもくろむもので、女性を必要としながら、女を蚊帳の外に置くものだった。

五年がたった。散華の後、遺族に引き取られた「乳碗」が百子のもとに返ってきた。

――百子もちがって来た。

あの日啓太に乳型をとられた銀の碗に、もう乳房ははいらない。銀の碗をあてがってみて、百子は乳の大きくなったのにおどろいた。

しかし、百子は女になって来ただろうか。

正常な男女の愛にたいする、百子の恐怖と反逆とは、まだぬぐい取られていなかった。――

啓太の弟の夏二が、百子らの家族の前に姿を現し、妹の麻子と交際を始める。ふとした瞬間、夏二が啓太に瓜ふたつの姿を見せることに百子は動揺し、怯える。

テニスで日焼けしたさまを見ても、「啓太も軍隊で日やけしていたのを」思い出してしまう。「夏の男の匂いがする。啓太の匂いがする」と感じるのを、百子は抑えることができない。

都をどりを見た帰り道、百子は麻子と夏二を連れて、円山の花見に向かう。七年ぶりに復活した都をどりの終曲が「円山の夜桜」だったからである。

そこには、『生命の樹』で特攻隊員の植木が三好達治の詩を朗唱してその枯死を嘆いた、祇園・八坂神社の桜の名木の二代目がある。

――(それ満城の春の色、この一廓に寄るとかや、かの円山の老桜の、命のほどは歎けども……。)

都踊の歌にもあったように、あの枝垂桜は枯れて、そのあとに若木が植わっていた。(中略)

百子はうしろに立って、その夏二の首筋を見た。死んだ兄にそっくりだった。

しかし、夏二のうなじを、百子は童貞と感じた。百子はせつなく、そしてふっと目を閉じた。涙があった。

夏二をただ一度だけ抱いて、

「なんだつまらない。だめなひとね。あんたは。」

と、突っぱなして、身もだえしながら取りすがって来る夏二に、

「つまらないもの、あんたは……。」

夏二の兄にそうされたこととの復讐――百子はかなしい戦慄を感じて、目をあくと、下の円山公園のところどころに、花篝《はなかがり》が燃えはじめていた。――

百子の存在深くに刻まれた修羅が、名にし負う桜の花によって炙り出される。

『生命の樹』から『虹いくたび』への流れが、手に取るようにわかる。夏二の兄の特攻隊員だった啓太は、あたかも『生命の樹』の植木の分身のようにさえ見える。


ひとつの絵画が印象的に登場する。ミレー作の『春』――。父が戦前に洋行した際、土産物として持ち帰った名画の色刷りであった。

「冬が過ぎ春の来た野に、緑の草が萌え、三四本の林檎の木は白い花をつけている。向うの丘の森も若い緑である。土は濡れたように赤く、黒い雨雲に大きい虹がかかっている。」というその絵は、麻子の母が、生前愛した絵でもあった。

急性肋膜炎で入院した麻子の病室に、その絵がかけられた。百子が見舞いに訪れ、この絵を眺める。

――「ミレエの絵には、深い力と強いよろこびとがあるわね。小さい私が田舎から来て、この西洋の絵を見て、これまでとはちがうハイカラな、花やかな生活にはいるような気がしたわ。お父さまのおうちにゆくというので、小さい私も、心に虹をえがいていたんでしょうけれど……。」

その虹は消えたと、百子は言いたいのだろうか。――

春が主題のその絵は、再生の願いがこめられた祈りの絵であった。だが百子には、春の虹は遠く過ぎ去った幻のようでしかない。

――「麻子も虹の絵を見たくなったりするの、病気のせいでしょうけれど、お母さまのお好きだった虹の絵を、赤ちゃんの時に見ていたせいかもしれないわね。」

と、百子は言った。

麻子は心にひびいたが、

「ちがうわ。琵琶湖の冬の虹を思い出したからよ。」

「冬の虹なんて、麻子に似合わないわ。私のことだわ。麻子はミレエの絵のように、春の虹を見ていればいいのよ。」――

冬の虹は「魔王の恋」のようだと語られていた物語の冒頭との間に、谺がかわされる。百子を駆りたてる怪しい炎は、まさに「魔王の恋」のような業《ごう》となって、修羅の闇を深くする。
すべての悲劇——物狂おしい所業は、愛する男が特攻隊員であったことに由来する。男が特攻で死ぬ定めであったことが、ふたりの愛を歪めさせた。男が奇怪な仕打ちによって女を打ちのめし、ひとり散華してしまった後、女には歯車の狂った人生が残るばかりとなった。

——死者に傷というものはなく、心の傷は生者だけのものだ。——

特攻によって受けた心の傷の後遺症から、百子は男を食いつくす夜叉のようにしか生きられなくなってしまったのだった。
物語の後半、啓太の父の青木が登場し、百子の悲劇のおおもとを察して、救いの手をさしのべる。青木自身は戦後、京都に隠棲し、茶室をつくって、落ち着いた日々を過ごしている。百子は父につれられて、青木の茶室を訪ねた。

——「戦争で息子を取られて、家を焼かれて、京都へひっこんで、柄にない茶室などつくっていただいたと思うと、また朝鮮ではじまりました。」——

一九五〇年六月、朝鮮半島では新たな戦争が始まった。北側にはソ連と中国がつき、南側にはアメリカを始めとする西側諸国がついて、世界戦争の様相を呈しつつあった。ひとつの戦争の痛手も癒えぬままに、再び戦争が人類を襲ったのである。

ふたりの父は、啓太と百子の間の愛を、今更ながら親として認め合う。それは死んだ啓太の供養になることでもあり、いまだに傷痕を引きずる百子への癒やしとなるべきものであった。

青木は、しばらく京都にいることを百子に勧める。


——「百子さん、なにか御心配がおありじゃないんですか。」

百子はぱっと赤くなった。見抜かれていると思った。

「まあ、人の身に起ることなら、たいていは御相談に乗れるつもりです。なんでもおっしゃって下さい。僕はもうものごとにおどろかんことにしています。そう言うと、さもえらそうなようで、実は自殺してるみたいなものですがね。」

百子は膝に置いた手を、腹の上に組み合わせていた。——


百子は若いツバメの竹宮少年の子を、宿していたのだった。

その竹宮少年が自殺した。百子が殺したようなものだった。

啓太との過去がなければ、始まるはずのなかった縁であった。自分が真に愛されず、百子の心がいつも違う方を向いていることに、少年は耐えられなかった。

百子は竹宮少年の子を産まなかった。啓太、竹宮少年、少年との子……百子の関わった三つの命が滅んでしまった。

病院の手配などは青木がしてくれた。体調不良による入院という建前で、青木は妊娠や手術についてはいっさい尋ねようとしなかった。百子は入院中、啓太の母が生前に着たという着物を借りて着た。父と青木が裏で手をまわし合っているらしいという事実に、百子はうっすらと気づく。

退院した百子は、なおも京都に留まった。青木に伴われ、百子は嵐山を歩く。川の水がすっかり冬の色である。


――「あれが死んだのがいけないのですよ、啓太がね……。」――

――「とにかく死んだ者が悪いということにしましょう。啓太のかわりに私がおわびも言ったようでしたが、死人の罪は消そうとしないで、生きている者同士では、お礼を言い合った方がいいと思うようになったんです。」――


青木の言葉に何がしかの癒やしを覚える百子……。

青木が向かった先の料亭に、末の妹の若子がその母と待っていた。青木の手配で、百子は長く所在不明になっていた末の妹とも会うことになった。

物語をもう一方から牽引してきた妹探しが、ようやく決着を見る。

「きょうだいの盃をしますか。」という青木の差配で、乾杯になろうとするが、若子は促されてもなお、盃をとろうとしない。

かたくなな若子の様子に、百子はむしろ「清く激しいものに貫かれる感じ」を覚える。


――「お父さまが見ていないから、だめね。」

百子は言うと、ついと立って、

「嵐山も暮れたでしょうね。」

と、障子をあけた。

冬枯れの木の間から、川音が聞えた。──

小説『虹いくたび』は、冬の闇の底を流れる川音の余韻のなかに閉じられる。

京都の自然と青木の心配りによって癒やしを得つつも、百子の再生の道のりは、なおも平坦ではなさそうだ。川の流れるごとく、時が移り去って行くのに、身を任せるしかないのだろうか……。末の妹、若子の態度からは、仕組まれた手打ちへの、場慣れのしない、しかしみずみずしい反発が見てとれる。

自身のたどった修羅に、嫌悪も羞恥も感じながら、若子のかたくなさに共感する百子は、若い妹の拒みのなかに、何か悟るところがあったのだろうか……。

それは、和解の座を設けた青木個人に対するというより、三姉妹の父を筆頭とする男性全体に向けた、女性からの反発だったのかもしれない。男たちが仕組み、演じ、舞台をとりしきる一方で、女たちを御し、組み敷き、置き去りにすることへの、もうひとつの性からのぬきさしならない抵抗だったのではないだろうか……。

特攻隊の散華と遺された者の心の傷という縦糸の主題と、父の放蕩に起因する妹探しの横糸のそれが、ラストにおいて縄をなうように交わり、統合されるのである。

長編小説『虹いくたび』の梗概を追いながら、それぞれの場面の意味するところを見てきた。この作品が、総じて川端の「特攻」体験を下敷きにすることは自明ながら、鹿屋での直接の見聞が、作品化にあたりイメージを喚起する起爆剤になったと思われる特徴的な事例について、以下、述べてみたい。

ひとつは、特攻隊員の啓太による、百子の乳房で型を取り、出撃直前の水盃にする「乳碗」をつくるという奇想が、どこからヒントを得てつむぎ出されたのか、という点である。

結論的に言うと、私はこの奇抜にして面妖なアイディアが、今では鹿屋の航空基地史料館の二階に飾られている、森丘哲四郎少尉の遺品の沓形茶碗に端を発すると考える。第六章でも紹介したが、茶道をたしなむ森丘少尉が、朝鮮の元山航空基地にいた頃、町の老舗で購入したという茶碗のことである。

沓形にひしゃげた形がラグビーボールのように見え（森丘は大学ではラグビー部に所属）、また器の表面に鉄砂で絵付けされた模様が翼をひろげた戦闘機のように見えることから、まさしく自分のための茶碗のように思い、給料三カ月分の大枚をはたいて購入に及んだのである。出撃を前に、森丘はこの茶碗で茶を喫し、茶碗を遺族に届けるよう言い残して、機上の人となった。

私が何故、この森丘少尉の沓形茶碗を、『虹いくたび』の「乳碗」に重ねるのかと言えば、その茶碗がその人にとって唯一の茶碗と言えるほどに自身の生を体現したものであったということ、そして、死への出撃を前にして、短かった生のすべてを飲みほすようにその茶碗で茶を喫したからである。

『虹いくたび』の啓太は、「僕にとっては、死の盃になるわけでしょうが、しかし、僕はこの盃で、最後の生を飲ませてもらうつもりなんです。」と語っている。この言葉は、すっかりそのまま、森丘少尉の胸中の思いだったはずである。

啓太は茶碗で茶を喫したわけではなかった。水盃を「乳碗」で喫したのである。啓太の出撃前の儀式に、茶道は無関係に見える。しかし、啓太が「乳碗」の着想を得たのは、茶道を嗜む父の影響なのである。

――「父は五六年前から、土をいじって、茶碗なんか焼いていますがね。ろくなものはつくれないんです。しかし、僕にこんな思いつきをさせたのは、父の茶碗の手柄ですよ。」――

特攻隊員と茶碗との絆の実例として、森丘少尉ほどの話を他には聞かない。

川端は、自身の茶道、茶器への関心から、森本少尉の遺品の茶碗を目の当たりにし、その最後の喫茶の様子を知った時に、忘れがたい強烈な印象を得たのだろう。死を前にした極限の状況下にあって、喫茶に用いる器という即物的な意味を超え、あたかも分身かはらからでもあるかのように茶碗の果たす役割を、改めて認識したはずである。

茶碗に託された生の証、生命の息づきが、川端によってしかと受けとめられたのである。

茶碗に込められたその人の気迫、魂魄の手ごたえをそのままに、川端は自己の差配になる小説世界において、同じ種を違う畑に蒔くように、全く異なる次元に飛翔させた。茶碗は「乳碗」に変じ、愛と性の物語を司る神器へと転じた。驚くべき換骨奪胎を果たしたのである。

それは響き合い――、生命の谺であった。鹿屋の基地で、その息遣いに触れるほどの近さで接した特攻隊員たちの生が、川端の作品世界に谺するのである。

それにしても、愛する女性の乳房で型を取って器をつくり、死を前にしてその「乳碗」で生のすべてを飲みほすという発想は、純愛を突き抜け、かなりの変態的な行為に映る。人の心に宿る魔性が、毒蛇の舌のようにちろちろと焔を噴きあげ、見る者を怖じ気づかせる。

無論、こうした人物造形と場面設定は、もはや森丘少尉のあずかり知らぬところである。川端の想像力が生んだ、小説としての昇華に他ならない。

「魔界」という言葉を川端が作品中に初めて使ったのは、一九五〇年十二月十二日から五一年三月三十一日まで『朝日新聞』に連載された長編小説『舞姫』においてであったが、執筆時期としては、『虹いくたび』と重なっている。「魔界」という言葉こそ『虹いくたび』では登場しないものの、作家の意識としては同じものを抱えていたと言ってよい。

そこまで踏みこんで書かねば、戦争によってこうむった人間の真の悲劇は描けないとする覚悟でもあったろう。

鹿屋基地で特攻隊員の生きざま死にざまをじかに見届けた川端の、人間の宿業にそそぐ眼差しの鋭さ、深さは、敗戦から五年の歳月を経て、独自の飛翔をとげ、比類なき「特攻小説」を生んだ。そこに結晶した物語の精髄は、底光りのする凄味を放っている。

もうひとつ、鹿屋での見聞が物語中の決定的なイメージに発展したと思われる例をとりあげたい。

特攻隊員の啓太は、初めて百子を抱いた後で、「ああ、つまらない。しまった。」と、突き放すように言う。「なんだ。だめなひとだよ、あんたは……」と、侮蔑的な悪口まで浴びせる。癒えることのない百子の心の傷のもととなった言葉である。

百子の胸中もさることながら、読者の胸にも、女性と結ばれた後のこの「つまらない」というひと言が突き刺さり、いつまでも尾を引く。極めて衝撃的であり、謎としての絶対的な牽引力がある。

私はこの場面が――、より正確に言うならば、そこに現れた言葉が、杉山幸照氏の『海の歌声』に紹介されていたY二飛曹とS一飛曹の逸話を淵源とすると考える。『生命の樹』の遊郭シーンにも影響を与えたと推察した、あのくだりである。

出撃の日が近づいたふたりの特攻隊員は、死ぬ前にどうしても女性を知りたいと、やむにやまれず先輩兵士の杉山に相談し、その案内で娼家を訪ねる。店が混んでいたこともあって、ふたりが同じ女に相手をしてもらう。迎えに来た杉山が「どうだった」と尋ねると、ふたり揃って「つまんないものですねエ……」と答える。

女性の肌に触れて、「つまんない（つまらない）」と感想を口にしたのだ。これは、単なる偶然の一致なのだろうか――？

Y二飛曹とS一飛曹の場合、相手の女性を蔑むような非難めいたニュアンスは皆無である。多分に照れもあったことだろう。どう答えてよいか、言葉にならない言葉が、「つまんない」となったのかもしれない。

ふたりは、時間がないので五分ずつでと、あらかじめ女性に交渉したという。既にその段階から、ふたりには逡巡や躊躇、後悔に近い感情がある。

特攻隊員としてあるべき潔さからすれば、そのようなことに気を取られているべきではない。しかし、女性を知らずに逝くのも何とも惜しい……そのぎりぎりのせめぎ合いが、純朴な青年の心に葛藤を芽生えさせた。杉山に相談したというのも、娼館への案内を乞うより、先輩に背中を押されてでなければ、そうした行動に踏み出せなかったからかもしれない。

女性を知ったところで、恋が芽生えるわけでもない。死に行く運命に変わりない。なまじ女性の肌に魅せられ、官能の淵に身を沈めでもしたなら、特攻隊員としての使命や矜持が、足元からぐらついてしまう。結局は、女性に触れるにも、味気なさに徹するしかない。

美しいもの、妙なるものに感じ入り、魅せられてなどしていては、たちまち瓦解してしまうにわか普請の櫓の上に、自分らの運命は載せられているのだ。「つまんない」のは女性の肉体ではなくて、自身の運命なのである。

そう理解する時、ふたりの青年のもらした「つまんない」は、にわかに啓太の口にした「つまらない」に接近する。どちらも、女性との間に愛も恋も成就などしない――、できるはずのない定めなのだ。

川端が、杉山から聞かされたもろもろの特攻隊員たちの動静のうち、おそらくはY二飛曹とS一飛曹の話も含まれていたはずだと、『生命の樹』を考える際に推察した。杉山の話を聞いた時、川端は、「つまんない（つまらない）」という言葉に引っかかるものを感じたのだろう。作家としての動物的な勘で、その言葉のもつ匕首《あいくち》のような鋭さを嗅ぎとってしまったかと思われる。

あまりにも予想外で、そっけなくもネガティブで、しかし逆に言えば、これほど特攻隊員の内面からしぼり出された言葉もない。女性という存在を介さなければ、若桜とも荒鷲とも称揚される特攻隊員の口から、かくもリアリティに富んだ言葉が吐かれようもなかったに違いないのである。

そして、川端の胸に「つまらない」が刻まれた。その言葉が、形を変え、しかし特攻隊員の複雑な内面を象徴する匕首そのものとして、『虹いくたび』の中心核に打ちこまれたのである。

既に何度か、その作品名が登場した『舞姫』についても、触れておこう。「魔界」小説としてだけではなく、『虹いくたび』と同時期に書かれたこの小説にも、川端の「特攻」体験が谺をかわしている。

この物語の主人公は、戦前から活躍してきたバレリーナの波子である。国文学者の夫の矢木。母と同じくバレエの道に進んだ娘の品子。東大に通う息子の高男。そして波子の結婚前の恋人、竹原といった登場人物が物語を彩る。

波子を通して、戦前から戦後へと至る断絶と継続がここでも問われている。敗戦の翌年に書かれた『再会』以来続くテーマだ。

冒頭のシーン——、かつての恋人と乗ったタクシーが故障で停車してしまう、その場所が、皇居前のお堀端であるのはいかにも象徴的だ。そこは通りを隔てて、「マッカアサア司令部」＝占領軍（GHQ）本部の向かい側である。その場所で、戦前の恋が今一度復活するかどうか、再スタートの幕が切って落とされるのだ。

夫の矢木は、戦争の恐怖に怯えるあまり、平和を願うだけの腑抜けのような存在になっている。「日本が敗けて、矢木の心の美《ま》がほろんだと、いうんですの。自分は古い日本の亡霊だ……。」と、波子は竹原に語っている。戦争の影は、この家族にも濃い影を投げかけている。

物語中、「特攻隊」という言葉が一度だけ登場する。戦時中の思い出を語る娘の品子のセリフのなかである。

——「でも、香山先生と、慰問旅行で歩いたころも、品子はなつかしいの。東京へ出るのだって、六郷川の上で、この鉄橋を帰りに、生きて渡れるか、どうかわからないと、よく思ったわ。特攻隊に行って、踊りながら、品子もここで死んでいいと、思ったんですもの。トラックで運ばれるのは、いい方で、牛車に乗ったこともあるのよ。牛車の上で、香山先生が、タマアラ・トマノワの、牛車で産まれた話をして下さったの。品子は泣いたわ。空襲で、町はもえているし、飛行機が近づくと、牛車を飛びおりて、木のかげにかくれたり、革命に追われる、ロシア人に似ているようだと、香山先生もおっしゃったけれど、でも品子は、今よりも、しあわせだったかもしれないの。迷いも、疑いも、なかったから……。国のために戦っている人を、なぐさめるという一心で、命がけに、踊っていたんですもの。友子さんが、いっしょのこともあったわ。品子は十五六で、いつ死ぬかしれない旅をして、こわくなかったから、信仰につかれていたようね……。」――

ここで語られた特攻隊への慰問というのは、鹿屋基地のことではない。品子の物言いからは、東京近郊の航空基地に駐屯して、自爆攻撃の訓練、準備を積んでいるそのような特攻隊――例えば筑波海軍航空隊や谷田部海軍航空隊などのことを言っているように見える。

筑波、谷田部の両航空隊からは鹿屋に多くの特攻隊員が転出し、そこから出撃して不帰の人となった。川端が鹿屋で特攻隊員から耳にした慰問の話がベースになっているのかもしれない。

ただし、「特攻隊」という言葉が登場こそするものの、『舞姫』においてはそこからの発展はない。戦時中の幾多の困難のなかにも、必死で踊った日々に何がしかの充実を感じた品子の感慨があるだけで、品子の舞踊を見ることになった特攻隊員の心の内には、この小説は入りこまない。

「学徒出陣」や「戦没学生」という言葉も登場する。品子の弟の高男が父の矢木に語る。

――「お父さん、戦没学生の記念像を、東大の図書館前に立てようというのね、大学側がゆるしそうにないんですよ。お父さんに会ったら、これを話そうと思ってたんだ。彫刻はもう完成して、十二月八日に、除幕式をするはずなんですが……。」(中略)

「戦没学生の手記を集めた、(遥かなる山河に)や(きけわだつみのこえ)という本が出て、映画にもなっていますね。その(わだつみのこえをくりかえすな)という意味で、記念像も(わだつみのこえ)と名づけられるでしょう。ノオ・モア・ヒロシマにも、通じるところがあって、平和の象徴なんです、悲しみと怒りとをこめた……。」――

戦没学生との関連で、『はるかなる山河に』や『きけ わだつみのこえ』まで語られる。前者は東大戦没学徒兵の手記を集めたもので、一九四七年に出版された。後者は、それに続く戦没学徒兵の手記集で、たいそう高い世評を呼んだ。第一集は一九四九年の刊になる。

これらの本には、特攻隊員の手記も載っている。鹿屋から飛び立って散華した者もいる。『きけ わだつみのこえ』第一集には、あの市島保男の日記も含まれている。

表面上、川端はおくびにも出さないが、実は作品の端々に鹿屋の記憶が寄り添っている。特攻隊員そのものの話には発展しないものの、その縁を旋回している。

戦没学生の記念像について語る東大生の高男は、「安倍先生によろしく」と川端に言い残して出撃した吉田信少尉の後輩にあたるのである(なお、この戦没学生記念像は結局、東大では許可が下りず、立命館大学にたてられた)。

もうひとつ、『舞姫』で見落としてはならないのは、戦前の波子と竹原をつなぐ思い出の象徴として、ベートーヴェンの『スプリング・ソナタ』が提示されていることだ。

――ベエトオベンの「スプリング・ソナタ」が、帰りの電車に乗っているあいだ、波子に聞えていた。その曲には、竹原との思い出がある。はるか昔の思い出は、音楽を通すと、遠くの夢のようにもなり、近くの現《うつつ》のようにもなる。――

「スプリング・ソナタ」とは、ベートーヴェンのヴァイオリン・ソナタ第五番のことだが、正規の第五番という曲名で呼ばずに、愛称の「スプリング・ソナタ」で登場させているのは、それが「春」の名を冠しているからだろう。

この曲が、物語において大きく発展するわけではない。川端は、あくまで小道具的な扱いに留めている。しかし、戦前から戦中、戦後へと、時によって断たれ、時とともに蘇って来る愛の奏鳴曲として、「春」のソナタが選ばれたことの意味は、決して小さくない。

川端には、明らかに「春」へのこだわりがある。『虹いくたび』ではミレーの絵画『春』が登場していた。『生命の樹』では、物語の冒頭すぐに、「あの春の日は、日本からうしなわれてしまったのだろうか。」との問いがもちだされた。

その春は、川端が鹿屋にいた春である。特攻隊員が次から次に沖縄の海へと出撃し、散華して行った春である。

「春」というプリズムを通すことで、『生命の樹』から『虹いくたび』、『舞姫』に至るトライアングルな関係が見えてくる。三作品は、戦争の影を引きずりつつ、火花を散らすように互いに「春」のイメージを投げ合っている。

川端にとっての「春」と言えば、ノーベル賞授賞式でのスピーチ『美しい日本の私』の冒頭で引用した道元の和歌、「春は花夏ほととぎす秋は月冬雪さえて冷しかりけり」に現れた、日本古来の四季への感性から捉えられることが多い。それはそれで、終生変わらず、川端文学に流れた自然観ではあろう。

しかし、川端にはもうひとつの「春」があることを見逃してはならない。鹿屋の春から続く、戦争に曝された春である。戦争の傷跡を引きずりつつ、そこから必死に立ちあがろうとする春である。

『舞姫』の物語は、娘の品子が今は伊豆に引退している師の香山を訪ねようと決心したところで終わっている。戦争を経て訪れた時代に、不如意だけを接着剤に家族をつなぎとめている歪んだ繭の殻を突き破って、品子が険しくとも純粋な道へ進むところで幕が閉じられる。

その直前、品子の乗る列車に傷痍軍人が現れる。終結部を、そのまま引く。


――大磯あたりで、傷痍軍人が寄附をもとめる、とげとげしい演説口調を、品子はぼんやり聞いていると、

「皆さん。傷痍軍人の方に、寄附をなさらないで下さい。寄附は禁じられておりますから……。」

と、別の声が言った。入口に車掌が立っていた。

傷痍軍人は、演説をやめて、金属の足音を立てながら、品子の横を通った。白衣から出た片手も、金《かね》の骨だった。

品子は伊東駅から、東海バスの一番線に乗った。下田まで、三時間あまりだから、途中で、日が暮れると思った。――

『舞姫』のラストに強引に挿入された傷痍軍人――。手足のしなやかな動きが描く華麗な舞を身上とするバレリーナの真横を、戦争によって手足を失った男の金属の「骨」が、硬い音を立てて通過して行くのである。

『生命の樹』、『虹いくたび』、『舞姫』――「春」の三部作は、どれもヒロインが戦後の人生に新たな歩みを踏み出そうとするところで終わっている。いずれの場合も、戦争の傷痕が生々しい影を落とす。女性たちの歩みは、戦後の混沌のなかに、再生を期して踏み出す第一歩なのである。

本章では、『虹いくたび』を軸に、一九五〇年前後に書かれた川端作品を、「特攻」体験の揺曳という視点から見てきたわけだが、鹿屋の基地で感得した生命の息吹きが、あちこちで谺をかわしていることがわかる。

戦後、川端が特攻のことを書かなかったどころではない。自身の「特攻」体験から、イメージをふくらませ、飛翔させて、いろいろな作品のさまざまなところに散りばめている。

「いつか特攻隊員の揺れる気持ちを書きます」と、川端は鹿屋を去るにあたって約したというが、確かに、鹿屋での体験を作家としてのひとつの根としたことは間違いない。

ただ、いかにも川端流であった。人間の宿業を鋭く見つめ、哀しみのうちに描くというそのスタイルを、生死の境に深めこそすれ、範を超えて他者の筆に倣うことをしなかった。

特攻を扱ったルポルタージュのようなものは、彼の流儀ではなかった。大岡昇平の『レイテ戦記』のような記録文学とも趣を違《たが》える。同じく報道班員として鹿屋に滞在した山岡荘八には、『小説 太平洋戦争』という全九巻に及ぶ実録大河小説があるが、川端にそのようなものはない。

特攻隊員であれ、いかなる軍人であれ、その人物が実名で登場し、戦争そのものを小説という形式で描くようなことは、川端の流儀ではなかった。

しかし、確実に言えることは、戦後に書かれた川端の小説に、戦争の傷跡が色濃く反映しているということだ。『美しい日本の私』に代表される美の文脈でのみ見られがちな川端が、全く異なる地下水脈を抱えていたということである。

特攻という、日本人の戦争体験のなかでも究極の苛烈な現場に身を置き、あまたの死を見届けたことが、川端の戦後小説の出発点になった。

戦争に殉じて、あたら散るしかなかった若き生命の思いを両肩に背負いながら、川端は戦後文学の大海に船出して行ったのである。

第十一章　再びの鹿屋、忍び寄る「特攻」

一九四五年の四月下旬から一カ月を鹿屋の特攻基地にすごした川端康成は、その後、一九七二年に死去するまで、二度と鹿屋に足を踏み入れることはなかった。

特攻隊の慰霊祭のような場にも姿を見せたことはなく、特攻隊の生き残りの人たちと交わりを重ねるようなこともなかった。

鹿屋は、永遠に遠ざかるばかりであるかのように見えた。

しかし、不思議な縁に駆られてというか、いささか特攻隊とは異なる方向から、鹿屋が接近してきたのである。しかも、前章に見た、『生命の樹』『虹いくたび』『舞姫』をくるんでいた「春」の風に運ばれるかのようにして、鹿屋で生まれた新たな「春」の本に――自作のものではないが――、関わりをもつことになったのだった。

鹿屋にあるハンセン病療養施設の星塚敬愛園にいた少女、松山くにに氏の遺稿集『春を待つ心』――。

一九五〇年二月、尾崎書房から出たこの本に、川端は序文を寄せている。

松山くにには一九二七年、奄美の徳之島で生まれた。十歳でハンセン病を発病、十二歳の時にひとり収容船に乗せられ、鹿屋の星塚敬愛園に入所。一九四五年一月、結核性脳髄炎で死去した。十七歳だった。

つまりは、川端が海軍報道班員として鹿屋にやって来るわずか三カ月ほど前に、松山くにはあたら若い命を病のために散らしたのである。

くには本の好きな少女で、入園中、ずっと「綴方帳」に文章を書き続けていた。くにの面倒をよく見、また自身も歌を詠み、文芸に理解もあった看護師の井藤道子氏が遺稿を整理して、四十四編になる手記を一冊の本にまとめた。

この本の巻頭に、「『春を待つ心』について」と題された川端の文章が掲げられている。冒頭部分を引く。


——去年の暮、広島の帰り、私は京都にいて、朝日新聞の坂本さんと尾崎書房の尾崎さんとのすすめで、「春を待つ心」の校正刷を読んだ。松山くにというライ病の少女の、療養所での作文集である。——

（＊註　引用文に見られる「ライ病」という言葉は、今では差別的ニュアンスがあるとして使用を避け、「ハンセン病」と呼ばれるが、本章では時代の資料として、原文のまま引く）


引用文中に「朝日新聞」とあるのは、正確には大阪朝日新聞のことで、尾崎書房も戦後すぐにできた大阪の出版社だった。無名の少女の遺稿集を出すのに、既存の大作家の「お墨付き」が必要と考えたのであろう、川端に白羽の矢が立てられた。

その理由は主にふたつあろう。ひとつは、川端がかつてハンセン病患者の北條民雄（一九一四～一九三七）を作家として世に送り出し、助力を惜しまなかったからである。

二十歳を前に発病した北條は、東京の療養施設・全生園に入所、その後、所内で小説に手を染め、書きあげた作品（『間木老人』）を、一面識もない川端康成に送った。原稿に目を通した川端は、北條の才能を見抜き、作品が文芸誌に掲載されるよう尽力した。

まだハンセン病が業病とされ、患者の書いた手紙からでさえ感染すると怖れられたような無理解と誤謬、差別に満ちた当時の社会状況にあって、これは川端の開明性を示す以外の何物でもない出来事だった。純粋に文学として評価される以前に、関わりを拒否される可能性すらあった縁が、川端によってまさに文学の次元で、正しく扱われたのである。

北條の代表作『いのちの初夜』（一九三六）も、やはり川端の支援によって世に出た作品だった。第二回文學界賞を受賞し、作家としての名声を決定的なものにした。ハンセン病患者自身の手による、初めて世の中に広く認められた文学作品ともなった。

北條の死後、川端は北條民雄全集の編纂に力を注いだ。全集は北條没後の翌年、一九三八年には上下巻が刊行されている。また川端には、北條が亡くなった日に全生園を弔問に訪ねた経験をもとにした『寒風』という小説もあり、小説以外にも、『追悼記序』『北條民雄と癩文学』などの文章もある。松山くに遺稿集の出版に際し、推薦文が川端に求められた第一の理由は、このように川端が北條民雄との交渉によって、ハンセン病に理解の深い作家と見なされていたことによる。

そしてもうひとつの理由は、川端が一九三九年に世に出た『模範綴方全集』（中央公論）の選者となり、また坪田譲治らと「少年文芸懇話会」を結成、少年少女の綴り方運動に深く関わったことによると思われる。

――子供の作文を私はことのほか愛読する。一口に言えば、幼児の片言に似た不細工さのうちに、子供の生命を感じるのである。（中略）その幼稚な単純さが、私に与えるものは、実に広大で複雑である。まことに天地の生命に通ずる近道である。――（『子供の作品』一九三二年『新潮』七月号掲載の「文藝時評」より。後に『小説一家言』に所載）

子供の文章を見る、作家・川端康成の言である。「生命」という言葉が繰り返されている点、注目に値する。「天地の生命に通ずる近道」とまで言いきるのは、相当な思い入れである。

松山くに著『春を待つ心』に寄せた川端の序文に戻ろう。

――読後の私の印象は、生命のありがたさという一言につきる。天地自然のなかに生きる人間のありがたさである。（中略）

この松山くにさんの「春を待つ心」には、ライ病人の苦痛や悩悶はあまり書いてない、自分のライ病のことも、まわりの人たちのライ病のことも、あまり書いてない。そうしてこの子は自然も人間も素直なむしろ明るい愛情で見ている。生の恩寵と幸福とを感じている。そこにこの子とこの書との意味があると私は思う。――

ここでも、「生命」という言葉が登場し、「生」が幾重にも谺を交わし合う。

川端とハンセン病に関しては、それ独自に、調査、研究の対象となるべきものであろうが、ここでは、事は川端と特攻である。特攻隊という土俵のなかで、鹿屋との関わりを追いたいがゆえに、私は松山くにの『春を待つ心』をもちだしたのだった。

最初に校正刷りを渡された時、川端は間違いなく、原稿の書き手である松山くにという少女が、鹿屋の星塚敬愛園で療養を続けていたとの説明を受けたはずである。鹿屋の療養所と聞いて、川端は否応なく、自分の鹿屋体験と重ねたことであろう。

くにの死の期日についても、坂本、尾崎の両氏から教えられたであろうが、鹿屋が特攻一色に変じてしまうその直前であったことに、すぐにも思い至ったことだろう。鹿屋の時間的、空間的な事情が、すべて特攻基地を主軸にまわってしまうのは、致し方のないことだった。

それでありながら、序文のなかで、川端は鹿屋の特攻基地にいたということを、おくびにも出さなかった。ハンセン病患者としての松山くにのみを語って、鹿屋という土地については全く触れようとしなかったのである。

これは、無意識なのか、意識的なのか……。

松山くにの遺稿集が世に出ることには助力を惜しまなかった川端だったが、鹿屋の星塚敬愛園を訪ねることはついぞなかった。

これは例えば、一九五八年、文化講演会で沖縄を訪問した際、川端から主催者側に、是非ともハンセン病の施設を訪ね、子供たちに会いたいとリクエストした熱意と比べると、心なしか、よそよそしく感じられてならない。

沖縄では、川端は名護市にある療養所、沖縄愛楽園を訪問し、作文の達者なハンセン病患者の少年と面会する。

三十人近くもの大人たちが白い予防服とゴム手袋をした防護体制で臨むなか、川端ひとり、ワイシャツ姿で、ニコニコと微笑みながら対面した。また、「本がほしい」という少年のリクエストに応じ、後日、児童図書の詰まった木箱を送り届けたという。

川端の支援に励まされた少年は、長じてから作家になる。『花に逢はん』、『ハンセン病を生きて』その他の著書をもつ作家、伊波敏男氏である。

療養所に本を送ったという逸話は、一九四五年四月、鹿屋の航空基地に着くなり、特攻隊員たちが書物に飢えているからと、鎌倉文庫の本を送るよう夫人宛てに書信を出したのと、よく似ている。

それにしても、北條民雄との出会いが一九三五年であり、この時の沖縄訪問が一九五八年になる。途中、戦争、敗戦と、日本がひっくり返るような大波乱も経ている。にもかかわらず、ハンセン病をめぐる川端の熱さ、みずみずしさは、二十年を超す歳月を思わせない。戦争による変化も褪色も感じさせない。

故に思う。川端のその熱さは、公平に、鹿屋にまで放射されたであろうか。あまねく鹿屋のハンセン病療養所にまで、愛の翼はひろげられたであろうか……。

川端の序文には、「この子は自然も人間も素直なむしろ明るい愛情で見ている。」との記述があった。ここで語られたくにの目がとらえた鹿屋の自然は、自身が特攻基地から見た自然と同じもののはずである。

例えば、くには『好きな花』の章のなかで、自分の好きな花は三つあるが、夏に咲く花としては野バラが最も好きだと述べている。

『生命の樹』のなかで、川端は同じ花について、「植木さんたちの隊へ行く野道の溝に垂れつらなる、野いばらの花にも、植木さんたちの宿舎になっている、学校の庭の栴檀《せんだん》の花にも、私は目を見張ったものだ。」と、ヒロインの啓子に言わしめている。

だが、同じ鹿屋にありながら、ハンセン病の療養所と特攻基地とに橋を架ける方向に、川端の筆は進まない。自分がその地にいたという過去はおろか、鹿屋という地名すら、『春を待つ心』に寄せた川端の文章には登場しない。

この頑なさは、どこから来ているのだろう……。頑固なほどに黙したことによって、逆に、パラドキシカルな川端のこだわりが透いて見える気がする。

川端にとって、鹿屋という土地は、何よりもまず特攻基地としてのものであった。そこでの体験のあまりの重さは、鹿屋に付随する他の要素を撥ね退けてしまうほどに、絶対的なものだったのだろう。

鹿屋と聞いて、思い出話を口にするようには、川端は海軍航空基地での特攻隊の体験を、やすやすと舌の上にのぼらせなかった。ましてや、筆を通しては、一層の慎重さを課した。自分と鹿屋との関わりを、その土地との縁というような日常的なレベルでは、川端はとらえられなかったかに思われる。

特攻隊員たちのことは忘れられないと、川端は『敗戦のころ』(一九五五)で述べている。その一方で、鹿屋はあたかも鬼門となったかのように、川端の口から封じられた。

フィクションとしての小説のなかでは、特攻隊員の愛や性にまで踏みこんで描く大胆さを見せながら、ノンフィクション的な通常の次元においては、川端は特攻についてごく例外的な機会を除いては語らず、鹿屋についても基本、沈黙した。

その疎遠ぶり、口の重さは、逆から見れば、川端の美徳でもあったろう。戦後社会のなかで、うまく立ちまわろうとするなら、戦争の悲劇の現場で多くの犠牲者の死に立ち会い、平和の大切さを痛感したと、自己PRに努めれば、それはそれで、新時代にふさわしい「良心」ある作家として、もてはやされもしたことだろう。それが洛陽の紙価を高めることにもなるのである。

だが川端は、そういう自己宣伝めいた文脈で、言葉盛んに鹿屋、そして特攻について言及する愚を犯しはしなかった。その自制心は、むしろ潔く清々しい。

政治に関わるいっさいのものから身を引いたわけではなかった。川端は一九四八年から一九六五年まで日本ペンクラブの会長をつとめたが、広島・長崎の原水爆禁止と世界平和を願う声に応じ、ペンクラブ会長として、積極的に動きもしたのである。

松山くにの『春を待つ心』に寄せた序文の冒頭、「去年の暮、広島の帰り」とあったのも、日本ペンクラブ会長として、幹事長の豊島与志雄や幹事の小松清ら四名とともに、原爆の惨禍の跡を訪ねての帰路だったという事情による。

この時の広島訪問が契機となり、翌一九五〇年夏の日本ペンクラブの会が広島で開催され、また同時期に英国エディンバラで開催された国際ペンクラブ大会に、阿部知二と北村喜八を代表として派遣し、広島・長崎からの平和のメッセージを伝えるという快挙が実現する。

日本ペンクラブの広島の会では、川端が起草した「平和宣言」が読みあげられた。

「われわれの平和に対する情熱と決意を新たにし、世界ペン・クラブの同志との友好精神と緊密なる協力により、且つ広島ペン・クラブに所属する文化人諸氏との同調によって、世界平和擁護のためペン・マンとして純粋誠実なる努力を果さんことを、われわれ自らに誓うとともに内外に宣言するものであります」――。

ベトナム戦争に際しては、川端はアメリカの北爆に反対する声明に、湯川秀樹、茅誠司らとともに加わっている（一九六二）。

中国の文化大革命に際しても、石川淳や安部公房、三島由紀夫らと抗議声明を出している（一九六七）。

このように「行動する作家」としての一面をもちつつも、鹿屋での特攻体験については、文学作品以外での行動、発言を慎んだ川端だったのである。

終戦から五年後――、ハンセン病という、北條民雄以来、自分にとっての馴染んだ場の一隅から、突如として鹿屋が「春」という言葉とともに立ち現れた時、川端は正直驚き、胸を衝かれる思いに駆られたことだろう。

ちょうど、自分が鹿屋の「春」にこだわり、敗戦の翌年に書いた『生命の樹』に継いで、『虹いくたび』という、「特攻」体験に裏打ちされた小説にとりかかろうとしている矢先だったこともあり、運命的なものさえ感じたかもしれない。衝撃を受けた分、川端は重い口をさらに重くし、慎重な上にも慎重に、口を塞ぐことにもなったのだろう。

鹿屋をめぐる川端の一見奇妙な「二面性」は、このように確立した。その後は、積極性と消極性とが、それぞれに嵩を増し、密度を濃くし、しかしやがては、積極性は消極性のなかに呑みこまれてしまったように見える。

乳碗の水盃に象徴される『虹いくたび』が見せた狂気と紙一重の大胆さは、人の心の深奥をさぐり、芸術の奥義にも通じる「魔界」へと飛躍発展はするが、直接的には特攻から離れた。『虹いくたび』以降、『舞姫』で掠めはしたものの、特攻隊がじかに登場する小説を、川端は書いていない。

無論、これには社会情勢の変化も影響しているに違いない。

敗戦後、米英など連合国の占領下にあった日本が、サンフランシスコ講和条約の発効により、主権を回復したのは一九五二年である。朝鮮戦争が休戦し、第三次世界戦争の危機が一応は去ったのが一九五三年。そして、経済白書が「もはや戦後ではない」と謳ったのは、一九五六年のことになる。

この、日本または世界を主語とする歩みを、川端の作品年表に重ねれば、川端の創造性のなかに特攻、そして戦争が立ち現れるオン・アンド・オフの波もおのずと見えてくる。

特攻小説としての性格を濃くする『虹いくたび』が書かれたのが一九五〇年春から五一年の春まで。『舞姫』が一九五〇年の年末から五一年の春――。『生命の樹』以降、特攻との関連から生まれた作品は、概ね一九五〇年を中心として書かれている。

川端文学が、次に脱皮をとげ、まさにトンネルを抜けるようにして新たなステージへと渡ったのが、一九五四年に発表された『みずうみ』である。美しい女性を見かけると思わず後をつけてしまうストーカーのような奇行癖をもつ男の心理を、「意識の流れ」によって描出した作品だが、作者の積極的な意志をもって「魔界」に足を踏み入れたこの物語の主人公が元学徒兵とされた点は、一九五〇年を軸に書かれた作品群からのブリッジ役を果たす象徴と言えるだろう。

川端はその後、一九六一年から六二年にかけて発表された『古都』のような日本古来の美の哀感をも綴りつつ、一方では魔界のラインをさらに推し進めて、一九六〇年には『眠れる美女』を、六三年には『片腕』を発表するなど、晩年の特徴となったデカダンスとシュールレアリスムに彩られた凄艶な物語をつむいで行く。

一九五〇年頃を境に、川端は特攻から離れた。しかし、鹿屋と同じく、特攻は再び先方からやって来た。

鹿屋で川端が出会った特攻隊員たちのことを記した第七章でも触れたが、特攻隊の生き残り、鳥居達也氏との縁が、戦後、復活するのである。

上智大学出身、文学青年であった鳥居は鹿屋基地で川端に馴染み、「生と死の狭間《はざま》でゆれた特攻隊員の心のきらめき」をいつかは書くと川端から約された。金沢の小松基地で終戦を迎え、その後、書き溜めた詩を川端に送ったが、連絡がなかったとされる。

だが、その後いかなる経緯をたどったのか、鳥居との縁は戦後復活したのである。

その事実をはっきりと物語るのが、一九五四年、鳥居が代表をつとめる日本織物出版社から出された『エミーよ、愛の遺書』（金子和代著　山崎安雄編）という本に寄せた川端の序文である。

この本は、占領によって日本に進駐した米軍の黒人軍曹と愛し合うようになった日本人女性が、男がアメリカに帰国した後に女児を出産、本人は結核に侵され、瀕死の病床にありながら、男を信じ、愛児のために残す遺書のつもりで綴った日記風の文章をまとめたものである。

公開を前提に書かれたものではなかったが、愛児エミーをエリザベス・サンダース・ホームの澤田美喜女史に預けたことから、公になることになった。愛によって生き抜こうとする著者の懸命の姿が感動を呼んだ。

川端の寄せた「序」から引こう。

――世界は国境がなくなり、人間は民族あるいは人種のなくなるのが、未来の必然の理想であり、現在はその過渡の受難であると、私は信じている。翼ある鳥は国境を越え、海の魚は国境を知らず、天然の生態にしたがって自由であるのに、ひとり人間のみ科学の人為によって、空を飛び海を渡りながら、その知恵の自由を生存の不自由としている。（中略）私は人類みずからによる人類の滅亡などは考えも信じもしない。すくなくとも、この「エミーよ（愛の遺書）」の筆者のような愛のあるかぎりは……。そして、このような人の生きているかぎりは……。この人は確かに現存している。しかも、このような愛はどこの国、いずれの人種、いつの時代にもあったのであるし、今も無論あるのである。この金子和代さんが世にも稀な人では決してない。この人がたぐいないと思うほど、（私は男だから）、女の愛にはまだ絶望していない。

この書の出版者、鳥居達也君に私は序文をもとめられて、私は右の思いを新たにした。（中略）ここに見られる、異人種との恋愛、結婚、混血児の悲苦は、多くない例外であり、あるいは今日の当然かもしれなくて、この手記は先ずそれを訴える魂の叫びだが、同国人のあいだにもこのような愛の悲苦は同じである。この人はこの手記を書くことによって生きられ、私たちは素直なまことをまだ書けないために生きていられると、序文の結びに言っておこうかと思う。

一九五四年四月二十三日――

「この書の出版者、鳥居達也君に私は序文を求められて」と、川端は序文を書くに至った経緯を短く述べている。要は鳥居が川端に序文を依頼し、川端はそれに従ったということだ。

だが、ここでも川端は、鹿屋の特攻基地に端を発する鳥居との縁そのものについては、いっさい口をつぐんでいる。松山くにの『春を待つ心』の序文に継ぐ、鹿屋の無視、特攻体験の黙秘である。

この本の主題となる黒人軍曹との愛が米軍の日本進駐があって初めて生まれたものであり、しかも子までなした相手はいったんアメリカに戻ったものの、今度は朝鮮戦争に駆り出されと、戦争は二重に著者（金子和代）を取り巻いた。

そのような背景に綴られた本であれば、序文のなかで、奇しくもこの本を出版し、序文を依頼してきた鳥居達也その人との縁が、戦時中の特攻基地に端を発するものであることに筆が及んだとして、何ら不思議はないはずである。

だが、川端が元特攻隊員の鳥居から序文の依頼を受けて感じたことは、本来愛に国境はなく、民族や人種（による差）もいつしかなくなるべきだとする、戦後社会の理想、時代的気分を色濃く反映させたものであった。人類の過渡期である現状が抱える不自由には言及されるものの、自らが体験した戦争＝特攻には目をつぶったままなのだ。

序文全体がどこか無難であたりさわりのない印象であるなか、どきりとさせられる箇所が一カ所存在する。それは序文の最後に添えられた日付――「一九五四年四月二十三日」である。

鹿屋で体験した「狂った春」から九年後の春――。九年前、川端が鹿屋に到着したのは四月二十四日であった。このニアミスは偶然なのか。そのことを、川端は全く意識もせずに、この日付を記したのだろうか。

参考までに記すと、松山くにの『春を待つ心』に序文を寄せた時には、川端は「昭和二十五年一月」とのみ執筆期を記入し、日付までは書きこんでいない。

新潮社の『川端康成全集』の第三十四巻に、「序跋文」として、全集編纂時に確認のとれた、川端が求めに応じて書いた六十三編の序文、跋文がまとめて収録されている（『春を待つ心』の序文は含まれているが、『エミーよ、愛の遺書』の序文は収録されていない）。川端が自著以外の場に文章を寄せる場合、どの程度、執筆期日を残すものなのか、六十三編を皆、チェックしてみた。

　すると、執筆期日を全く付さないものが三十六例と最も多く、次いで「昭和〇年〇月」と年と月だけを記入したものが十六例あり、「昭和〇年春」とか「昭和〇年秋」などと年に季節を付したものが五例、そして「昭和〇年〇月〇日」と年月日までを記入した例が六例あった。

　それからすると、『エミーよ、愛の遺書』で川端が丁寧に年月日を記したのは、特例、異例とまでは言いきれぬものの、やはり例外的な事象には属することになる。

　となれば、偶然と考えるよりは、何がしかの事情があって、年月日を特定しておくことに意味があったと考える方が妥当であろうかと思われる。『エミーよ、愛の遺書』の序文の場合、その「事情」とは、依頼主が元特攻隊員だったからだと考えてよいのではなかろうか。

　川端の特攻体験から生まれた『生命の樹』では、主人公の啓子が、戦死した特攻隊員の恋人、植木の実家を訪ねた日取りを、わざわざ「四月二十五日」と書きこんでいる。その日付からの逆算で、近江の自宅を発ったのが四月二十三日、東京着が二十四日と判明する。

　四月二十四日の前後は、川端にとって、鹿屋での特攻体験を象徴する「Dデイ」（＝運命の日）なのだ。その運命的な期日をあえて筆にし、思いを鹿屋に引き寄せつつも、特攻については厳然と口をつぐむ川端康成……。ひと筋縄ではいかない、複雑な精神構造である。

　序文の結びに記した「この人はこの手記を書くことによって生きられ、私たちは素直なことをまだ書けないために生きていられる」との反省めいた言も意味深長である。

　いまだに書けていないという「素直なまこと」とは、悲苦を伴う愛の真実をのみ言っているのだろうか。かつて鳥居に約したという「生と死の狭間でゆれた特攻隊員の心のきらめき」を書くとの決意は、川端の念頭からなおも離れていなかったのではなかろうか……。

鳥居達也は戦後、しばらくは石川県に留まり、「北陸ウィークリー」をベースに記者活動を続けたが、一九四九年に上京、日本織物出版社を設立し、アメリカで流行する服飾の型を写真やイラストで示した『アメリカンスタイル全集』のシリーズを発行して、大成功をおさめた。

『アメリカンスタイル全集』は、鳥居がアメリカの通販カタログ『シアーズ・ローバック』の掲載権を独占的に獲得して、これをスタイルブックとして編集し直し、雑誌化したものだったが、洋裁ブームにも支えられて、ベストセラーとなり、出版界に一時代を画することになった。なお、日本織物出版社は現在の日本ヴォーグ社の前身にあたる。

戦後出版界の風雲児となり、ファッションの世界にもユニークな位置を占めた鳥居は、特攻隊の生き残りのなかでは、最も華麗なる転身に成功した人物だったと言えよう。アメリカ渡りのニューモードで時の人となったわけだが、一方では、特攻隊の犠牲を忘れ、時には白い目まで向けようとする戦後日本の風潮を嘆き、一九五二年には、『神雷部隊　桜花隊』（羽衣社）という、特攻隊員の遺族や生き残りの元隊員たちの文章をまとめた一一〇ページほどの本（冊子）の編集、発行にも尽力している。

鳥居自身も文章を寄せているので、中心となる部分を引用しよう。

——戦後、特攻隊の行為はヒューマニズムに逆行するものであると批判された。実際あの良い友たちがその優れた力を学問や芸術や文化的な仕事に用い、生命を捧げる努力を続け得たならば、人類のためにどんな立派な仕事が出来たであろう。特攻隊組織の底をなすものに、日本人固有の封建的な忠義感、切腹などの〝大義親ヲ滅ス〟的思想あったとせば、人間の生命愛の精神に徹して、深く反省しなければならない。

しかしながら、勇敢に生命をなげうったこれらの行為が、果たしてヒューマニティに反するものであると言い切れるであろうか？　勇敢に戦死したアメリカ軍人の行為が非難されたのは聞かない。また教え子を救って溺死した教師がアンチヒューマニストとされたことも知らない……。いわんや原子爆弾が特攻隊よりもヒューマニティックだと言い切れるであろうか？

戦後、われこそ反戦主義者、平和主義者であったと称し、特攻隊について白眼視的言辞を寄せる人々よ、〝何故に君達はそのイデオロギィの為に命を捧げて勇敢に闘ってくれなかったのか〟。戦争を防止することに、これら先見の明ありし人々が全力をつくしていたならば、ツンボ桟敷に坐らされていたわれらの友をはじめ、世界の多くの若人たちは尊い命を弾と共に散らさずに済んだのではないか！　この言葉を激しく当時の上層政治家や軍人に叩きつけるものである。——


熱血漢の胸にたぎる思いが迫ってくる文章だ。なおこの文章は、『神雷特別攻撃隊』という、三木忠直、細川八朗両氏がまとめた著書（一九六八　山王書房）にも再録されている。

さて、ではそのような鳥居が、いつから川端に接触を始め、自身の出版社から刊行する『エミーよ、愛の遺書』に序文を得るに至ったのか——？

現在、『川端康成全集』に収められた書簡集のなかには、鳥居達也との間に交わされたものは存在しない。文章や記録としては、この間の経緯を語る資料は皆無なのである。

ヒントとなるのは、まずは鳥居のまとめた『神雷部隊　桜花隊』と、この本を発行した「羽衣会」の存在である。

一九四五年八月の終戦によって、神雷部隊が解散することになった際、隊員たちは三年後の三月二十一日に靖国神社で会おうと約したという。三月二十一日という日取りは、神雷部隊が特攻ロケットの「桜花」を用い初めて特攻出撃した一九四五年のその日から定められた。

三年後――一九四八年の三月二十一日、四十人ほどの元隊員たちが集まり、戦友会を結成した。その名を、「羽衣会」とした。いまだ占領下であるため、表立って「海軍神雷部隊戦友会」を名乗ることが憚られたという（日本の主権回復に伴い、一九五二年三月からその名称に改めた）。

鳥居の尽力によって、『神雷部隊　桜花隊』が刊行されたのは一九五二年二月だが、発行元の「羽衣会」とは、実質的には「海軍神雷部隊戦友会」だったのである。

当時、鳥居は『アメリカンスタイル全集』を刊行中の絶頂期にあたり、『神雷部隊　桜花隊』の刊行にあたっては、原稿集めはもとより、編集から印刷、製本に至るノウハウ、そして資金的な協力に至るまで、惜しみない努力を尽くしたかと思われる。

改めてその奥付を見ると、「昭和二十七年二月十日発行」との発行年月日に続けて、「編集、印刷、発行　東京都千代田区西神田二　日本織物出版社内　羽衣会」となっており、羽衣会の在所が、鳥居の会社内とされている。まさに、鳥居あってこそ誕生した本であった。

おそらくはこの『神雷部隊　桜花隊』の本を、鳥居は川端に送ったのではなかろうか。『アメリカンスタイル全集』のいくつかの号も、併せて送付したことだろう。

一九五二年にこのような交流があったなら、それから二年後、鳥居が『エミーよ、愛の遺書』を出すにあたって、川端に序文を依頼するのは、自然な流れだったろう。

そして実はもうひとつ、川端作品自体のなかに、鳥居との縁をほのめかすヒントがひそんでいる。戦後の代表作となった『山の音』――。実はこの作品にも、元特攻隊員、鳥居達也との縁が谺しているのである。

それは、老主人公の信吾と息子の妻の菊子との関係を軸に進む家族のメイン・ストリームから外れた、サイド・ストーリーを彩る人物像のなかに現れる。

すなわち、息子の修一が美貌の妻がいるにもかかわらず浮気を重ねる相手――戦争未亡人で、今は職業婦人として働く絹子の生活の糧とされたのが、洋裁なのである。

絹子ばかりではない。かつては信吾の会社で部屋付きの秘書をつとめ、今は退社した谷崎英子（やはり恋人が戦死している）も、今では絹子と同じ洋裁店で働き、戦後のファッション業界の裾野で息をつないでいるのだ。

そうした洋裁がらみの事情が説明されるのは、長編小説の中ほど、「朝の水」の章でだが、この章は『文學界』一九五一年十月号に発表されている。

川端の多くの長編小説がそうであるように、『山の音』も、章ごとに雑誌発表を繰り返し、最終的に一編に仕上がった。全十六章の発表時期は、一九四九年の秋から五四年の春までと、足かけ六年にわたる。「朝の水」の章は、前章の「冬の桜」（『新潮』一九五〇年五月号）から一年半ほどのブランクを経て書き継がれた章になる。

それゆえ、一九五〇年の春から翌年秋までの間に、鹿屋で別れて以来の鳥居との縁が復活し、その影響下に、絹子らの職業を洋裁にしたとも考えられる。その場合には、『神雷部隊　桜花隊』の刊行よりも以前に、鳥居は川端に接触していたことになる。上京後、日本織物出版社を立ち上げ、『アメリカンスタイル全集』の刊行を始めた段階で、川端に消息を知らせたものだったろう。

ただ、断定はできない。というのも、戦争によって、多くの未亡人が出現することになったが、身を立てる手段として、既に身につけた裁縫の技術を活かして洋裁に進む女性が多く、一種の社会現象と言えるほどだったからだ。

つまり、「朝の水」の章の段階では、川端は鳥居とは無関係に、戦争未亡人をめぐる一般的な社会現象を小説に取りこんだと、そのようにも解釈できるのである。

決定打となるのは、『山の音』の後半の章、「蚊の群」である。

この章で、ついに老主人公の信吾は、息子の愛人の絹子の家を訪ねる。絹子はまだ帰宅していなかったが、同居しているやはり戦争未亡人の池田が信吾を迎える。池田とは、以前に元秘書の谷崎英子と一緒に会社で会ったことがある。池田に導かれるままに、信吾は女ふたりの暮らす家の座敷にあがる。

その部屋の描写——。


——八畳の床の間はスタイルブックが積み重ねてあった。外国の流行雑誌も多いようだった。その横にふらんす人形が二つ立っていた。装飾風な衣裳の色が、古びた壁に不釣合いだった。ミシンからは縫いかけの絹が垂れさがっていた。このあざやかな花模様も、畳をなおきたなく見せた。——

洋裁で身を立てる戦争未亡人の部屋に、他でもない「スタイルブック」が積み重ねられている。何気ない登場の仕方であり、固有名詞も言及されてはいないものの、これは鳥居達也の日本織物出版社から出され、ベストセラーになっていた『アメリカンスタイル全集』であると見て、まず間違いなかろう。

絹子という女性の側から描いて行くので、洋裁で生計を立てるその暮らしぶりの描写が表面に現れるが、その底には、死に覆われた特攻基地から奇跡のように生還し、ファッション雑誌の出版に戦後人生をかけるひとりの元特攻隊員の生の軌跡が秘められている。

洋裁で自活する戦争未亡人を愛人にする息子の修一は、やはり戦争体験でトラウマを負った「心の負傷兵」である。ふたりを結びつけるのは戦争の傷跡だが、生きることに前向きなのか後ろ向きなのか、容易には見えにくい歪んだ愛の舞台に、特攻の記憶が影のようにひそみ、声なき声を立てている。

「スタイルブック」が登場した「蚊の群」の章（初稿発表時には「蚊の夢」）は、一九五三年の春、『別冊文藝春秋』四月号に発表された。

驚くべきことに、またしても「春」である。「狂った春」から八年後の春なのだ。

これは偶然なのか？　川端の意識のなかに、春の声を聞くと、「狂った春」のおぞましい死の記憶がありありと蘇ってくるからではなかったろうか……。

鳥居との関係を軸に、わかる限り、年表風にまとめてみよう。川端が主語である場合には、その記述を省く。

一九四五年の春から初夏、鹿屋の特攻基地にて知り合う。川端は鹿屋を離れるに際し、鳥居に対して「生と死の狭間でゆれた特攻隊員の心のきらめきを、いつか必ず私は書きます」と語ったとされる。

一九四五年六月、沖縄戦終了とともに、鳥居は小松基地に転属。

一九四五年八月、終戦。鳥居は書き溜めた詩を小松から鎌倉の川端に送る。

一九四六年春、鹿屋での特攻体験を元にした『生命の樹』を執筆。

一九四九年、鳥居は金沢での生活を切り上げ、上京。日本織物出版社を立ち上げ、『アメリカンスタイル全集』のシリーズを刊行して大ヒット。

一九五〇年一月、鹿屋のハンセン病施設・星塚敬愛園にいた松山くにの遺稿集『春を待つ心』に序文を執筆。

一九五〇年早春から五一年春まで、特攻隊員に先立たれた女性を主人公とする『虹いくたび』を執筆、発表。

一九五一年秋、『山の音』「朝の水」の章に、洋裁で生計を立てる戦争未亡人が登場。

一九五二年二月、鳥居の尽力で『神雷部隊　桜花隊』が羽衣会から刊行される。

一九五三年春、『山の音』「蚊の群」の章にて、「スタイルブック」が登場。

一九五四年四月二十三日、『エミーよ、愛の遺書』の序文執筆。

一九五四年初夏、単行本『山の音』が刊行される。


これ以降、川端と鳥居の関係を窺わせる資料や事跡はない。

その後の鳥居について簡単に記しておこう。

『アメリカンスタイル全集』によって大成功をおさめた鳥居だったが、一九五七年には多額の負債を抱えて日本織物出版社を閉じる。しかし、アドセンターの社長に就任し、なおもファッション・デザインや雑誌のファッション関連企画に関わり続けた。その後は東急エージェンシーの専務となる。

一九七二年、五十歳を機に新たに「マルボロー鳥居ファインアート」を立ち上げ、国際美術商の道に転身するが、志半ばにして一九七四年、五十二歳で病に倒れ世を去った。

波乱万丈の人生を送った鳥居だったが、川端との縁は、鹿屋の特攻基地に始まり、一九五〇年頃から『エミーよ、愛の遺書』を出した一九五四年頃までに限られるようだ。

鳥居が五十歳を機に、東急エージェンシーでの専務職を辞した際、関係者に送った挨拶状の文面が『鳥居達也遺稿集』に収められているが、そのなかに、次のような一節がある。

――もともと海軍の特攻隊で戦死した筈の余生を酔生のうちに過し　いま人生七〇年までの二〇年を新たに得たとするならば　これを如何に生きるかは私の一大事であります――

ビジネスの世界で何度となく華麗な活躍を見せつつも、鳥居の意識の基底には、特攻隊で死ぬはずだった者の余生であるとの意識が離れなかったようだ。

一方の川端は、先方からやって来る鹿屋、そして特攻との「再会」を、歓迎した節がない。松山くにの『春を待つ心』に寄せた序文も、鳥居達也の依頼による『エミーよ、愛の遺書』の序文も、一応の義理は果たしつつ、鹿屋での特攻体験の記憶に深入りすることはなかった。

同じく海軍報道班員として鹿屋基地に派遣されながら、山岡荘八が戦後も特攻隊の生存者たちと交わり、その信頼をベースに、一九七八年、旧野里国民学校横の別盃の地にたてられた「桜花の碑」の題字を揮毫することになったのと比べれば、その差は歴然としている。

自身の小説でこそ、一九五〇年から五一年を中心に、「特攻」体験が顧みられ、物語に花を咲かせることになったが、実人生での身の処し方としては、消極的態度が目立つ。一九五五年に書いた『敗戦のころ』以後は、特攻隊との関わりを拒むかのような印象さえある。

一応の文学好きで、川端作品にも親しんだ人々の間に、戦時中、川端が特攻基地にいたことを知る人が圧倒的に少ないのは、この一見したところの本人のよそよそしさに起因する。

何故、かくも忌避せねばならなかったのか――。理由は推測するしかないが、第一義的には、やはり重すぎたのだと思う。あまりにも多くの死、割りきれない死、理不尽な死に立ち会うことになったのだった。繊細な感性の持ち主の川端は、自身が息詰まるほどに心の傷を負ったのであろう。

川端康成と山岡荘八、新田潤を、海軍報道班員として鹿屋に送り出した高戸顕隆氏は、一九九四年の著書『海軍主計大尉の太平洋戦争~私記ソロモン海戦・大本営海軍報道部~』（光人社）のなかで、川端の沈黙を、「彼の繊細な神経はおそらく、彼自身をおしつぶし、筆をとることなど考えられなかったのだと思われる」と述べている。特攻基地に送り出した当人の目にも、川端の神経の繊細さは、目前に繰り広げられる若人たちの死の行列に耐えられなかったと見えたのだろう。

山岡荘八は、戦後十七年目に発表した「最後の従軍」（朝日新聞）のなかで、鹿屋特攻基地で接した特攻隊員たちの印象を、「予想とはおよそ正反対の底ぬけの明るさ」と語った。

山岡が鹿屋基地でつかんだ「底ぬけの明るさ」は、川端には無縁の感覚だったろう。「特攻」体験から一年後、まだその記憶も生々しい時期に書かれた『生命の樹』のどこを見ても、山岡の言う「明るさ」などない。

彼ら若人たちが、祖国のために見事に命を散らした、勇敢かつ立派な最期であったと、一方的に断定するわけにはとてもいかない。また逆に、例えば『きけ　わだつみのこえ』の編集方針などに垣間見える、ひたすら軍国主義の犠牲にして、皆一様に涙をこらえ、嫌々ながら出撃命令に従わざるを得なかったという解釈にも、同調できなかったかと思われる。

実際の隊員たちの素顔に接し、なかには、クリスチャンがいたり、一高出の後輩がいたり、また自分の作品を愛読する文学青年までいて、その各人各様の個性と生命の輝きに触れた重みが、表層の理解ではとらえきれないことを悟らせたからだったろう。

加えて、自分は特攻に対する批判を胸中に抱えながら、ただ傍観するしかなかったという負い目もあったかに思われる。

出撃命令が出ている特攻兵士を止めることなどできるはずもなかった。だが例えば、機体の整備不良や天候不順などの理由で、特攻が中止になったり、出撃したものの途中から引き返してこざるを得なかったりした兵士に対しても、神の与えた偶然からこの世に留まった命を、再び特攻に捧げようとするのを止めることもできなかった。

そのような命の放棄に対し、川端はあまりにも無力だった。驕れる死の坩堝の只中に、川端は孤立して佇み、哀しみに胸を痛めながら、ひとり胸に澱を重ねるしかなかったのである。

作品上の変化も、特攻から距離を置く大きな一因となった。

戦後作品の金字塔とも言うべき『山の音』が完結し、単行本として出された一九五四年、川端は作風に新たな転回を図る意欲的な作品を書き続けた。この年の『新潮』一月号から十二月号まで連載された『みずうみ』である。

主人公の銀平は高校教師で、教え子の久子の美しさに魅せられるあまり後をつけ、愛し合う仲になった挙句、関係が露見して学校を追われる。久子との関係が破綻した後も、美しい女性を見ると後を追ってしまう銀平の心理と行動を追いつつ、魔界の住人である人間存在の深奥に迫った作品……。

物語のかなり後半になって、銀平が元学徒兵であることが明かされる。悪友の西村とともに学徒出陣し、西村は戦死し、銀平は生還した。ただ、それだけだ。陸軍であるとも海軍であるとも明かされない。戦場も戦地も全く出てこない。出征前、悪戯心からともに娼家より逃走した記憶が思い返されるだけで、戦争体験は主人公の性格や行動に深い影を落とさない。

――少女のあの黒い目は愛にうるんでかがやいていたのかと、銀平は気がついた。とつぜんのおどろきに頭がしびれて、少女の目が黒いみずうみのように思えて来た。その清らかな目のなかで泳ぎたい、その黒いみずうみに裸で泳ぎたいという、奇妙な憧憬と絶望とを銀平はいっしょに感じた。――

行きずりの美少女の黒い濡れた瞳に、幼い日々を過ごした山間の湖を想い、そのなかで泳ぎたいという悲願に襲われる主人公――そこには、もはや戦争体験の有無といった次元を超えた、根源的な人の哀しみや孤独が祈りの歌を奏でている。

犯罪すれすれの主人公の奇癖を凝視する川端の眼差しは研ぎ澄まされ、常識を突き抜けて、ひたすら本質の核心へと突き進む。衣裳を剥ぎ、肉を削ぎと、あらゆる虚飾を排して、人たるもの――今生《こんじょう》に生を授かりし者の生命《いのち》そのものに肉薄して、冷厳に徹した、しかしどこか救済を願う祈禱のような言葉をつむぎ出して行くのである。

もちろん、そのような境地に至るには、特攻基地での多くの生と死に触れたことが養分となっていることだろう。しかし、悲痛や無念を胸底に溜めながら、うつし世を生きる人間の哀しさの詩に迫ろうとする時、川端の筆は個々の特攻隊員の悲劇を漉した清水のような純粋さに到達してしまうのである。

主人公が男であるのも興味深い。戦争体験を色濃く反映した作品群――「狂った春」が謳した『生命の樹』『虹いくたび』『舞姫』ではいずれも女性を主人公とし、戦争による喪失からの再生というテーマを、女性の側から描いてみせた川端であった。

それが次の段階の、『みずうみ』から『眠れる美女』へとつながる晩年の魔界路線では、主人公は男なのである。おそらくは、川端自身の心の深奥に測深鉛を垂らし行き、その底から照射して、魔界に巣食う人間存在を描き出そうとしているのであろう。

銀平は元学徒兵ながら、その詳細は不問とされた。『みずうみ』という作品においては、特攻隊である可能性も含め、軍隊経験のディテールはもはや意味をもたなくなったかに見える。

ならば、川端の戦争体験は遠のいたのだろうか？　累々たる死の堆積を目の当たりにした無念や悲痛、恐怖やおぞましさは、時の移ろいのなかで、稀薄になり、矛を収めたのだろうか――？

いや、そうではあるまい。

鹿屋での一カ月の特攻体験は、逃げようとしても逃げられない宿業として、胸深くに沈殿、結晶し、塊をなしたことだろう。深層心理の奥底に、あたかも森をはぐくむ大地の下に眠る永久凍土のように、朽ちることのない冷たい光を放ち、声なき声の歔欷《きょき》を交響させていたのだろう。

そして機会が訪れると、眠れるマグマの如く、胸の底からいきなり噴き上げることになったのだ。

その小噴火の例を、思わぬところで見つけることになった。

一九六四年十一月、宮崎——。川端は翌年四月から放送開始になるNHKの連続テレビ小説『たまゆら』の原作となる小説を執筆することとなり、取材のために宮崎を訪れた。

連続テレビ小説は、この年、林芙美子原作の『うず潮』が人気を博し、次年度にも大物作家の原作によるものが企画され、川端康成が望まれたのである。

NHK側は旧作のドラマ化を考えていたが、打ち合わせに訪れた担当者に、川端の方から新作をとの提案があり、また舞台についても、南の地を希望する川端の願いが容れられて、宮崎となったのである。当時、宮崎は新婚旅行のメッカと言われ、視聴者の注目を集めるのは必須と考えられた。

宮崎訪問に関するこうした事情はすべて、現地で十七日間にわたって川端を案内した宮崎交通の渡辺綱纜氏の著書『夕日に魅せられた川端康成と日向路』（二〇一二　鉱脈社）に依っている。氏の著書から引く。

——川端には以前から宮崎に行ってみたいという理由があった。

敗戦の年、昭和二十年四月のことである。川端は海軍報道班員として鹿児島県鹿屋の基地に行った。川端の搭乗した軍用機が宮崎市の沖合にさしかかった時、機体に故障が発生した。その時不時着したのが、現在の宮崎空港、当時の海軍航空隊の赤江飛行場であった。修理はすぐ終わるというので、川端らは飛行場内で待機をした。その時の宮崎の抜けるような空の青さ、紺碧の海岸、そして、緑の山々の美しさが目に焼きついて離れなかった。飛行場の周辺には、名も知らぬ花がいっぱい咲いていた。あの時の印象は忘れられないと、川端は語った。戦争が終わって、一度は宮崎を訪れたいと思い続けていた。

——

重要な情報が含まれている。一九四五年四月二十四日、川端らが乗った鹿屋に向かうダグラス輸送機が、九州に近づいた時点で機体トラブルに見舞われ、宮崎の赤江飛行場に着陸、機体を修理した上で、鹿屋に向けて再び飛び立ったというのだ。これまで、山岡荘八の証言等により、午前十一時に厚木基地を発った輸送機が、敵機来襲が予想されたためにいったん引き返し、様子を見て再び離陸したという事情は伝わっていたが、途中トラブルで宮崎でも着陸を余儀なくされたとの事実は初耳である。

その時の宮崎の空、海、山がなんとも美しかったと川端自身が語ったというのだから、事実と見て間違いないだろう。

川端は『古事記』一冊を抱えて（他に何も資料をもたずに）、宮崎空港に降り立ったという。

渡辺は著書のなかで、放送が始まって間もない頃、ＮＨＫグラフに掲載された「『たまゆら』原作者言」を紹介しているが、そこでは、宮崎を舞台とすることに対して、川端は次のように述べている。

――私は日本の美しさのなにかを描きたいのである。日本のいろいろな地方の風物、民俗、あるいは歴史、伝説などに多少触れながら、筋を運びたいと思うのも、そのための一つのこころみである。――

古代神話の残る宮崎だから、そこを舞台に物語を書きたいと、川端はそう言うのである。その思いから、『古事記』を携え、宮崎に向かったのだった。

だが、宮崎に向かう機上で『古事記』に目を通していた川端は、飛行機が関西を過ぎ、西へ向かうにつれ、古代ロマンとは異なる思いが湧きあがってくるのを抑えることができなかったのではなかろうか。

南国の光を照り返す青い海原は、否応なく鹿屋へと向かった日のことを思い出させたろう。そしてまた、その海を見ながら、戻ることのない空の旅路を沖縄方面へと向かった若人たちのことをも……。

戦後十九年がたってなお、川端は鹿屋体験を忘れていなかった。南九州が近づくにつれ、「狂った春」が再び生々しく蘇ってきたのだった。

宮崎に着いた川端が、初対面の渡辺に、十九年前の鹿屋行きについて無警戒に明かしたのは、機上での気持ちの昂ぶりを物語っていよう。

この日、一九六四年十一月十六日、川端は宮崎空港で渡辺とNHK宮崎放送局放送部長の出迎えを受け、まだ打ち解けぬなかをタクシーでホテルへと向かったが、市内に入る直前のところで、突然、車を止めるよう頼んだ。

ちょうど、山の端に夕日が沈もうとしていた。

――「こんなに美しい夕日は、はじめてです。すばらしいですね。本当にすばらしい」と、川端は、自分に言い聞かせるように賛嘆した。――

渡辺は古事記の国に誘う夕日だったと解釈している。だが、果たしてそれだけであったかどうか……。

というのも、晩年の川端にとって、夕日（落日）は特別な感性の働くものだったからだ。

一九七二年一月二十一日、「万葉歌碑」建立地を決めるため、奈良県桜井市を訪れた川端は、落日の光景を凝視して黙りこみ、観光課の職員ら同行者を戸惑わせた。日が落ち暗くなってからも川端は動こうとせず、異様であったという。それから三ケ月後の自死への予兆であったと解釈する見方もある。

川端にとって、夕日は、生から死へと移行する世界の最後の輝きを意味したのだろう。死の三ケ月前の奈良での出来事ほどには切羽詰まった感じはないが、宮崎に着くなり、わざわざ車を止めさせて眺めた夕日は、久しぶりに蘇った特攻隊への思いが影響しているように思う。機上での「狂った春」への追想から着陸後の夕日の凝視、そして鹿屋行き途上の宮崎立ち寄りの事実の吐露と、川端の心理の流れは手に取るようにわかる気がするのだが、いかがであろう。

宮崎の旅は、途中から養女の政子とNHK本局のプロデューサーも駆けつけ、都合十七日間にも及んだが、帰路はえびの高原経由で鹿児島に寄り、鴨池空港から発った。

現在の鹿児島空港は霧島市の山間部にあるが、一九七二年の開港で、それまでは錦江湾に面した鴨池に空港があった。もと海軍鹿児島航空隊が基地とした所である。

海を挟んで、向かい側は大隅半島、その中央部に鹿屋がある。鴨池空港から飛び立てば、眼下に見下ろす景色は、まさに鹿屋から飛び立った特攻隊員たちの目に映ったものと重なるのだ。川端の記憶は、再び否応なく十九年前に引きずり戻されたのではなかったろうか……。

一九六四年十一月の宮崎行きにより、鹿屋での特攻体験の記憶をつかの間蘇らせた川端は、翌年の六月、再び鹿屋との「再会」を迎えることになる。今回は北関東、利根川水域にひろがる水郷においてであった。

その名もずばり、『水郷』という文章を、川端はその年の『週刊朝日』七月二日号に発表している。「新日本名所案内62」とあるので、シリーズ企画の水郷編に、川端を旅人として訪問記執筆の依頼があったものだろう。

私は川端にこの文章があることを、森本穫氏の『魔界の住人　川端康成』（二〇一四　勉誠出版）によって教わったのであるが、二〇一六年になって新潮文庫から出された『川端康成初恋小説集』のなかに収録されたので、一般の読者にもアクセスしやすくなった。

この小文が文庫本に収められた理由は、ひとえに、この水郷訪問記のなかで、初恋の人・伊藤初代の追想が綴られたからだが（映画『船頭小唄』『水藻の花』の主演女優・栗島すみ子が初代にそっくりだったという）、本書にとって幸いなことに、婚約までしながら先方から一方的に破棄された悲恋の記憶に加え、川端は水郷から続く霞ヶ浦にあった特攻隊の訓練場についても思いを馳せ、鹿屋の特攻基地での体験についても触れている。

『週刊朝日』に掲載時、タイトルのすぐ後のリードには、「『船頭小唄』に歌われた水の風景に昔の恋人を追憶し特攻隊をしのぶ」と付された。

川端が綴った特攻隊に関する下りを、以下、すべて引くとしよう。


——また、霞ヶ浦にも、私は胸のいたむ思い出がある。敗戦の年の春、四十日ほど、私は海軍報道班員として、大隅半島鹿屋の特攻隊基地に従軍したことがあった。山岡荘八氏らが同行であった。もはや海軍に軍艦はなく、飛行機を航空艦隊と、苦しい呼び方をしていた。沖縄戦のさなかであった。鹿屋が最前線であった。特攻隊員は飛立てば、爆弾を抱いて、機体もろとも敵艦に突入、体あたりするので、大方は生きてかえらない。

その隊員には、学徒出陣と少年航空兵とがあった。学徒は大学と高等学校の学生で、同じく特攻隊を志願した、あるいは志願させられたにしろ、少年航空兵とはおのずからちがっていた。派手な色のマフラーを首に巻き、風になびかせていたりしたのは、少年航空兵であった。これらの少年たちの方が、死におもむく思いも、おそらく単刀直入であり得ただろう。しかし、特攻隊員に変りない。朝に夕べに、あるいは夜なかに、私たちは特攻隊の還《かえ》らぬ出撃を見送ったものだ。その少年航空兵の訓練場、飛行場は霞ヶ浦にあった。「七つボタンは桜に錨《いかり》」の予科練の歌の名残りの土地は、土浦を出て間もなくの右岸だが、アメリカ軍の爆撃で、ほとんど跡形をとどめないそうである。——

『敗戦のころ』（一九五五）以来、十年間の沈黙を破って、川端が特攻の記憶について書いている。「七つボタンは桜に錨」の歌と記されたのは、第九章でも紹介した「若鷲の歌」のことで、西城八十による歌詞の一番は「若い血潮の予科練の　七つボタンは桜に錨　今日も飛ぶ飛ぶ霞ヶ浦にゃ　でっかい希望の雲が湧く」というもので、川端はその一節を引いている。

川端が鹿屋で出会うことになった特攻隊員たちは、学徒出陣により大学や高校から海軍航空隊に進んだ者と、少年航空兵上がりの予科練（海軍飛行予科練習生）出身者とに大別された。

そのなかで、川端が特に予科練に注目し、「少年航空兵」に回想をしぼったのは、一義的には、少年航空兵の訓練場が霞ヶ浦にあったからである。

一九三九年、それまで横須賀海軍航空隊にあった予科練が霞ヶ浦海軍航空隊へ移転、さらに翌四〇年には、霞ヶ浦に面した土浦に移転し、土浦海軍航空隊が開隊した。十四歳半から十七歳までの若者が、希望者のなかから選抜され、集中的に訓練を受けたという。

太平洋戦争の開戦とともに、航空機搭乗員の増強のため、土浦を含む全国十九カ所に予科練航空隊が開設された。「霞ヶ浦」は実際の訓練地というより、映画や歌で知られた予科練の象徴的な意味合いをもつ呼称となった。

水郷を訪れた川端が少年航空兵にこだわったもうひとつの理由は、おそらく、十五歳ほどの若さで航空兵への道に進んだ少年たちと、初恋の女性の年齢が近かったせいであろうかと思われる。伊藤初代と婚約をした時、川端は二十二歳、初代は十五歳だった。

時代はずれるが、初代はその年でカフェの女給をつとめ、少年航空兵は似た年恰好で、軍規のなかの厳しい訓練生活に明け暮れた。初代は川端と別れた後、一九五一年、四十四歳で没している。少年航空兵もその後、戦争によって多くの者が犠牲になった。特攻隊員として散った者も少なくない。

うら若い初恋の少女の記憶と、やがては特攻隊員として散華する少年航空兵のイメージが、ともに死によって包まれているのだ。

川端が鹿屋で出会った予科練出身の特攻隊員としては、第六章でその遺書を紹介した茂木三郎二飛曹が、土浦航空隊で訓練を受けている。母に対し、悲しませるのが嫌だから何も形見は残したくないと綴った、十九歳の特攻隊員である。

散華の前にどうしても女性の体に触れたいと願い、遊郭を訪ねたというY二飛曹らも、やはり土浦で訓練を積み、十八歳で逝った。

実際のところ、鹿屋基地では学徒出陣で航空兵になった元大学生たちが、川端の主な話し相手だった。いずれも文学青年たちだった。十五歳前後で入隊し、訓練に明け暮れた予科練出身の特攻隊員たちは、その短い人生のなか、文学に親しむような余裕はとてもなかったであろう。

だが『水郷』では、元大学生たちではなく、予科練の少年航空兵たちが追想されている。

二十年の歳月を経て、水郷を旅する川端の胸に去来したのが、霞ヶ浦や土浦で訓練を受けた少年航空兵あがりの特攻隊員の具体的な顔であったかどうかは、判然としない。彼らとの深い付き合いはなかったようなので、個々の隊員よりもマスで想起しているのかもしれない。

ただ、学徒兵よりも予科練の兵士たちの方が、死に対してストレートであると看破しているあたりは、川端の炯眼であろう。彼らがまとう雰囲気、そして残した遺書などから感得したに違いない。

どこか生命の来し方と逝く先を思わせる無辺の水のひろがりを前にして、特攻隊を思う川端の意識は、若き生命の向かった死に吸い寄せられて行く。

それは、夕日を見つめていた宮崎での川端と、重なるのではないだろうか……。生と死の根源的なものを、特攻隊に重ね見ようとしている。

鹿屋の「特攻」体験は、先方からやって来ると、先にそう書いた。一九六四年の晩秋、六五年の初夏と、ホップ、ステップと跳躍を重ねるように、鹿屋が再接近してきたのである。

そして一九六六年、次なるジャンプが川端を見舞う。

しかも、前者ふたつの邂逅によって、歳月の移り変わりのなか、生死の源の淵に和むかのように静かな調和を見せ始めた「特攻」が、今度は打って変わって、衝撃のパンチを繰り出してきた。

襲いかかってきたのは、川端が文壇に引き出し、弟のように接しつつも、自分よりもはるかに大きな、華麗な才能の持ち主であると認めていた作家、三島由紀夫であった。

川端の「特攻」体験は、最晩年、三島によって攪拌され、新たな重石を老作家の胸に置くことになるのである。

第十二章　「特攻」に死す。三島由紀夫との葛藤

――今日野田君より御高著花ざかりの森難有《ありがたく》拝受致しました。文芸文化で一部拝見して御作風にかねて興味を寄せて居りましたのでまとめての拝読を楽しみに致します。――

一九四五年三月八日、川端康成が鹿屋に向かうひと月半ほど前に、三島由紀夫に宛てて出した手紙の書きだし部分である。

文中にある『花ざかりの森』は三島十七歳の時のデビュー作となる作品で、一九四一年、同人雑誌の『文藝文化』誌上に三回に分けて掲載された（九月号〜十二月号）。

川端は雑誌掲載分を目にした時より、この早熟な新人作家の才能に注目していたが、一九四四年十月に処女短編集として単行本『花ざかりの森』が出版されると、翌年三月、『文藝』編集長で詩人の野田宇太郎を介して、献本を受けた。

――花ざかりの森ハ今日北鎌倉の某家で島木君より受け取りましたが、疎開荷造中の物を見に行きましたところで、宗達、光琳、乾山、また高野切石山切、それから天平推古にまでさかのぼり、あるのが嘘のような物沢山見せてもらって、近頃の空模様すっかり忘れました。紅梅も咲いて居りました。

とりあえず右御礼まで。――（一九四五年三月八日付　三島由紀夫宛て書簡）

『花ざかりの森』の本を贈られたことへの礼状であるこの書信が、その後、二十五年にわたって両者の間に交わされる往復書簡の嚆矢となる。

三島の処女作品集を手にし、書簡のやり取りが始まった時期が、鹿屋の特攻基地に赴く直近であったということ、そしてその本を川端に手渡したのが敗戦の夏に世を去る島木健作であったという事実が、何か象徴的な意味合いをもっているように思えてならない。

戦中から戦後にかけ、日本という国の断末魔の抵抗と滅びにより、多くの人々が命を落としたのに加え、友人の死までが重なり、地が裂け、奈落の底に突き落とされていたところに、絶壁を乗り越え、深い溝をまたぐようにして、まばゆい若き才能が川端を追って来たのである。

川端は新人の発掘、そして社会への橋渡し役を、しばしばつとめてきた。北條民雄の場合もそうであったが、三島由紀夫もまた、戦後、川端によって本格的な文壇デビューを飾った。

具体的には、『煙草』という短編小説が、一九四六年に川端の紹介によって『人間』誌に掲載され、三島は戦後文壇への登場を果たすことができたのである。

その後は、一九四九年に長編小説の『仮面の告白』を、一九五四年には『潮騒』を発表するなど、次々と傑作小説をものして作家としての地位を固め、一九五六年には『金閣寺』で読売文学賞を受賞、戦後文壇の寵児にのぼりつめた。

文壇への手引きをしてくれた川端を、三島は師のように尊んだ。川端とは二十五歳の年齢差があったが、両者の間には、師弟のような、親子のような、絆が芽生えた。

一九五八年六月、三島が画家・杉山寧の娘、瑤子と結婚した時にも、川端夫妻が仲人をつとめた。三島も盆暮の付け届けなど、先輩作家への儀礼を欠かさなかった。一九五八年十一月、川端が胆石で東大病院に入院した折には、病室で使う蒲団や毛布、浴衣を始め、茶碗や皿、梅干しや焼海苔に至るまで、細々《こまごま》と七十点以上の品々を揃え、贈っている。

三島の創作活動は目ざましく、小説はもとより、戯曲（新作歌舞伎を含む）、評論など、多方面に華々しい活躍を見せた。その八面六臂な行動力と才能に、川端は目を瞠る思いでいたようだ。

――御みごとな巻鮭今日拝受いたしました　頂戴物ばかりして居る様です　先日ハ地獄変実ニ愉快でした　御自在けんらんの御才華羨望しても及びません　感歎するばかりです　しかし面白い脚色でした

――（一九五三年十二月十八日付　三島由紀夫宛て書簡）

『地獄変』は芥川龍之介の原作を元にした三島の歌舞伎作品で、この年の十二月に歌舞伎座で初演された。「面白い脚色」というのは、無論、芥川の原作から巧みに脚色した三島の才能への賛辞である。

川端は、三島が世に出るきっかけこそ自分が牽引役を果たしたが、その後の精力的な活躍ぶりは、出藍の誉れを地で行くものと感じていたかに思われる。

――今日Knopf社のStraus氏から航空便でSnow Countryが一部とどきました。$1.25という廉価本（高いのに驚きますが）で、表紙の芸者の絵にはおどろきました。また、裏表紙の私の履歴にremarkable young writers as Yukio Mishimaをhas discovered and sponsoredとあるのにも驚きました。

あなたにすまない気がします。body-buildingや重量あげにdevotingしていないせいですか。いずれは私の名は文学史上にあなたをdiscoverしたという光栄なまちがいだけで残るのかもしれません。――
（一九五六年十月二十三日付　三島由紀夫宛て書簡）

アメリカの出版社から英語訳『雪国』のペーパーバックが送られてきた。その作者プロフィルに、「三島由紀夫のような素晴らしい若手の作家を見出し、支援した」と書かれていた。

自分の名は、いずれ三島由紀夫を見出した人間としてのみ文学史に残るのではないかと、川端は自嘲気味に語る。冗談半ばにせよ、三島の才能を自分以上のものだと、川端がそう評価していたことはまず間違いなかろう。川端は三島を若き「師友」と意識していたのである。

前章で紹介した、『夕日に魅せられた川端康成と日向路』の著者・渡辺綱纜氏によれば、一九六四年晩秋の宮崎訪問の折、移動中の車中の雑談で次のような会話があったという。

――「先生、もし日本人でノーベル賞をもらう文学者がいるとしたら、どなたでしょうか」
「それは、三島由紀夫君です。三島君以外は考えられません」――

川端康成のノーベル文学賞受賞は一九六八年、この会話はその四年前のことになる。

もっとも、一九六一年以来、川端はノーベル文学賞の候補にたびたび挙げられており、初めてノミネートを受けた六一年には、他でもない三島に推薦文を書いてくれるよう川端自身が依頼している。

――さていつも〳〵御煩わせするばかりで恐縮ですが例ののおべる賞の問題　電報を一本打っただけではいろいろの方面ニ無責任か（見込みはないにしても）と思われますので極簡単で結構ですからすいせん文をお書きいただきませんか　他の必要書類を添えて英訳や仏訳かしてもらいあかでみいへ送って貰います　右あつかましいお願いまで――（一九六一年五月二十七日付　三島由紀夫宛て書簡）

三島は、この要望に対し、早速に推薦文を用意し、次のような書簡をしたためている。鎌倉で書いた川端の依頼状の日付から、三日後には、既に推薦文を書き、返信まで用意するという迅速な対応である。

――さて、ノーベル賞の件、小生如きの拙文で却って御迷惑かとも存じますが、お言葉に甘え、僭越ながら一文を草し同封いたしました。少しでもお役に立てれば、この上の倖せはございません。又この他にも何なりとお申付け下さいますようお願い申上げます。――（一九六一年五月三十日付　三島由紀夫から川端康成への書簡）

三島の書いた推薦文は、日本ペンクラブで英訳され、スウェーデン・アカデミーに提出された。しかしこの年は、川端は最終選考に残らなかった。

以後、川端は候補の常連となるが、胸中に秘めた感情の本音の部分はいざ知らず、客観的判断としては、日本初のノーベル文学賞は三島由紀夫こそがふさわしいと考えていた。

また六一年に喜んで川端の推薦状を用意したかに見える三島は、その後、自身もノーベル賞候補にあげられるなか、やはり本音はともかく、外面的には常に師の川端を立てていた。

ふたりのノーベル賞をめぐる相克は、それだけでも充分に研究の対象となるものであろうし、実際、師弟の仲は川端のノーベル賞受賞によって冷却化したと語られるのが一般的である。両者と親しかったドナルド・キーン氏は、ノーベル賞がふたりを殺したと、そのような発言をしている。

だが、ここでは、ノーベル賞をめぐる葛藤を深追いするのではなく、まずは一九六六年に時点を定めて、「特攻」との関連から両者の関係をとらえ直したい。

ノーベル賞は話題として派手で、正直言って下世話な関心すら呼ぶものである。しかし、そこにたどり着く前――、ノーベル賞受賞の二年前に、両者の間に、埋めがたい深い溝が生まれていたことを知らなくてはいけない。その亀裂をもたらしたのが、他でもない「特攻」だったのである。

「特攻」という切り口から見つめた時、この誰よりも親しみ、「師友」であるとした後輩作家によって、あたかもテロリストの刃を突きつけられたように、晩年の川端が困惑と傷心を深めていたことが見えてくるのである。

三島由紀夫は一九六六年の『文藝』六月号に、短編小説『英霊の声』を発表した。その後の三島の進路を決定づけるターニング・ポイントとなった作品と言われる。

物語は、「帰神の会」を訪ねた「私」が、盲目の神主（霊媒師）が行う御霊《みたま》おろしによって、現世に蘇り声をかけてくる英霊の語りを聞くという体裁をとっている。御霊が憑依した霊媒師の口から、深く時代を嘆く呪詛の声が漏れ始める。

――「……今、四海必ずしも波穏やかならねど、
日の本のやまとの国は
鼓腹撃壌《こふくげきじょう》の世をば現じ（＊註「鼓腹撃壌」とは太平の世のこと）
御仁徳の下《もと》、平和は世にみちみち
人ら泰平のゆるき微笑みに顔見交わし
利害は錯綜し、敵味方も相結び、
外国《とつくに》の金銭は人らを走らせ
もはや戦いを欲せざる者は卑劣をも愛し、
（中略）
真実はおおいかくされ、真情は病み、
道ゆく人の足は希望に躍ることかつてなく
なべてに痴呆の笑いは浸潤し
魂の死は行人の額に透かし見られ、
よろこびも悲しみも須臾《しゅゆ》にして去り
清純は商われ、淫蕩は衰え、
ただ金《かね》よ金よと思いめぐらせば
人の値打は金よりも卑しくなりゆき、
（中略）
血潮はことごとく汚れて平和に澱み

ほとばしる清き血潮は涸れ果てぬ。
天翔けるものは翼を折られ
不朽の栄光をば白蟻どもは嘲笑《あざわら》う。
かかる日に、
などてすめろぎは人間《ひと》となりたまいし」（＊註　「すめろぎ」は天皇のこと）――

ただ平和があるだけで、真実も誠もない、金銭第一主義になりさがった偽善の世の中を呪詛する嘆き節がしばらくは続く。その結びは、「何故に天皇は人間になられたのか」という疑義で締めくくられる。そしていよいよ、最初の御霊が降りてくる。御霊の主は、二・二六事件で蹶起し、死罪となった青年将校である。

青年将校は、大君に捧げる至純の一心から義兵を挙げたにもかかわらず、大御心《おおみごころ》からは理解を得られなかった無念を語る。ほとばしる痛恨は、古来この国の伝統を背負う現人神《あらひとがみ》としてではなく、「人」としてしか対処できなかった天皇への批判にまで至る激しさを見せる。

二・二六事件の首謀者・磯部浅一は、事件後、獄中で「日本もロシアのようになりましたね」との天皇の述懐を伝えた新聞記事に接し、「天皇陛下　何と云う御失政でありますか」と嘆いたというが、三島の筆は明らかにこの磯部を念頭に書き進められている。

が、ここでは長い紹介は避け、次に移る。というのも、能の修羅物の様式にならい、続いて「弟神」たる第二の御霊が降ろされるのだが、それが特攻隊員のものだからだ。

特攻隊員の霊――それを、第一の御霊である二・二六青年将校の霊は、「われらに次いで、裏切られた霊である。第二に裏切られた霊である」と沈痛な声で紹介する。
やがて、「半ば月光に透されて」佇む、「いずれも飛行服を召し、日本刀を携え、胸もとの白いマフラーが血に染っている」姿の神霊の一団が現れる。そのなかの一柱が口を切り、語り出す。

――「われらは比島のさる湾《いりうみ》に、敵の機動部隊を発見して、われが指揮官たる、爆装機五、直掩機四の編隊全機が、これに突入して、空母一、巡洋艦一、轟沈の戦果をあげた者である。(中略)
われら自身が神秘であり、われら自身が生ける神であるならば、陛下こそ神であらねばならぬ。神の階梯のいと高いところに、神としての陛下が輝いていて下さらなくてはならぬ。そこにわれらの不滅の根源があり、われらの死の栄光の根源があり、われらと歴史とをつなぐ唯一条の糸があるからだ。そして陛下は決して、人の情と涙によって、われらの死を救おうとなさったり、われらの死を妨げようとなさってはならぬ。神のみが、このような非合理な死、青春のこのような壮麗な屠殺によって、われらの生粋の悲劇を成就させてくれるであろうからだ。そうでなければ、われらの死は、愚かな犠牲にすぎなくなるだろう。われらは戦士ではなく、闘技場の剣士に成り下るだろう。神の死ではなくて、奴隷の死を死ぬことになるだろう。……」――

兄神から導かれた弟神は、まずは兄神と同じ信義の御旗を掲げる。天皇へ捧げる至誠と、それを受ける現人神としての天皇との相思相愛の絆……。その堅固な紐帯なしには、特攻隊の死など奴隷の死だとまで言いきる。
だが、蹶起にかけた二・二六事件の青年将校が、ひたすらこの天皇との精神的な絆を問うのに対し、特攻隊員に関しては、体当たりまでの迷いのなさ、最後の最後まで標的に食らいついて進む、その一途さが追跡される。

——「わが目標は一点のみ。敵空母のリフトだけだ。
爆弾の信管の安全ピンを抜き、列機に突撃開始の合図を送る。あとは一路あるのみだ。
機首を下げ、目標へ向かって突入するだけだ。狙いをあやまたずに。
そして、勇気とは、ただ、
見ることだ
見ることだ
見ることだ
一瞬も目をつぶらずに。
（中略）
空母のリフト。あそこまでもうすぐ達する。全身は逆様に、機体とわが身は一体になり、耳はみみしい、痛みもなく、白光に包まれてひたすら遠ざかろうとする意識、その顫動《せんどう》する白銀の線を、見ること一つに引きしぼり、明晰さのために全力を賭け、見て、見て、見て、見破るのだ。
空母のリフトは何と遠いことか。そこまですぐに達する筈の、この加速度は何とのろいことか。わが生の最後のはての持時間には、砂金のように重い微粒子が詰っている。
銃弾が胸を貫ぬき、血は肩を越えて後方へ飛び去った。衝撃だけが感じられ、痛みはない。しかしこの衝撃の感じこそは意識の根拠であり、今見ているものは決して幻ではないことの確証だ。

そのリフトに人影が見える。
あれが敵だ。敵は逃げまどう。大手をひろげて迎える筈の死の姿はどこにもない。
確実にあるのはリフトだけだ。それは存在する。それは見えるのだ。
……そして命中の瞬間を、ついに意識は知ることがなかった」——

御霊降ろしによって降臨した特攻隊の霊が、突撃の最後の瞬間までを語り続けた。
その後は、兄神も弟神も一緒になって、英霊の声が幾重にも響き渡る。

——「日本の敗れたるはよし
農地の改革せられたるはよし
社会主義的改革も行わるるがよし
わが祖国は敗れたれば
敗れたる負目を悉く肩に荷うはよし
わが国民はよく負荷に耐え
試煉をくぐりてなお力あり。
屈辱を嘗めしはよし、
抗すべからざる要求を潔く受け容れしはよし、
されど、ただ一つ、ただ一つ、
いかなる強制、いかなる弾圧、

いかなる死の脅迫ありとても、
陛下は人間《ひと》なりと仰せらるべからざりし。
（中略）
皇祖皇宗のおんみたまの前にぬかずき、
神のおんために死したる者らの霊を祭りて
ただ斎《いっ》き、ただ祈りてましまさば、
何ほどか尊かりしならん。
などてすめろぎは人間《ひと》となりたまいし。
などてすめろぎは人間《ひと》となりたまいし。
などてすめろぎは人間《ひと》となりたまいし」——

英霊たちの語りの最後は、「何故に天皇は人間になられたのか」との鋭い問いかけのリフレインによって結ばれる。戦後社会の矛盾を天皇の人間宣言に象徴させて、二・二六の青年将校と特攻隊員と、ふたつの「裏切られたる霊」が、慨嘆を重ねるのだ。

さて、三島は新たな自著の本が出るたびに、川端のもとに新著を送り届けるのを常としていた。『英霊の声』は雑誌『文藝』に掲載されて間もなく、一九六六年六月三十日には、同タイトルによる単行本として、河出書房新社から刊行されている（『憂国』『十日の菊』などを併録）。

川端は間違いなく、この作品に目を通したに違いない。だが川端にとっては、いつもの三島の新作とは、勝手が違ったことだろう。言うまでもなく、それは、この小説に第二の主人公として登場するのが他ならぬ特攻隊員だったからである。

川端は、一九五〇年から五一年に書いた長編小説『虹いくたび』の後、一九五五年の随筆『敗戦のころ』で短く特攻隊を回顧したのを例外として、「特攻」体験による心の傷から避けるように生きてきた。それが、一九六四年の宮崎行き、六五年の水郷訪問を機に、鹿屋の記憶が再び迫ってきた。それに続く決定打となったのが、一九六六年の三島の『英霊の声』だったのである。

川端は二十一年前の「特攻」体験を、否応なく新たにすることになった。三島のすぐれた描写によって、特攻の最後の瞬間まで追跡させられた時には、忘れたくとも忘れることのできない、地下の無線室での死の中継が蘇ってきたことだろう。

ただ同時に、敵艦隊への自爆攻撃という点では同じものの、三島が描いた特攻隊と、川端の知る鹿屋の特攻隊とでは、明確な差のあることにも気づいたことだろう。

三島が『英霊の声』の御霊おろしで描いた特攻隊員は、フィリピンの海に散華したとされている。つまりは、川端が鹿屋で出会った沖縄をめぐる攻防戦に投入された特攻部隊よりも以前の突撃になる。

史実と照らし合わせれば、三島がモデルとしたのは、特攻第一号と言われ、一九四四年十月二十五日、フィリピン・サマール島沖で散華した関行雄海軍大尉であったろうことがわかる。関大尉は海軍兵学校あがりの職業軍人で、特攻を旨とする敷島隊を編成、十月二十五日の突撃では、護衛空母のセント・ロー、軽巡洋艦一隻を撃沈、他の空母にも損傷を与えるなど、華々しい戦果をあげた。

十死零生の特攻作戦は、関自身の発案によるものではなく、上官から打診され、考慮の末に受諾したものだが、四五年の沖縄線に投入された多くの特攻隊員たちとはかなり趣が違う。より能動的で、主体的な意志に基づく行動だったように見える。

だからこそ、三島も二・二六に蹶起した青年将校と並べて、「兄神」と「弟神」にしたのだろう。どちらの場合も軍人として、国を思うが故に立ち上がり、毅然として命を犠牲にしたのである。

だが、大学での学業を半ばに、学徒出陣でにわか仕立ての飛行機乗りとなり、形式上の「志願」手続きを経て、特攻隊員となった若者たちの胸中は、はなから軍人だった兵士に比べ、複雑なものがあったはずである。第六、第七の各章で、川端が出会った特攻隊員たちの面影を伝えたが、最終的には時代が与えた運命に従い、特攻機に搭乗したとはいえ、自ら進んで事を起こすようなことではなかった。

川端が出会い、見た特攻隊員の実像は、「蹶起」という言葉からはほど遠いものだった。『生命の樹』の川端の文章にも、そのことははっきりと表れている。

「強いられた死、作られた死、演じられた死ではあったろうが、ほんとうは、あれは死というものではなかったようにも思う。ただ、行為の結果が死となるのであった。行為が同時に死なのであった。しかし、死は目的ではなかった。自殺とはちがっていた。」——

また、京都円山の桜の枯れんとする老木に特攻隊員たちの運命を重ねて、三好達治の詩の一節「せんすべしらに」を引いていた。「しかたがないではないか……」——この諦念が、川端の見た特攻隊員の偽らざる心境だったのである。

三島由紀夫の『英霊の声』が、作者渾身の筆になる、戦後社会の矛盾を突く力作であることを認めつつも、川端の胸にはその特攻観への違和感が軋み立っていたはずだ。

三島は無論、川端の「特攻」体験の事実を知っていた。詳しくは後述するが、鹿屋での日々について、川端に尋ねたことさえある。

三島はいつもと同様に、師への儀礼として新刊の『英霊の声』を送ったのだろう。だが、送り手の意図がどうであれ、それはどこか挑戦状のような性格を帯びることにならなかったであろうか……。

三島の描いた特攻隊の散華は、鹿屋基地の特攻隊とは半年以上の時差がある。だが、『英霊の声』という作品が鹿屋と全く無縁であるわけではなかった。


――「ある日、二〇一空飛行長は、総員集合を命じて、こう言った。

『神風特別攻撃隊の出撃を聞こし召されて、軍令部総長に賜わった御言葉を伝達する』

一同は踵を合わせて、粛然とした。飛行長は捧持していた電報をひらいて読み上げた。

『陛下は神風特別攻撃隊の奮戦を聞こし召されて、次の御言葉を賜わった。

《そのようにまでせねばならなかったか。しかしよくやった》

そして飛行長はおごそかにつづけた。

『この御言葉を拝して、拝察するのは、畏れながら、我々はまだまだ宸襟《しんきん》をなやまし奉っているということである。我々はここに益々奮励して、大御心を安んじ奉らねばならぬ』」――


三島作品に登場した二〇一空飛行長とは、具体名は明記されていないが、その肩書から中島正氏であったことが知れる。

そのことを裏づけるかのように、『英霊の声』の最後に列記された主要参考文献のなか、特攻隊に関するものとして、猪口力平・中島正著『神風特別攻撃隊』（一九六三　雪華社）があげられている。

さてこの中島正は、一九四五年四月上旬に、七二一海軍航空隊（神雷部隊）の訓練、指導のため、鹿屋に着任した。この時、中佐であり、作戦主任であった。その後六月まで、第五航空艦隊司令部付として、鹿屋に滞在した。

　ということは、川端は鹿屋でこの中島中佐に会っていたことになる。『英霊の声』のディテールまで精読すれば、作品に登場した二〇一空飛行長が鹿屋基地の地下司令部で出会った中島中佐であることに、気づいたはずなのだ。

　川端が三島に対して、『英霊の声』について直接感想を伝えた記録は残っていない。ただ、不思議なというか、興味を引く書簡が、七月末に三島宛てに出されている。

——拝啓　結構な御中元ありがたくいただきました。家の者からもよろしく御礼申上げるようにとの事です。文春の橋川文三氏　これはこれで一つのゆきとどきのある解明と読みました　この本で仮面の告白のところどころ開いて拝見しておりますうち結局大方拝見してしまったようでこの御作から出たその後の御仕事のことしばらく考えておりました
　先日芥川賞の帰りの電車で中村光夫さんと三島さんの小説の読み方に感心した話いたしました　反貞女大学以来いただきました御本はみな拝見いたしました　いちいち御礼申上げるべきところ例の怠けでおゆるし下さいませ
　私今年ハ一向に暑さを感じませんので山ニ行くのもまだ面倒のままでおります
　御両親様奥様にもよろしくお伝え下さいませ
　　七月廿九日　　　　　　　　　　　　　　　川端康成
三島由紀夫様

時々お話をうかがえる折りがあるとありがたいと思います――（一九六六年七月二十九日付　三島由紀夫宛て書簡）

『反貞女大学』はもともと一九六五年に十カ月ほど産経新聞に連載した評論・随筆を、一九六六年三月に単行本として出した著書である。それ以後の本はすべて読んでいるとの川端の言のなかには、同年六月に刊行された『英霊の声』も当然含まれる。その実、『反貞女大学』が出た三月からこの手紙が書かれた七月末までに出た三島の単行本は、『英霊の声』があるばかりなのである。

川端は、三島の『英霊の声』を読んだのだ。しかし、その感想については、「怠け」癖のせいにして口を閉ざした。

松山くにの『春を待つ心』や、鳥居達也が社長をつとめる日本織物出版社から出た『エミーよ、愛の遺書』に序文を寄せた時と同じく、川端はするりと特攻から身を引いたのである。自身の鹿屋の「特攻」体験から物申すことを忌避したのだった。

「文春の橋川文三氏」とあるのは、この夏に文藝春秋から刊行された『三島由紀夫』（現代日本文学館42）で、評論家の橋川文三が書いた解説について述べたものだが、その三島論を機に『仮面の告白』を読み返し、これまでの三島作品の流れに改めて思いを巡らせたと川端は告白している。

これは、直接の言及が巧みに避けられてはいるものの、『英霊の声』を読み、三島に転機が訪れていることを察して、今後の道筋を心配したものではなかったろうか。息子とも弟とも思い、自分以上の華麗なる才能と信じ、若き「師友」とまで認めた三島が、『英霊の声』という作品によって、自分の手の届かぬ遠くへ行ってしまう予感を得たのではなかったか。

両者を乖離させる溝をつくり出したのは、他でもない「特攻」だったのである。自身の「特攻」体験と、三島の特攻隊に寄せるシンパシーが齟齬をきたし、埋めることのできない距離を感じて、川端は不安や淋しさを覚えたのだろう。

書簡の差出人である自分の名と、受取人である三島の名前を記した後に、なおも「時々お話をうかがえる折りがあるとありがたいと思います」とつけ足したのは、他でもない、その淋しさのなせる業だったように思える。

もし三島がまだ若く、駆け出しの頃だったなら、川端は次のように語りかけることができたかもしれない。

「三島君、違うんだよ。文学として、観念論としては同意もできるが、実際のところ、特攻隊員たちは君が思うほど単純ではないんだ」――。

だが、川端は沈黙した。鹿屋での「特攻」体験でじかに見聞きしたその実態を、ひたすら観念論として純化させている三島に語ることをしなかった。

三島は『英霊の声』での二・二六観を敷衍《ふえん》して、翌一九六七年には『道義的革命の論理――磯部一等主計の遺稿について』を書く。

これは事件から三十年後に磯部の手記が公開され、『文藝』一九六七年三月号に掲載されたのに伴い、その同じ号に寄稿したものだが、『英霊の声』のような物語のスタイルをとらず、事件の首謀者であり、天皇への一途な敬慕ゆえに昭和天皇へ諫言せざるを得なかった磯部の思想と行動を正面切って論じたものだった。

川端は『英霊の声』に対して沈黙を貫いたことへの穴埋めのように、三島のこの論考については、共感を示す便りを送っている。

――「文藝」で大文章を拝見して瞠目しました。実にみごとな大文章などと今更言うのも失礼のようですが、感歎久しく、呆然とするほどでした。二・二六事件について考えの無い私にも、脈々の感動が伝わり、律動が高鳴ります。(一九六七年二月十六日付　三島由紀夫宛て書簡)――

『道義的革命の論理――磯部一等主計の遺稿について』は、『反革命宣言』や『文化防衛論』などの論考とともに単行本にまとめられ、一九六九年に『文化防衛論』というタイトルで出版された(新潮社)。川端はこの本も熱心に読んだようだ。娘婿の川端香男里氏にも、「これ面白いよ、読んでごらんなさい」と勧めたという。

特攻隊が絡まぬ限り、川端は二・二六事件に対する三島の言説に、ついて行くことができたのだった。『英霊の声』に対する沈黙は、やはりそれが鹿屋で自身が実見した特攻隊に関するものだったからだとわかる。

『英霊の声』発表から二カ月あまり後、三島の特攻隊へのアプローチが、またひとつ駒を進めることになった。江田島の元海軍兵学校を訪ね、特攻隊員らの残した遺書に触れたのである。

この時の三島の西国行きは、『豊饒の海』四部作の第二部、『奔馬』の取材がメインの目的だったが、奈良の大神神社から熊本の神風連の事跡を訪ねる途次、広島に寄った。広島には学習院時代の恩師、清水文雄氏が暮らしていたので、再会を望んだ。

清水は日本の中古中世文学の研究家で、一九三八年から学習院で国語教師として教鞭をとった。一九四一年、中等科五年生の平岡公威が書いた小説『花ざかりの森』を才能溢れる秀作として認め、自身が関わる日本浪漫派系の同人誌『文藝文化』に推薦し、掲載を得た。その際、実名では、息子が文筆の道に進むことに反対していた父親（平岡梓）に知れることを怖れ、「三島由紀夫」というペンネームを考え出した。

三島を戦後、文壇に進ませる牽引役を果たしたのは川端康成だが、初めてその才能を認め、世に送り出してくれたのは清水だったのである。戦後は、広島大学に勤め、一九六七年に退官するまで奉職した。三島の広島滞在は、一九六六年八月二十五日から二十七日にかけてで、清水の案内で江田島を訪問したのは二十六日だった。島にある海上自衛隊第一術科学校の教育参考館で、三島は特攻隊の遺書を見学することになる。

ローカル紙の『中国新聞』が、八月三十日に、三島の広島訪問を記事にしている。「広島を訪れた三島由紀夫氏　特攻隊の遺書に感銘　大学生と文学論戦わす」と題された記事である。

——清水教授と江田島を訪れた三島氏は、陳列されている特攻隊の遺書に見入り、深い感銘を受けたと話していた。また術科学校では剣道の試合をし、四段の腕前をためしたりもした。

また広島大学の学生との懇談会では、はなやかに文学論を戦わせていた。三島氏は最近、二・二六事件をテーマにした小説『英霊の声』（文藝六月号）を発表、天皇制の問題に触れて高い評価を受けたが、懇談会でも、ファシズムや天皇制の問題が話題の中心になった。（後略）——

この時の広島訪問に際し、特攻隊がらみの興味深い逸話が伝わっている。清水とともに三島を迎えた竹川哲生氏（同人誌『バルカノン』同人）が、特攻隊員の母親から聞かされた『英霊の声』批判を、三島に伝えたのだという。

竹川に取材した比治山大学の宇野憲治教授がまとめた論文、「三島由紀夫書簡（二通）・清水文雄書簡（一通）と聞き書き「広島での三島由紀夫―広島の一夜―」（竹川哲生談）」（二〇〇二　紀要『日本語文化研究』五号　比治山大学日本語文化学会）に、事の顚末が載っている。

一九六六年、緒方という特攻隊で息子を亡くした女性が京都から江田島での祭典に招かれ、その折、三島の『英霊の声』に関する意見が出たという。

特攻隊員の母が語ったという言葉を含む竹川氏の回想を、宇野氏の論文から引こう。

――「竹川さん、これはいけませんよ。三島さんのこれじゃあ、英霊は浮かばれませんよ」ということになったわけです。それで私が「だがこれが小説の限界でしょう。ここまでの思いがある作家は、今、日本に誰もおらんのじゃないですか。何かに取り組もうとされて、一番大事なことに取り組もうとされて、一番大事なことが気になっておられるんだ。三島さんはね」と言いました。これは三島由紀夫が広島に来る前の話で、そのことを三島さんに話しましたら、三島先生が、「竹川さん、あなたいいことを言ってくれた。本当に小説の限界なんだよ。今でも私はそのように思っている。小説の限界だったということを。何とかもう少しと思うけれど、あれは自分の思っていることを充分表していない。しかし、小説に書くとああいうことになってしまった。本当に限界です」と言ってくれました。――

証言の中心軸が三島の発言にずれているので、特攻隊員の母が口にした『英霊の声』批判が口足らずのようになっているのは残念だが、「これでは英霊は浮かばれない」との指摘は、愛する息子を特攻で亡くした母の言葉だけに、鋭くも重い。

三島はこの母の批判を、小説の限界というスタイルの問題として認識した。それはそれで、直接行動主義に傾斜して行く晩年の三島の思いを端なくも伝えることになっているのだろうが、根本の自身の特攻観に問題があるとは、思わなかったようである。

だがおそらく、特攻隊員の母が語りたかったのは、二・二六の青年将校と同じ心情によって「蹶起」したかのような特攻隊のとらえ方そのものに、違和感を覚えたということだったのだろう。小説であろうが非小説であろうが、そのようなことはどうでもよく、三島の特攻観そのものがいびつだと、そう難じていたのだろう。息子の死はそのようなものではなかった、そのような特攻理解では亡くなった息子が浮かばれないと、そう訴えたかったのではないだろうか……。

そしてこの母の心が、実は『英霊の声』を読んだ川端が抱き、しかしながら、胸にしまって語ることをしなかった思いと重なるものであったことは、想像に難くない。

当時三島は、同人季刊雑誌の『批評』に、『太陽と鉄』を連載中であった。その冒頭に、「このごろ私は、どうしても小説という客観的芸術ジャンルでは表現しにくいもののもろもろの堆積を、自分のうちに感じてきはじめたが、（中略）このような表白に適したジャンルを模索し、告白と批評との中間形態、いわば『秘められた批評』とでもいうべき、微妙なあいまいな領域を発見したのである。」と記され、それはどこか広島で特攻の母から受けた批判への反応に通じる述懐として響くが、新たな試みとして取り組んだこの力作のなかで、三島は江田島で特攻隊の遺書を見た体験を述べている。

精神と肉体、文学（言葉）と行動をめぐる自己分析、ボディビルによる肉体改造、文武両道的な知行合一、そして望ましき死の姿など、晩年の三島にとって重要なテーマが綴られた『太陽と鉄』は、一九六五年十一月号から六八年六月号まで、『批評』誌に全十回に分けて連載され、後に自衛隊での一〇四戦闘機搭乗体験を綴った随筆（『文藝』一九六八年二月号発表）と、長詩『イカロス』を巻末に加えて、一九六八年十月に講談社から単行本として出版されている。

特攻隊の遺書が登場するのは、後半も終わり近く、言葉についての意味を探る思考を深めて行く下りにおいてである。


——それなら精神が「終り」を認識するときには、ついに「終り」を認識しえた精神にとっては、言葉はどのように作用するであろうか。

われわれはその恰好な雛型を知っている。江田島の参考館に展示されている特攻隊の幾多の遺書がそれである。（中略）

今もありありと心にのこっているのは、粗暴と云ってもよい若々しいなぐり書きで、藁半紙に鉛筆で誌した走り書きの遺書の一つである。もし私の記憶にあやまりがなければ、それは次のような意味の一句で、唐突に終っていた。

「俺は今元気一杯だ。若さと力が全身に溢れている。三時間後には死んでいるとはとても思えない。しかし……」

真実を語ろうとするとき、言葉はかならずこのように口ごもる。その口ごもる姿が目に見えるようだ。

羞恥からでもなく、恐怖からでもなく、ありのままの真実というものは、言葉をそんな風に口ごもらせるに決っており、それが真実というものの或る滑らかでない性質のあらわれなのだ。彼にはもはや「絶対」を待つ間の長い空白は残されていなかったし、言葉で緩慢にそれを終らせてゆくだけの暇もなかった。死へ向って駆け出しながら、生の感覚がクロロフォルムのように、そのふしぎが眩暈《めまい》のように、彼の「終り」を認識した精神を一時的に失神させた隙をうかがって、最後の日用の言葉は愛犬さながらこの若者の広い肩にとびつき、そしてかなぐり捨てられたのだった。

一方、七生報国や必敵撃滅や死生一如や悠久の大義のように、言葉すくなに誌された簡潔な遺書は、明らかに幾多の既成概念のうちからもっとも壮大もっとも高貴なものを選び取り、心理に類するものはすべて抹殺して、ひたすら自分をその壮麗な言葉に同一化させようとする矜《ほこ》りと決心をあらわしていた。

もちろんこうして書かれた四字の成句は、あらゆる意味で「言葉」であった。しかし既成の言葉とはいえ、それは並大抵の行為では達しえない高みに、日頃から飾られている格別の言葉だった。今は失ったけれども、かつてわれわれはそのような言葉を持っていたのである。

(中略)英雄の言葉は天才の言葉とはちがって、既成概念のなかから選ばれたもっとも壮大高貴な言葉であるべきであり、同時にこれこそかがやける肉体の言葉と呼ぶべきだったろう。

かくて参考館で私は、精神が「終り」を認識したときのいさぎよい二種の言葉を見たのだった。——

『太陽と鉄』に綴られた特攻隊員の遺書のふたつのタイプは、川端も鹿屋で確認したものであった。遺書だけでなく、川端はいくつもの日記や手記にも接していた。そこには、表の顔となる「遺書」とは異なる、若者の内なる顔が覗かれた。その内なる声を聞いたならば、遺書を埋める勇ましい覚悟は、

「壮大高貴」というより、痛ましいものとして認識されたはずである。

三島は、遺書には綴ることのできない人間としての苦悩や慟哭、また逆にはかなくも美しい思い出への郷愁や哀惜など、そのような内なる思いに託した「言葉」を、あえて見まいとしているかのようである。

だが逆に、川端は、そちらをこそしっかりと見据えた。『生命の樹』の特攻隊員・植木は、隊員たちの内なる声を川端が鹿屋で聞き、心のなかに谺させたからこそ、造型し得た人物像であった。『虹いくたび』の特攻隊員・青木啓太は、鹿屋で知った隊員らの秘めたる思いを、川端流に発展させ、魔界へと跳躍させたものだった。

彼ら若人たちの胸に湛えられていた思い、そして思いをつむいだ言葉は、遺書に漲る硬質の「晴れ姿」とは異質の生命《いのち》の輝きを発していた。その生命の谺を受け継ぎ、自身の胸中に谺を響かせて、川端の「特攻」小説は書きあげられたのである。

川端が、全体として特攻隊に対して寡黙を貫き、多弁を弄することを避けた面はあったろうが、少なくとも彼のつむいだ言葉、そしてとった態度は、死の淵を這うような自身の「特攻」体験から導かれたものだった。特攻隊員たちの最後の日々を共に過ごし、実際にその最期を無線室で聞き届けた痛みからしぼり出されたものだったのである。

それに対し、三島の場合は、完全なる観念論であった。特攻隊への思いがどれほど純粋ではあっても、それは少年の片思いのようなものだった。

帰路のない旅路を行く特攻機の凛々しき翼を、三島は想起し、黎明に染まるその輝きに恍惚としたことだろう。三島の描く思いのなかで、空を舞う特攻隊は神にも等しかった。

だが、出撃までの間、彼らにもまごうかたなき地での暮らしがあったのである。地を生きる者としての、蟻のような、利にも働き俗臭にもまみれた日々と時間があり、異性への煩悩や、命を捨てることの懐疑や恐怖を抱えて懊悩する、赤裸々なる人間としての姿があったのだ。そこを、川端はしかと見つめ、三島はあえてスキップした。

『太陽と鉄』の雑誌掲載時に、この作品を見ていたことを、川端は後に三島宛に書簡で明らかにしている。連載の終わり近くに、『英霊の声』に続いて特攻隊が登場した時、川端はどう感じたろう。三島の論ずる特攻隊へのオマージュに、毒気にあてられる思いがしたことだろう。とてもではないが、心穏やかではいられなかったかと思われる。

鹿屋で出会った個々の隊員の顔が、改めて思い出されたかもしれない。彼らの痛みを共有することはできても、その死を――、「強いられた死、作られた死、演じられた死」を、手放しで称揚することは、川端にはどうしてもできないことだった。讃えるにしては、彼らの最期は、あまりにも哀しく、痛ましい死であったからである。

しかし、川端はなおも無言を貫いた。口を閉ざし、沈黙を守った。

何故、無言なのか……?

それだけ、違ったからである。三島の主張に、自分の体験とは相いれない、頷けないものを感じたからである。

その違いの大きさを知って、淋しかったからでもある。あらぬ方向に、三島がどんどん駆け去って行ってしまうのが、不安だったからである。

一九六六年に発表された『英霊の声』は、三島にとって大きな転換点となるものだった。作品だけでなく、人生そのものを変えた。三島は民族主義的な傾向を強め、文学を超えた政治や革命の領域へ進み出す。

三島が民兵組織の「楯の会」を結成したのは一九六八年十月。オーダーメイドの制服姿に身を固め、結成式が行われたのは十月五日である。

それからほぼ十日後、川端は三島宛に便りをしたためている。

――拝啓　春の海《ママ》　奔馬　過日無上の感動にてまことに至福に存じました
新潮社より百五十字の広告を書けとは無茶な注文　大変な失礼をこの御名作におかしたようで御許し下さい
この御作はわれらの時代の幸い誇りとも存じました
私のおよろこびだけをとにかくお伝えいたしたく存じます　匆々――（一九六八年十月十六日付三島由紀夫宛て書簡）

もとは雑誌『新潮』に連載された三島の『豊饒の海』四部作の第一部『春の雪』（一九六五年九月号から六七年一月号）、第二部の『奔馬』（一九六七年二月号から六八年八月号）が、それぞれ一九六九年の一月と二月に単行本になった。

その読書体験を、川端は「無上の感動」「至福」と綴り、その作品が自分らの時代の「幸い」であり

「誇り」であると、手放しで讃えた。

文中、新潮社からの「無理な注文」とあるのは、『春の雪』と『奔馬』の単行本出版に際して、川端の推薦文が求められたことを言っている。川端は名作に対し失礼を犯すようだと謙遜しつつ、次のような文章をまとめた。

――『豊饒の海』の第一巻『春の雪』、第二巻『奔馬』を通読して、私は奇蹟に打たれたように感動し、驚喜した。このような古今を貫く名作、比類を絶する傑作を成した三島君と私も同時代人である幸福を素直に祝福したい。ああ、よかったと、ただただ思う。この作は西洋古典の骨脈にも通じるが、日本にはこれまでなくて、しかも深切な日本の作品で、日本語文の美彩も極致である。三島君の絢爛の才能は、この作で危険なまでの激情に純粋昇華している。この新しい運命的な古典はおそらく国と時代と論評を超えて生きるであろう。――

ここでも、掛け値なしの絶賛であった。親子ほどにも年の離れた三島を、川端が「師友」としたことは先にも触れたが、どちらが師であるか、一瞬わからなくなるほどの徹底した激賞ぶりである。「ああ、よかった」という、推薦文にしてはいささか破格の、まるで小説のセリフのような感情の吐露は、川端の本心であろう。

短編小説『煙草』を自分が推挙し、戦後文壇に引きあげて以来、この類い稀な天分に恵まれた弟子は着実に作家としての力量を伸ばし、今や日本文学史に輝く傑作をものする文字通りの大家に成長したのである。

あらぬ方向に進む姿を案じていたが、このように本業の文学で輝かしい成果を見せたのである。「ああ、よかった」でなくて、何であろう。この方向で、なおも精進を重ねて、その文学世界をより見事に実らせてほしい……。

推薦文におけるこの掛け値なしの賛辞は、十月十六日付の書簡ともども、『英霊の声』、『太陽と鉄』に特攻隊が登場した際の徹底した無言と併せて受けとるべきものなのであろう。それでこそ初めて、「ああ、よかった」という川端の真意に届くことになる。

便りには、言外の思いを何としても汲みとってほしいという、川端の孤独な悲願が透けて見える気がする。肝心の三島の作品を、『春の海』と誤記してしまったのは、不安の昂じた胸騒ぎの故とも思える。『三島君、私はこれほどに君の文学的才能を買っているではないか。愛おしんでいるではないか。尽きせぬ泉の文学的天分を、ひたすら小説に発揮してもらえないだろうか……』

川端の祈りのような願いは、しかし、便りを書いた翌日に起きた、天下を揺るがす大騒動の荒波をもろにかぶるところとなり、本然の思い通りには届かぬことになってしまう。

一九六八年十月十七日、川端康成のノーベル文学賞受賞が発表されたのである。

運命のいたずらのような、この一日違いの微妙な時間のずれが、特攻隊をきっかけにして生じた両者の間の溝がふと埋まるかに見えた幻を砕き、残酷にも、埋め戻すことができぬほどにひろげてしまうことになる。

三島は、川端のノーベル文学賞受賞を喜んだ。弟子が師の慶事を寿ぐという、世間が納得するかたち以外、少なくとも外面的にはいっさいの不穏を見せなかった。見せなかったどころではない。受賞の決まった十七日夜には、花束を携えて、早速鎌倉の川端邸に駆けつけた。到着したのは、夜十一時であったという。

翌十八日には、ＮＨＫが川端のノーベル賞受賞決定を受け、特別番組を放送するというので、再び鎌倉に赴き、司会進行役の伊藤整と川端の三人で、インタビュー鼎談を撮った。川端邸の庭にカメラを据え、下手に伊藤、中央に川端、上手に三島という陣形で腰かけた。訥弁の川端を補い、三島は師の文学の尊さを語った。

川端の受賞をともに祝うよき弟子を見事に演じたと言えば、三島の祝意を傷つけることになろう。喜びとする気持ちは本物であったと思いたい。しかし、他人には見せることのない複雑な思いが胸底に交差したことは容易に想像がつく。

既に十七日の受賞当日、鎌倉へと向かう車中で、三島は、これで十年は日本人の受賞はないだろうと、こぼしたという。

このような一連の騒動の渦中に、十六日付の川端の書簡が南馬込の三島邸に届けられたのである。だが、三島の元に届くには届いたものの、便りは全く違う次元に押し上げられてしまい、川端の真意は意味をなさなくなってしまう。

ノーベル賞を受賞した後では、川端が伝えたかった三島作品への賞讃も、言外に込めた祈りのような願いも、どこかしらじらしく映ったに違いない。しかも『春の雪』を『春の海』と誤記している。「『春の海』は宮城道雄だ。何が『およろこび』なものか……」と、三島はひとり、他人には見られぬところで毒づいていたのかもしれない。

その誤記が、三島の特攻観に不安を感じ、「楯の会」にのめりこむのを何とか引き戻したいとして苦悩する川端の動揺の現れでないかとは、思いが及ばなかったかに見える。

三島自身、おそらくは純な気持ちとして師の受賞を祝いたく思う気持ちと、本当は自分が貰うべき賞だったとする思いとが、相半ばし、せめぎ合っていたのだろう。

だが、これで十年間、日本人のノーベル文学賞はないとの分析が、「楯の会」とその方面への行動へと、いっそうの傾斜を促したことは間違いなかろう。師の心を知ってか知らでか、川端の案じた方向へと、三島は加速度的に邁進し始める。

そしてやがて、両文豪の間に、決定的な亀裂が形となって現れることになる。

川端のノーベル賞受賞から一年後、一九六九年十月の初め、三島は、十一月三日に予定される「楯の会」一周年を記念した国立劇場屋上でのパレードへの参加と祝辞の披露を依頼しに、鎌倉の川端邸を訪ねた。

だが、川端は首を縦に振らなかった。

「いや。だめ。だめなものはだめなのです。どうしても断ります」と言ったきり、沈黙したという（安藤武『三島由紀夫「日録」』一九九六　未知谷）。

三島はその夜、帰宅すると家族に当たり散らし、親しい教育評論家の伊澤甲子麿氏に電話をして愚痴り、その後、文芸評論家の村松剛氏にも電話をかけて嘆いた。

村松は、その夜のことを、二十一年後に発表した『三島の死と川端康成』という文章のなかで回想している（『新潮』一九九〇年十二月号。後に単行本『西欧との対決―漱石から三島、遠藤まで―』（一九九四　新潮社）所載）。

――電話がかかって来たのは、その日の夜の十時すぎである。鎌倉からもどって来たばかりだと三島

はいい、祝辞のことを切出すと川端さんは即座に、

――いやです、ええ、いやです。

それでおわりなんだよと、声音を真似しながら説明した。ええ、いやですといったきり、あとは例の長い沈黙だったらしい。電話口の三島の声は悲憤にみちていて、涙を浮かべているのではないかとさえこちらは思った。

川端さんの政治嫌い、イデオロギー嫌いは、よく知っているはずではないかと、慰めることばが見つからないままにぼくはいった。

――鹿屋のはなしだって、そうだったろう。

川端康成は沖縄の戦闘がはげしかったころ、九州鹿屋の特別攻撃隊の基地に軍の報道班員として配属されていた。その間川端さんは、一行の記事も残していない。特攻隊の基地に暮していてどんなお気持でしたかと三島がたずねると、

――たのしかったですよ、食事がおいしくって。

温泉宿の噂でもするように、何気ない口調でいわれたという。このやりとりを苦笑しながらきかせてくれたのは、三島由紀夫自身だった。――

三島が、川端に鹿屋での「特攻」体験について尋ねたのは、いったいいつのことだったのだろう。そう古いことども思えない。おそらくは、三島の関心が二・二六の青年将校や特攻隊に向けて高まった頃だったのだろう。作品としては、神風連の影響を受け、財閥の巨魁を誅殺して自決した若者の至誠を描いた『奔馬』（『豊饒の海』第二部）への構想を固めていた頃かと思われる。

それにしても、「たのしかったですよ、食事がおいしくって。」とは、何というけんもほろろの拒絶であったことだろう。食事云々は、現地入りしてすぐ、水交社で歓迎会でもあった時のことを言ったものか、いやそもそもが、全くの出まかせだったのか……。

川端としては、耐えに耐えてきたものが、不器用にも、一気に噴き出てしまったのだろう。何しろ、目を輝かせて答えを待っているのは、特攻隊に憧れを抱く危険な男なのだ。

この時、三島は気づくべきであった。川端にとって、どれほど鹿屋体験がつらいもので、なおもその心の傷が癒えていないということを……。

肉体と言葉について、『太陽と鉄』で究極の明晰な分析をしてみせた三島が、川端の口をついて出た捨てゼリフのような言葉の——そのあまりにも小説的な、あるいは反小説的な、およそ形而下に徹した奇矯な物言いから、歳月を越えて老作家の胸にわだかまる、今なお触れれば血を噴き出すほどの痛みを、察するべきだったのである。

だが、三島にはそれができなかった。

できぬままに、一九六九年十一月の「楯の会」一周年行事を迎えることになった。三島は、川端の痛みの根の所在と、その深さに気づかぬままに、軍隊の閲兵式を模したパレードに、師を招こうとした。

おそらくこの時点で、三島は一九七〇年の「事件」に向けた覚悟を固めており、「楯の会」の行事は、自死に向けた幕開けの壮麗なパレードを意味するものだったのであろう。命を賭けた儀式を、自身の作家としての歩みをずっと間近で見守ってきた川端に、きちんと見届けてほしいと願ったに違いない。

だが、川端は——普段は柔和に徹し、剛なる部分を寸分も見せない川端が、この時ばかりは、巌が立ちはだかるように峻拒したのである。三島からすれば、自分が尽くしてきた師に裏切られたような思いがしたことだろう。
三島から愚痴られた村松剛が、「楯の会」のパレードへの参加を拒否した川端の真意を探って、鹿屋での「特攻」体験を例にもちだしたのは、ある意味、事の本質を鋭く突いた見識であった。
特攻に関して、川端の胸の底には、溶けることのない氷床のように、梃子《てこ》でも動かぬものが凝り固まっていることを、村松は悟っていた。特攻に関する限り、どれほど親しく見える師弟の間にも、打ち解け合うことの不能な、水と油のように相容れないものがとぐろを巻いていることを察していたのである。

一九七〇年六月十三日、川端は久しぶりに三島宛に便りをしたためた。今に伝わる川端から三島への最後の手紙である。

——拝啓　いろいろ重ねていただき御礼怠りおゆるし下さい　太陽と鉄ハ御発表当時拝見感銘　衝撃を受け心より離れません　重要な御文と存じます——

このように書き出された手紙は、この後、『国文学・解釈と教材の研究』の「三島由紀夫のすべて」特集号に載った三島と三好行雄氏との対談を「私にもたいへん分りやすく拝読」したことを述べ、翌日から台湾、月末には韓国と、海外ペン・クラブに出席する予定について触れ、前の月初めに京都で体調を崩し一週間寝こんだことを告げて「肺浸潤その他あなたの意志行ニ習い何とかきたえて治せないものかと思い居ります」と結んでいる。

そういう昨今の出来事を報告する趣旨の便りの冒頭に、既に二年近く前に出版された『太陽と鉄』への褒詞が置かれたのである。

ノーベル賞受賞の前日、一九六八年十月十六日以来、久々に出す三島への便りである。その冒頭に『太陽と鉄』をもちだしたのは、この間、心にかかっていたことがまず現れたと見るべきだろう。

やはり、川端は愛弟子の「楯の会」活動への過度の傾斜を憂いつつ、前年十一月の一周年パレードへの参加を拒否して三島を失望させたことを、悔やむ気持ちが離れなかったのである。川端は「師友」に対してできる限りの譲歩をしつつ、文学作品としての『太陽と鉄』に対しては支持を表明したのだ。

ただし、それはあくまで全体としての評価であった。『太陽と鉄』に登場した特攻隊の遺書について――つまりは自分と最も関わりのある部分については、川端はなおも沈黙を貫いた。まさに、「だめなものはだめなのです」という頑なさで、川端は三島の特攻観に妥協しなかった。

川端がこの便りを書いたその日、三島は赤坂のホテル・オークラ八二一号室で、「楯の会」の主要メンバーたちと「蹶起」の打ち合わせをしていた。もはや後戻りのできないところまで、三島の危険な情熱は進んでしまっていた。

久しぶりの川端からの書簡に、三島は次のような返事をしたためている。今に伝わる、三島から川端への最後の便りである。

――拝復
お手紙ありがとうございました。韓国、台湾と御旅行の御旅程もさぞ詰っておりましたろうし、いろ

〜御心労も多かったと拝察いたします。（中略）

御手紙の中にありました御健康の件、心配しておりますが、何につけても、お肥りにならぬ御体質が最上のものと存じます。「一番タフなのは川端さん」というわれわれの信仰はなかなか崩れません。（中略）

時間の一滴々々が葡萄酒のように尊く感じられ、空間的事物には、ほとんど何の興味もなくなりました。この夏は又、一家揃って下田へまいります。美しい夏であればよいがと思います。

何卒御身御大切に遊ばしますよう。

匆々

七月六日

三島由紀夫

川端康成様――

明らかな挽歌の響きが哀しみを奏でている。

川端の便りを受け、韓国・台湾出張の苦労をいたわり、病臥したことに対しても、病弱に見えて実はあなたが一番タフだと、少々皮肉とも受けとれる口調ではあっても、一応は体調を気遣っている。だが、川端が冒頭の挨拶とした『太陽と鉄』への賛辞に対しては、全く受け流している。

「楯の会」パレードを拒否した人とは、『太陽と鉄』について、共に語る口をもたないとでも言いたげである。

「時間の一滴々々が葡萄酒のように尊く感じられ」てと、覚悟を固めた自死に至る最後の夏を生きる三島の筆には、文学者らしい真摯な述懐もある。

しかし、師弟間に――川端流に言うなら「師友」の間同士に通うべきあたたかなぬくもりは退き、暖炉の熾火《おきび》のように、静けさのなかに往年の熱の名残りを留めるばかりとなっている。

一九七〇年十一月二十五日——。三島は「楯の会」の五人の主要メンバーたちと陸上自衛隊市ヶ谷駐屯地を訪ね、東部方面総監を人質にとった挙句、自衛官たちを前に憲法改正に向けた蹶起を促す演説をした後に、切腹して果てた。

バルコニーに立ち演説をする三島の額には、「七生報国」と書いた日の丸の鉢巻きが巻かれていた。

たまたまこの日、川端は夫人とともに細川護立氏の葬儀に参列するため上京中であった。事件の一報を聞き、すぐに市ヶ谷に駆けつけたが、既に三島は自害の後で、警察の現場検証が始まっていたため、現場には入れず、遺体にも会えなかった。

「ただ驚くばかりです。こんなことは想像もしなかった。——もったいない死に方をしたものです。」——翌日の新聞に載った川端のコメントである（十一月二十六日『朝日新聞』）。

一九七一年の『新潮』一月号に、川端は『三島由紀夫』という追悼文を発表している。三島が自決当日の朝、編集者にと残した『豊饒の海』第四部『天人五衰』の最終回が掲載されたのと、同じ号になる。一月号の締め切りは十一月末なので、おそらくは「事件」の数日後に書きあげられたに違いない文章である。

——私は三島君の「楯の会」に親身な同情は持たなかつたが、三島君の死を思いとどまらせるには、楯の会に近づき、そのなかにはいり、市ヶ谷の自衛隊へも三島君についてゆくほどでなければならな

かったかと思う。三島君をうしなわぬためにはそうしてもよかったと考えてみたりするような、それも後からの歎きに過ぎぬ。──

直接にはそのことに触れられていないが、ここにはやはり、一九六九年十一月三日の「楯の会」一周年パレードへの参加を固辞したことへの悔いが滲んでいる。おのれを殺してでも「楯の会」に接近し、渦中から三島をとどまらせることはできなかったものかと、後の祭りの後悔に唇を噛んでいる。

追悼のこの文章は、次のように結ばれる。

──三島君の死から私は横光君が思い出されてならない。二人の天才作家の悲劇や思想が似ているとするのではない。横光君が私と同年の無二の師友であり、三島君が私とは年少の無二の師友だったからである。私はこの二人の後にまた生きた師友にめぐりあえるであろうか。私は三島君の「豊饒の海」の第一部、第二部の出版に際して、讃歎の広告文を書いた。私はこの長篇を「源氏物語」以来の日本小説の名作かと思ったのであった。──三島君の死の行動について、今私はただ無言でいたい。──

無言でいたい……。

この上ない哀しみに襲われる時、人は、孤独に喘ぎつつも、言葉を喪うものらしい。それは、言葉に生きる天性の作家とて、変わらない。

三島の死に対して無言でいたいと吐露した川端の思いは、鹿屋の「特攻」体験とも重なり合う。死というものの重み──その厳粛さは言うに及ばず、この場合、どちらも人間という生命体としての本然の死ではないという衝撃と歎きが、口を閉ざさせるのである。

「川端の戦後は、三島を得、横光を失ったところから始ったとも見られよう。」と、進藤純孝氏は『伝記　川端康成』（一九七六　六興出版）のなかで述べている。

新感覚派を牽引した横光利一が亡くなったのは、一九四七年十二月三十日——、終戦から二年後の年の瀬であった。

進藤の言の妥当性を認めつつ、私はもう少し枠をひろげて、鹿屋での「特攻」体験によってできた傷痕と心の空洞が——それはまさに日本人の戦争体験の象徴ともなるものだったが——、戦後すぐの島木健作の死や、それに続く横光利一の死と重なり合い、悲哀と孤独、絶望をつのらせていたところに、あたかも救世主のように、新たな師友となる三島由紀夫が現れ、交遊を深めて行ったのだと考える。

若き三島は才能と活力に満ち、未来へ飛翔する無限の可能性を有していた。だが、川端が信じ、『源氏物語』以来の伝統を継ぐ日本文学の将来を託した愛弟子は、「特攻」さながらの「散華」を遂げてしまったのである。昭和という時代の果てに、そして、戦後日本の四半世紀の歩みの果てに……。

特攻によって戦争は終わり、平和の時代が始まった。川端は「特攻」の死の淵に呻吟し、戦後の四半世紀を生きて、再び「特攻」に逆襲を食らうように打ちのめされたのである。

そう考えた時、私の心の目に、戦中から戦後を貫く、川端康成という人のひと筋の哀しみの道が見えてきた。

まっすぐに伸びた一本の道であった。特攻隊員たちが空へと飛び立って行った滑走路のような、白く乾いた道である。

時代の矛盾を背負い、純な魂がその滑走路から死に向かって飛翔する。哀しみの歔欷《きょき》が天地に谺する。

逝く者の哀しみは死によって閉じられるが、遺された者の淋しさ、哀しみは、生ある限り続くことになる。

川端が自死したのは、三島の死から一年半後の一九七二年四月十六日――。鹿屋での「狂った春」から、二十七年目の春の日のことだった。

第十三章　生と死の坩堝に

川端康成が死去して四年がたった一九七六年のことである。鹿屋の特攻隊を素材とする一編の小説が世に出た。

神山圭介著『鴇色《ときいろ》の武勲詩』（初出は『文學界』一九七六年九月号。単行本刊行は七七年　文藝春秋）――。

神山氏の本名は金子鉄磨といい、鹿屋基地から飛び立って帰らぬ人となった特攻隊員・金子照男少尉の弟である。

特攻で死んだ兄の足跡を調べるため、神山は関係者のもとを訪ね歩いた。もちろん、鹿屋にも足を運んだ。『鴇色の武勲詩』は、兄の最後の日々を調査してまわる過程を描いたノンフィクション小説なのである。

この小説については、川端が出会った特攻隊員たちの面影を紹介した第七章で既に触れている。神山の作品が伝えた、金子少尉と川端との間にあった交流についても、基本的なところは押さえた。

出撃機が故障したり、米軍の爆撃で損壊したりして、同僚たちとともに飛び立つことができず、羞恥と屈辱に沈んでいた金子が、報道班員として鹿屋を訪ねた川端と出会い、その後、家族に宛てて、「《先生とは、いろいろお話ししました》と、手紙に嬉しそうに書いてよこした」というのである。

加えて、『鴇色の武勲詩』には、金子少尉から送られてきた便りだけでなく、基地での川端の様子を伝える重要な「証言」が含まれていた。

川端と特攻を追う最終章に、再び神山の小説に登場願うとしよう。川端にとって鹿屋での「特攻」体験とは、畢竟《ひっきょう》何であったのか――この大命題を総括的に考えるに際し、神山作品を入り口にして論を進めて行きたいのである。


――シイちゃんを尋ねて来たのだ。――


小説『鴇色の武勲詩』は、このように書き出される。

主人公が尋ねた「シイちゃん」とは、奉仕活動で連日鹿屋基地を訪れ、特攻隊員たちの散髪にあたった理髪店の女主人「花田テル」さんのアシスタントをしていた少女のことである。「花田テル」さんも「シイちゃん」も、実在の人物ではあるが、名称は仮名である。

私は本書のなかで、理髪師の女性をHさん、アシスタントの少女をCちゃんとした（第七章）。男くさい特攻基地にあって、ふたりの女性は、若き隊員たちにとって、憧れやからかいの対象となって、人気の的であった。

『鴇色の武勲詩』の主人公「山根恭輔」は、鹿屋に着いてすぐ、理髪師の「花田テル」さんが前年に亡くなっていたことを知った。が、思いがけず、アシスタントだった「シイちゃん」の消息をつかむことができた。フェリーで鹿児島湾を越えた対岸の町で、小さな酒場を営んでいた。

「山根恭輔」は「シイちゃん」を訪ねた。基地にいた時には十代半ば、背も低く痩せっぽちで、隊員たちから「チビ」「チビちゃん」と呼ばれていた少女が、今や四十代半ばを過ぎ、スナックのママさんに変じている。

この「シイちゃん」から、「山根」は兄の最後の日々についていろいろと聞かせてもらうわけだが、彼女の述懐のなかに、基地での川端について語ったくだりがある。『鴒色の武勲詩』のなかで、唯一、川端その人が登場する場面だ。


——ゲートル巻きの脚に不似合な、赤革の女もののような綺麗な短靴をはいた、痩せて眼ばかりギョロッとした小説家の先生を、彼女は覚えている。先生はふだんはひどく無口で、じッと人の顔ばかり見ていたが、あるとき隊員の髪を刈り終って、いつものようにからかわれていると、傍に立って、「わたしも刈ってもらえますか」と云った。

いつも黙って、なにかを我慢しているみたいな先生の、はじめて聞く声は、少し鼻にかかった細い声だった。

「わたしだって、いつ死ぬかわかりませんから……」

予備学生の少尉が、とても偉い人なんだゾ、と教えてくれたので怕《こわ》かったけれど、それからは、彼女は会うとお辞儀をした。先生は、いったんきッと見つめてから、少しずれた感じで、やァ、とほッとするような声を返してくれる。

「いくつですか」

「十六です」

それだけだった。誰とでも長く喋っているのを見たことがない。——

短いが、川端の印象は鮮烈である。普段は無口でじっと人の顔を見るという点など、描かれた人物の輪郭も、いかにも川端その人らしい。

「シイちゃん」の川端の記憶は、金子少尉とのからみでは発展して行かない。Cちゃんの手によって小説家も髪を刈った、その後は挨拶だけはかわすようになったと、控えめな記憶で「証言」を閉じている。

しかし、事実をもとに語られ、綴られたと思しきこのくだりは、川端と「特攻」を考える上では、実に重要な要素を含んでいる。

川端は鹿屋にひと月ほど滞在した。その間に髪が伸びてしまって髪を刈る必要が生じたのではあるまい。実用としての散髪を超えた、何がしかの精神がそこにあると見た方が自然であろう。

「わたしも刈ってもらえますか……。わたしだって、いつ死ぬかわかりませんから……」

川端は、理髪師見習いの少女を相手に、そう語ったという。

特攻基地は、報道班員が自己の身を案じる余裕などないほどに、ひたすら若い命が次々と失われて行く死の坩堝だった。祖国のためという錦の御旗のもとに散って行く夥しい死を、ただ見送るしかなく、やわな感情論の挟みこむ余地のない、鉄壁に囲まれたような非情の場であった。

そこに、川端は想念としての自己の死を重ねようとした。死の淵に、特攻隊の若者たちとともに佇んだのである。心情的には、ほとんど死に染まっていたと言ってよいだろう。

つまり、ここで川端が洩らした自己の死は、空爆などによる具体的な「戦死」を意味するものではなく、逃れ得ぬ死の運命を背負わされ、残り少ない最後の日々を過ごしている若者たちに寄り添いたいとする気持ちから発せられた言葉だと思われるのである。

川端は、特攻隊員たちの死に同調しようとした。そこには、累々たる死に囲まれて、その哀しみや怒りを胸に溜めこむばかりでどうすることもできなかった、川端の無念が見てとれる気がする。しかも、川端は特攻隊員たちと首を並べるようにして、同じ理髪師の手により同じ鋏で髪を刈ってもらおうとした。

それは、身体的次元で、共感の極みを表したものでもあったかもしれない。年齢の差、立場の違いを超えて、仲間入りを願い、同志として認めてもらうための儀式＝イニシエーションのようにさえ見えもする。

では、若き特攻隊員たちとの死の一体感のなか、川端は何を希求していたのだろうか……。まさか、敵艦の撃沈をともに果たしたいとする猛々しい闘争心があったとは思えない。むしろ逆に、何がしかの大きな滅びの美学に殉じたかったのだろうか。

極限の状況下、生と死のまさにぶつかり合う潮目に身を置きつつ、川端があの鋭い眼差しで見つめたものは何だったのか。若者たちの死の先に、いったい何を見据えようとしていたのか……。川端と「特攻」を追ってきた本書をくくるに、そこを見極めずして筆を擱くわけには行かないのである。

少し視点を変える。

川端の鹿屋基地での「特攻」体験から、最もストレートに生み出された作品は、一九四六年の春に書かれた『生命《いのち》の樹』であった。死の淵から、川端は「生命」の物語をつむぎ出した。

「生命の樹」という言葉が、聖書のヨハネ黙示録からの引用であることは既に述べたところだが、実は川端の小説には「生命」の語が処々に現れる。しかも、「生命」に込められたニュアンスが、なかなかに意味深長である。単純に死の対極とするのでは収まりきらない、ユニークな深みをもっている。

ハンセン病を患った北條民雄が世に出るにあたって川端が支援したことは前にも触れたが、北條の代表作『いのちの初夜』（一九三六）は、もともとのタイトルが『最初の一夜』であったものを、川端が手を加え、現在知られるものになったという。

一見すると、タイトルをつける川端のネーミングの冴えが目立つことになろうが、「いのち」の語を冠した意味は、決して読者への印象度をアップさせるうわべの技巧ではなかったはずである。

もっとも、より厳密に言うと、川端にとっては「いのち」と「生命《いのち》」との間に、若干の違いがあるようだ。

京都を舞台に、双子の姉妹の数奇な運命と生きる哀しみを描いた『古都』――。一九六一年から六二年にかけて朝日新聞に連載されたこの長編小説のなかに、「命」、「生命」、「いのち」と、わずか一、二ページのうちに三通りに書き分けられたくだりがある。

帯問屋の主人・太吉郎は、妻と娘の千恵子を連れて、春の花見の流れで植物園を訪ねる。チューリップがたくさん咲いていて、色鮮やかであるのは印象的だが、しばらくすると飽きがきた。

偶然にも、そこで、機織り職人の宗助と秀男の親子と出会う。父親以上のすぐれた織り手である秀男からは、先に太吉郎がデザインしたパウル・クレーにインスピレーションを得た帯の図案を否定されたいきさつがある。

そこでの太吉郎と秀男のやりとりのなかに、「命」、「生命」、「いのち」が登場する。原文にはないが、わかりやすくするため、あえてその個所を太字にする。

——「秀男さん、このチュウリップはどうや」と、太吉郎はいくらかきびしく言った。

「花は生きとります」と、秀男はまたまた、ぶっきらぼうだった。

「生きてるて？　そら、たしかに、生きてる。そやけど、わたしはもう少々、あきが来たところどす、あんまりいっぱいの花に……」と、太吉郎はそっぽを向いた。

花は生きている。短い**命**だが、明らかに生きる。来る年には、つぼみをつけて開く。——この自然が生きてるように……。

太吉郎はまたしても、秀男にいやな刺されようをしたのだ。

「こっちの目が、いたらんのや。チュウリップの模様の、着尺や帯など、わたしは好かんけど、えらい画家が描かはったら、チュウリップかて、まあ永遠の**生命**のある絵になりまっしゃろ」と、太吉郎は横を向いたまま言った。「古代ぎれかて、そうや。この古い都の京より、古いのはありまっせ。そんな美しいのは、もう、だれもようつくらしまへんやろ。模写するだけどす」

「……」

「生きてる木にしても、この京より古い老樹があんのと、ちがいますか」

「そんなむつかしいこと、言うたんやおへん。毎日ばったばったの機織りは、高尚なこと考えてしまへん」と、秀男は頭をさげた。「けど、たとえばどすな、お嬢さんの千恵子さんが、中宮寺や広隆寺の弥勒《みろく》さんの前に立たはったかて、お嬢さんの方が、なんぼお美しかしれまへん」

「千恵子に聞かして、よろこばしてやりますか。もったいないたとえやけど……。秀男さん、娘はすぐにばばあになりよりまっせ。そら、早いもんどす」と、太吉郎は言った。
「そやさかい、チュウリップの花は生きてるて、わたし言うたんどす」と、秀男は声に力がはいって、
「ほんの短い花どきだけ、**いのち**いっぱい咲いてるやおへんか。今、その時どっしゃろ」――

花は短い「命」を生きる。その短い花の時を、「いのち」いっぱいに生き、咲ききって、それをすぐれた画家が描けば、そこに永遠の「生命」が生まれる……。

「命」は生命体、乃至はそれが抱える寿命などを、かなりフラットに語っている。

「いのち」は、血の通う生命体が瞬間的にもてる力を出しきってスパークさせる、熱や光の放射の源となるエネルギーを言うようである。

それに対し、「生命」は瞬間では終わらず、時間的制約や寿命が尽きるのさえも超えて、枯れることのない真の輝き、不滅の個性にまで敷衍《ふえん》して語りこんでいるように思える。

川端が長い作家生活の初めから終わりまで、常にこの「ホップ、ステップ、ジャンプ」のような三段階の「ＬＩＦＥ」を意識し、常にその規範に沿って使い分けたということでもあるまいが、死に親炙《しんしゃ》した孤独の作家が「生」にこだわり、あたかもプリズムを通した光が七色に分光するように、「生」のきらめきを、さまざまに描き分けて見せたことは間違いない。

ところで、三島由紀夫は小説家、劇作家としてだけではなく、すぐれた文芸評論家でもあったが、川端康成の文学を俯瞰して、たびたび「生命」との関連で言及している。

――個々の作品には暗さがひそんでいても、全集を通読する読者は、川端文学の基調音が畢竟ひたむきな生命の讃歌であることを知るであろう。――（「生命の讃歌」一九五九　新潮社『川端康成全集』内容見本）

――川端さんにとっての生命とは、生命イコール官能なのである。（中略）氏のエロティシズムは、氏自身の官能の発露というよりは、官能の本体つまり生命に対する、永遠に論理的帰結を辿らぬ、不断の接触、あるいは接触の試みと云ったほうが近い。――（「永遠の旅人――川端康成氏の人と作品」一九五六『別冊文藝春秋』四月号）

――しかし氏の作風は、必ずしも、きびしい究理的な抑圧的な北方的作風ではありません。「イタリアの歌」という短篇にも見られるように、明るい南欧の生命の讃歌へのあこがれがあります。氏にとっては実に生へのあこがれと、死や氷の美しさとが、同じ場所にあるのです。――（「川端文学の美――冷艶」一九六九「毎日新聞」四月二十四日夕刊）

特攻観を巡っては、鋭く対立し、埋めようのない溝をつくることになってしまったとはいえ、三島の川端論はさすがに、一見すると論理的な起承転結をなかなかに結ばず、美の次元にたゆたって、とらえどころなく見えなくもない川端文学の本質を、鋭くとらえている。

『イタリアの歌』という短編小説がとりあげられていたが、一九三六年の発表になる。

実験中の爆発で大火傷を負った博士とその助手で声楽家志望の若い女性が、ともに病院に運びこまれる。が、博士は手あての甲斐もなく死んで行き、恋人でもあった女性の方は命拾いをし、運び出される博士の遺骸を見送りつつ、博士が洋行すれば自分もイタリアで声楽の勉強をし、現地で結婚しようなどと話し合っていたことを思い出しながら、イタリアの歌を歌いだす……と、筋をざっと追えばそのようになる。

小説の最後は、次のように結ばれる。

――なんということなしに、「家なき子」の「イタリアの歌」を歌いはじめた。
涙が流れるにつれて、声は明るく高まって来た。
明日の朝は胸いっぱいの力で歌ってやろうと思った。――

愛する男とイタリアへ留学する夢は潰えたが、幻想の残り香のように、しかし、今やノスタルジアの感傷を超えた現実を生きる杖として、イタリアの歌が歌われる。歌の旋律に乗って、南欧の溢れる陽光や青い海原までもが眼前に現れそうだ。

生と死が同居し、揉み合った末、死を乗り越えようと、生への希求が激しく燃え立つ。この激しさ、必死さを知らなければ、川端文学の芯を外してしまうことになるだろう。

三島が喝破した如く、川端文学の本質は「生命の讃歌」であり、しかもこの作家に稀有なる特徴は、身も凍るような「死や氷の美しさ」と同居しつつ、ぎりぎりいっぱい、救いを求めるように「生命」が強く望まれるところなのである。

もう少し、川端の筆になる「生命」を見てみたい。

一九四一年、太平洋戦争の開戦の年に書かれた『朝雲』という短編小説がある。

女学生の宮子の一人語りによって、「あの方《かた》」への思慕が綴られる。「あの方」と、謎めいた呼び方を与えられたのは、新任の若い女教師で国語を担当する菊井である。

父兄会で、読本に載る島崎藤村の詩を踊りにして披露することになり、その代表のひとりに選ばれた宮子は、稽古中、憧れの女教師に踊りを習う。その後、汗を拭くようにと、教師からハンカチを渡され、喜びに涙が溢れた宮子は、瞼を押さえたまま廊下へ飛び出す。

そして、初夏の空を見上げて抱いた感慨を、川端は次のように書いた。


——私はまぶしく新しい生命のよろこびにほほえんだ。——


憧れの人から、その人が身につけ、肌に触れるべきものを手渡された喜びを、まるで人生が生まれ変わったように感じ、歓喜し涙する少女……。その心弾むさまを、川端は「生命のよろこび」とした。

思春期の少女らしい、同性愛的な憧れがつむぐプラトニック・ラブではあっても、こういう微妙な表現に、心理の底に潜むエロスの炎が秘められている。三島が語った、川端にとっての「生命」とは即ち「官能」だという指摘を納得させられることにもなる。

いずれにせよ、川端の「生命」はここでも、洗礼でも受けたように真実の光を浴び、新たな至福の輝きに包まれた積極的で肯定的な人生に附与されている。

川端康成にとっての「生命」とは何かを探る上で、避けては通れぬ作品がある。一九三三年から三四年にかけ、三回に分けて雑誌発表された『散りぬるを』――。三十代前半の若き川端によって書かれた小説だが、晩年の代表作『眠れる美女』が文庫化（新潮文庫）される際に、やはり晩年の作になる『片腕』とともに、川端自身によって併せて一巻に編まれた作品である。最晩年にまで貫かれた、何がしかの作家的意識が働いていることは間違いあるまい。

話の中心は、動機なき不思議な殺人事件である。滝子と蔦子というふたりの若い女性が、夜間に寝室で寝ているところを殺された。作家である「私」のもとで、文学修行に励んでいた女性たちである。犯人の山辺三郎は乗合自動車の運転手をやっていたこともある知り合いの男だった。

女性らの保護者であり、彼女らに惹かれてもいた「私」が、事件から五年後、加害者、被害者の心理を探っていろいろに考えるというのが、小説の骨子になる。

保護者として警察で確認を求められた「私」は、短刀で胸を刺されて死んだ滝子の胸部の写真を見せられた。

――私が顔をしかめて横向いたのはこの傷痕のせいだったけれども、それはただの偽善に過ぎなくて、まことは彼女のあらわな生命への驚嘆をごまかしたのであろうと、今は思う。恐怖や苦痛の陰もなく放恣に体をあけひろげて歓喜の極みのように見えた。（中略）いったい死骸のどこから、写真機はこんなむれるような生命をとらえたのか、不思議でたまらなかった。――

死体に宿る「生命」とは、いったい何であろう？　若き命を奪った凶器の傷口も顕わな死骸の写真に、なおもむれるような「生命」が圧倒的な力をもって溢れ、迫ってくるというのは、川端という作家の独壇場の気がする。

死によって始まるこの小説では、何度も「生命」という言葉が登場する。

——五年もたった今の思い出では、危篤が幾日も続いた、もっともめかしい死よりも、じょうだんが過ぎたもっともめかさない死の方が——私のうちに残る彼女等を、生き生きとさせているような気がしてならない。ここにも文章には現わすのがむずかしい、生命の秘密があるようである。——

まっとうな死より、予期せぬ尋常ならざる死の方に、「生命」がより生き生きとして輝き、衰えを見せずに残り続くという逆説……。川端は実人生としても早い時分から死を見慣れた人なだけに、生と死を常に行き来し、ピンポンの玉をやりとりするようにして、互いの位相を確かめてきたに違いない。

新潮文庫『眠れる美女』に付された解説で、三島由紀夫は『散りぬるを』に触れ、殺された娘の遺骸の写真に「生命」が溢れていたという先のくだりを引用して、次のように述べている。

——この死体に向って用いられた「生命」という言葉の、独自な使い方を見るがいい。即ち、生命とは、作者にとって、生きていても死んでいてもいい、ひとつの対象に他ならない。生命という言葉は、氏の文学では決して自己の行動原理として用いられることはない。生命とは、（たとい死体であってもよい）存在それ自体として、精神に対抗して屹立しているものなのである。——（一九六七『眠れる美女』解説）

川端文学の本質を「生命に対する讃仰」にあると喝破した三島が、ここでは、川端にとっての「生命」のありようを、一歩進めて論じている。

川端にとっては「生命」が「ひとつの対象」だと説く三島の見方を、私なりの言い方で表現すれば、川端の「生命」とは、自分自身の血潮を熱くたぎらせる情熱に向かうエネルギーの源となるよりは、風やら雨、雪のように、常に相手方から通ってくる「気」として存在し、その「気」が訪れた際に、闇のなかで光に出会ったようにひたすら心がときめいて、自身の生が初めて許されるような気持ちに向かわせてくれる、そうした神々しい力だったのではないだろうか……。

川端にとっての「生命」について、拙見と同じような観点から、しかし遥かに鮮やかな切り口をもって、川端文学の抒情の質に結びつけて語った鋭い論がある。

小林秀雄の川端評で、直接は、『雪国』の「火の枕」の章が発表された時点で報知新聞に発表されたものであるが、『雪国』さらには川端文学の本質を鋭くついた文章となっている。

――川端氏の胸底は、実につめたく、がらんどうなのであって、実に珍重すべきがらんどうだと僕はいつも思っている。氏はほとんど自分では生きていない。他人の生命が、このがらんどうの中を、一種の光をあげて通過する。だから氏は生きている。これが氏の生ま生ましい抒情の生れるゆえんなのである。作家の虚無感というものは、ここまで来ないうちは、本物とはいえないので、やがてさめねばならぬ夢に過ぎないのである。――（「作家の虚無感――川端康成の『火の枕』――」一九三六年九月二十七日

報知新聞）

川端の胸に巣食う根深い虚無の影……。その影が深く濃いからこそ、光の訪れに「生命」を感得してやまない。それが作家としての源泉だと、小林は説く。

川端文学が何故、一方では、冬の月影のように冴え冴えとした冷たい美を湛えながら、もう一方では常に生命の讃歌の色合いを帯びてくるのか、小林の言は川端が抱えた秘密の玉手箱を覗くような思いにさせられる。

胸底が「がらんどう」だという表現は、なまじ学術用語ではない、ありふれた日常の言葉であるゆえに、かえって、どきりとする鋭利なリアリティをもつ。

「がらんどう」を言い換えれば、「虚無」ともなり、「死」ともなる。作家の虚無感は生半可ではダメで、「がらんどう」と言えるほどに徹していないといけないとする物言いは、川端の凄みを知悉した人の弁である。

川端の「生命」は「死」を超越する力だった。それゆえに、「時」をすら超え、永遠に輝くことができた。

「あなたはどこにおいでなのでしょうか。」という問いかけが、作品の冒頭と最後に置かれた短編小説、『反橋』に描かれた「生命」が、そのことを物語る。

戦後三年がたった一九四八年に発表され、後に川端研究家の森本穫氏に、「ここから、康成の魔界は覚醒した」と言わしめた作品である。

『反橋』の後、冒頭と終結部に同じ問いかけを配した『しぐれ』と『住吉』が、半年の間に立て続けに発表されたので、それらとともに、『反橋』三部作、『住吉』三部作などと呼ばれることも多い。

――美術品、ことに古美術を見ておりますと、これを見ている時の自分だけがこの生につながっているような思いがいたします。そうでない時の自分は汚辱と悪逆と傷枯の生涯の果て、死のなかから微かに死にさからっていたに過ぎなかったような思いもいたします。

美術品では古いものほど生き生きと強い新しさのあるのは言うまでもないことでありまして、私は古いものを見るたびに人間が過去へ失って来た多くのもの、現在は失われている多くのものを知るのでありますが、それを見ているあいだは過去へ失った人間の生命がよみがえって自分のうちに流れるような思いもいたします。――

時を超え、「生命」は蘇る。

直接には古美術の不滅の美を語っているが、引用の後半、「過去へ失った人間の生命がよみがえって自分のうちに流れる」としたあたり、時を超えて死者と川端との間に交わされる「生命」の交感、共鳴が垣間見え、美術の話にとどまらず、人間の生き方、感じ方に関わる大きな主題が提起されている。

小説は、五歳の頃、母に手を引かれて訪ねた住吉神社の反橋《そりばし》で、自分は本当の母ではないと告げられた記憶を起点とし、随想風に展開する。

「もはや生にやぶれ果て死も近いと思われる今」、五十年ぶりに住吉を再訪した「私」は、反橋での記憶を反芻し、「私の生涯はこの時に狂ったのでありました。」という意識の原点を確認する。

死が色濃く反映したこの小説で、冒頭と末尾に置かれた「あなた」が何を指すものかは論議が尽きないが、母のみならず、おしなべて死んだ者、死そのものとしても、あながち的外れであるとも思えない。「あなたはどこにおいでなのでしょうか。」との問いかけとともに、時の彼方から招来される「生命」が、とこしえに朽ち得ぬ死者の魂を蘇らせ、頌するものならば、先の大戦で命を落とした人々——、なかんずく川端にとって最も過酷な戦争体験となった鹿屋基地で出会った特攻隊員たちの「生命」もまた、「あなた」のなかに含まれると考えてもよいのではなかろうか……。

彼らもまた、人として生きた。短い「命」ながら、「いのち」いっぱいに、人として生きたのだった。それゆえに、肉体としての命は南洋に散らしても、朽ちることなきそれぞれの「生命」は、なおも光芒を放ってやまないのである。

「特攻」体験から生まれた小説を、川端は『生命《いのち》の樹』とした。ルビを振らせて、「いのち」と読ませた。かつそれは、「命」ではよしとされなかった。

そのことの意味は、川端にとっての「生命」が何かを突き詰めることで、ようやく正しく見えてくる。私は第九章で、『生命の樹』に込められた川端のメッセージを、散華した特攻隊員を追って自殺を考えていたヒロインの啓子に向けた、「生きよ、生きよ」という声援であると解いた。

今こうして、川端にとっての「生命」を確認してきた上で強調したいのは、戦争未亡人のようなヒロインの女性を「死」から切り離して「生」に引き戻し、新たに歩ませる戦後の「生」の道に、命を散らした特攻隊員の朽ちることのない「生命」が、鼓舞激励の谺を響かせているということである。

若き命が特攻機に乗りこみ次々と散華に旅立つのを、川端は滑走路脇で見送るばかりで、その死を引き留めることも、引き延ばすこともできなかった。ひとりひとりの死の重みを、無言のうちに溜めこむことしかできなかったのである。

川端は、鹿屋基地で見送った多くの若き命の犠牲を両肩に背負い、彼にとっての宿業である文学という手立てによって、無念の「死」を永遠の「生」に昇華させる司祭役を果たすことになった。

「死」がとぐろを巻く特攻基地で、それでもやはり、川端は「生」を向いたと、私は確信する。

「特攻」から生まれた小説が、他でもない、『生命の樹』であったのは、実に川端的な結実だったのである。


三十年ほどの歳月が過ぎ、シイちゃんは、小さな酒場のママさんになっていた。和服を着こみ、濃いめの化粧を施した顔に、つけ睫毛が目立つ。

初めはいかにも口の重かったその女性に、やがて微妙な変化が現れた。「蚕が透きとおっていくような、乾いた砂に水が滲みだしてくるような」変わりようで、声まで艶をおびて、若くなったことに、山根恭輔は気づく。

そして、女性の口から、川端の思い出に続き、いよいよ恭輔の兄、特攻隊員だった山根小弥太少尉の思い出が語られ始める。

神山圭介のノンフィクション小説、『鴇《とき》色の武勲詩』の山場である。


――「あたしが覚えている、親しい人が〈ねこ〉と呼んでいた少尉は、いつも不機嫌な、暗い顔をしていました。まだ学校の校庭に、八重桜が咲いていた。寄りつきにくい、でもなんだか気になる人だった……」――

不機嫌には理由があった。もともと四月十四日の昭和隊第一陣として出撃するはずが、機体の整備不良によって出発できず、次の出撃に参加することになったものの、今度は米軍機による鹿屋基地への空襲で搭乗機が破損、二度目の出撃の機会も逸してしまった。その後も「不運」は続き、出撃が果たせぬまま日を重ね、いつしか鹿屋の古狸のような存在となってしまう。

同僚たちが予定通りに出撃し、南海に散華を遂げているなか、いかなる運命の悪戯によってか、自分だけが生き残ったことを、「山根少尉」＝金子少尉は神の恩寵のようには考えられなかった。いったん死を受け入れた身にとって、それは死以上の恥辱であった。

孤独が嵩じ、消沈の極みにある金子少尉が、わずかに心の傷を埋めることのできた時間は、報道班員として鹿屋を訪れていた川端康成と話を交わす時と、密かに理髪店を訪ねた時であったらしい。『鶴色の武勲詩』のシイちゃんの告白は、記憶の海から掬いあげるように、当時の少尉の様子に的をしぼって行く。事実をもとに描かれたという「小説」ではあるが、表立っては語られることのなかった特攻基地での秘密が、渦中にいた女性の口から、三十年後に明かされる。

一九四五年四月下旬の夜、シイちゃんが理髪店に戻ると、「なかから、呻くように訴えている男の声と、それを慰めているテルさんの囁き」が聞こえた。

――男は黒い影の背を向け、テルさんだけが、布で包んだ電燈の筒形の光のしたで頬を引きしめて、こちら向きに正座していた。

「さァ、母さんだと思いなさって……」

促すような、低くかすれた声だった。と、着物の襟が左右に開かれ、光のなかに白い球形の乳房が揺れて、まぶしくこぼれでた。

「力いっぺ、じっと握ってみて、少尉ッ」

テルさんは、うっすらと眼を閉じている。黒い影が白く揺れるものを匿す前に、少女は眼を瞑った。躰の芯を、うずくような痛みが刺した。——しばらくして、潤んだ、やわらかい声がする。

「もう大丈夫じゃが。これで、立派に敵艦にあたれるとですよ。あたしが、おまじねをかけたから」

——

背中しか見えなかったが、シイちゃんは男を山根少尉だと悟った。暗い道を川に沿って駆けながら、胸を感動が浸していた。

そして、それからというもの、シイちゃんの胸に、山根少尉への溢れるような女の感情が芽を吹いた。テルさんに対する感情も変化してきた。というのも、自身の豊かな肉体によって、限りなき母性愛で特攻隊員を包みこむことのできるテルさんに、シイちゃんはひたすら羨望を感じていたのだったが、ちょうど山根少尉が鹿屋を留守にしている間に——それは、富高に搭乗機を取りに行った期間だったのであろうが——、テルさんの「まじない」が山根少尉ひとりに対してだけでなく、幾人かの特攻隊員たちに同じように施されていることを知ってしまい、許せないような気持ちに駆られたからであった。

痩せっぽちの少女の胸に芽生えた恋情が、膨らみに膨らんだ上で、爆発することになるのは、ひと月ほど後のことだった。シイちゃんは草むらにひとりしゃがみこむ山根少尉と、ようやくふたりだけの時をもつ。待ち望んでいた時間が訪れたのだった。

山根少尉は、田舎に疎開している妹の話をした。シイちゃんを見ていると、妹を思い出すという。問わず語りに、少尉は自己の死について語り出す。

——「俺はこの国を滅ぼすような連中のために死ぬんじゃないよ。俺たちより若い、シイちゃんたちのために死ぬんだ。せめて俺が死ねばって思っているんだ。もうこの国の大人たちは駄目だよ。これからはシイちゃんたちがしっかりするんだ」——

少女の胸に、「すっぱいうずき」が沁みわたる。少尉は、童謡の「あわて床屋」を歌い出す。もちろん、シイちゃんが理髪店で働く人であることを踏まえてのことである。

蟹の床屋がぴょこぴょこする兎の耳をちょんぎるところで、少尉は指を鋏にし、少女の耳を摘まんだ。

——「……そのとき、あたしは少尉に縋りついていました。体当りするみたいに。夢中で、いつかおばちゃんにしたようにしてくださいって、胸をひらいて云っていたんです。少尉はびっくりして、あたしを見てました。なに云ってるんだシイちゃん？　それから哀しいみたいにちょっとはにかんで、そっと両掌であたしの頬をおさえて、よせよシイちゃん……。よせよシイちゃんって、やさしく云ってくれたんです。あたしは、わけもわからず、いや、いや、いやって、ただ頸を振って、そしてるうちに、いつかおばちゃんのところで見た人は、この人じゃなかったんだって気がして、嬉しくって、そのまま泣きじゃくって……」――

そこまでを聞いて、酒場のママさんのシイちゃんに頭をさげ、「ありがとう、ございました」と礼を言った恭輔に、

「ありがたくなんかない。あんたなんか、なんにも知りゃしないッ」

と女は怒りをぶつける。

「あたいがそんとき、どんなことを考えていたか、そんなに知りたいんなら、教えたげるわ」

シイちゃんの熱い告白が続く。

――「山根少尉がじきに死ぬ人だと思うと、どんなにあたいは倖せだったか。すぐその日にも命令がくだって、少尉が出撃してくれればいいって、心底から願ったのよ。こころで思うばかりか、あたいは云ったわ。少尉死んでください。きっと死んで、すぐに死んでッ。少尉ははじめて怕い顔になって、シイちゃんまさか君まで、俺が死ねない卑怯者だと思ってるんじゃないだろうね。ちがう、ちがうの、少尉さんが好きだから。そう云いながら、この人の戦死の報せを聞いたらあたいも死ぬって、これだけは金輪際誰にも云うまいと誓って、歯を嚙みしめて、また泣いたわ。生きて帰って頂戴なんて、そんな気持は微塵もなかった。だって、もし明日にも死ぬ少尉でなければ、あたいみたいに育ちのわるい、痩せてちっちゃな床屋の娘が、こんな倖せを自分一人のものにはできないってことを、十六の娘はちゃんとわかっていた。死ね、死ね、死ねッ。それが好きってことだった。そうして少尉は、立派に死んだのよ。……それなのに、わたしは死ななかった」――

鹿屋での少尉を語るシイちゃんの話は、クライマックスに達し、尽きた。

恭輔は最後に、六月二十二日、沖縄に向けた最後の特攻に加わった兄が出撃時に首に巻いていたという鴇色のマフラーについて尋ねた。通常の白いマフラーでなく、鴇色、つまりはピンク色のマフラーをしていたとの証言をいくつか耳にしていたからだった。

シイちゃんの答えは明確だった。おばちゃん（テルさん）が、一枚の大きな布から二尺幅のマフラーを四枚裁ち、四人の特攻隊員に与えたという。

鴇色のマフラーの謎も、ようやくにして解けた。

幾度となく出撃しそこなった少尉は、最後に、理髪師の女性から贈られた鴇色のマフラーを「おまじない」のように首に巻き、飛び立って行ったのだった。


さて、ここでひとつの疑問に行き当たる。

神山圭介が小説として描いた作品に登場した証言をそのまま事実と取ってよいかどうか、そのことの疑問点はさておき、私のこの論考では、神山が明かさなかったもうひとつの秘密を、思考の俎上にあげなければばならない。

それは、運命の悪戯を嘆き、苦しみ抜いた金子少尉が、果たしてどこまでを、川端に語っていたのかということである。

神山の小説では、先の理髪師の女性との「儀式」のくだりを四月下旬とし、少女の思いが爆発した時期を五月下旬としている。川端の鹿屋到着が四月二十四日、鹿屋から離れたのが五月二十四日であるから、仮に、少尉が理髪店を訪ね、すがるように「おまじない」の儀式を体験したのが川端の鹿屋入りの前であっても、それは後日、基地で少尉から聞いた可能性はある。

草むらでの少女とのくだりは、川端が鹿屋を去った後の出来事だとしたら、この話が川端に伝わった可能性はない。

ただそれは、あくまで時期だけを問うたのであって、話のデリケートさから言えば、そもそもこのような話を第三者に明かすであろうかという、そちらの方が「壁」は高い。

だが私は、おそらく金子少尉は、自身の胸にとぐろを巻く苦悩の洗いざらいを、敬愛する作家の川端康成に明かしたのであろうと思う。少なくとも、川端がそれと察することができるほどには、秘密を明らかにしたのだと考える。

そう推測する根拠の一は、金子が家族に宛てて出した最後の便りに、「《先生とは、いろいろお話ししました》と嬉しそうに書いてよこした」からである。話のディテールには触れられていないが、金子少尉の表現からは、心のつかえが取れるような、さっぱりとした思いが伝わってくる。

話を交わすようになったきっかけは、かつて『浅草紅団』など川端の「浅草物」に惹かれ、かの地に入りびたりになったことであったろう。しかし、作家との距離が縮まるにつれて、金子は他の誰にも明かすことのできない傷心や鬱屈を、吐露したのではなかったろうか……。

搭乗機の度重なるトラブルから同僚たちに逝き遅れた恥辱や、さらには、その心の重石に耐えかねて、救いを求めるように理髪店を訪ねたことなども、赤裸々に語りこんだように思われてならない。

無論、川端は、そのようなことを少しも屈辱と考える必要などないと諭したことだろう。男だけの密室集団である特攻隊に、女性が介在してくることの少しも異常でないこと、いやむしろ、生と死の境に立つからこそ、母性をもって女性が光を授けてくれることが必然となり得るということを、作家ならではの言葉で語ったのではなかったろうか……。

互いにそこまで胸襟を開き得たからこそ、金子少尉の心に巣食う闇が払われ、晴れやかな気持ちになれたのだろう。

私が理髪店での「儀式」のくだりを川端が聞き及んだであろうと推測するもうひとつの根拠は、『虹いくたび』のなかで、散華を前にした特攻隊員の啓太が恋人の百子の乳房の型をとって乳碗をつくり、その乳碗で水盃を喫し、出撃して行ったからである。

第十章において、私は『虹いくたび』のこのくだりを、茶道に親しみ、愛用の沓形茶碗で茶を喫してから出撃した森丘哲四郎少尉にヒントを得たのではないかとの推論を述べた。

茶碗が乳碗へと変容したにせよ、「碗」である限りはそれでよいとして、乳房へのこだわりという点になると、森丘少尉は何ら関係がない。乳碗の登場は、いかにもの川端ワールドとして理解するしかなかった訳だが、金子少尉の逸話を知ると、特攻隊員と女性の乳房という関係性が『虹いくたび』に重なってくる。

何故、啓太が愛する女性の乳房に固執する必要があったのか――、それは偏執的な性の嗜好性ゆえではなく、自らの死との折り合いを見つけ出すことに困難を覚え、魂をすり減らした、特攻隊員の苦悩から来ているのである。

兄の最後の日々における逸話を知って、神山は鴇色のマフラーの由来を確認する方向へとペンを進めた。女性からもらったことが判明した鴇色のマフラーに、兄の苦悩と救い、沖縄戦の最後の最後に、まるで先に逝った仲間たちに殉ずることを目的とするかのように散華するしかなかった特攻隊員の生きざま死にざまを、象徴的に見ようとした。

それに対し川端は、特攻隊員本人から理髪店での秘めたる「儀式」を聞き、インスピレーションの翼を得て向かった先は、死を前にした魂の救いとしての女性の乳房だったのである。

人として生まれて後、赤子として乳を含んで育まれ、やがては異性を意識し、女性美の極致とも感得される、人生を象徴し、まさしく「生命」の証である乳房が、あまりにも「生命」と緊密に結びついているからこそ、生を無（死）に還元する際にも、必要とされるのである。

鹿屋での「特攻」体験が川端文学へと転生するにあたって、乳房が登場しなければならなかった理由はここにあったのだ。

極度の男性原理が支配しているかに見える特攻基地は、いかにも奇妙な特殊世界である。しかしそこに、砂地に水が沁みこむように女性原理が滑りこむ。このような所にも男女の原理が貫かれるのは、いかに冷たい死の影に覆われていようと、そこがやはり生の場であり、人間の生きる場であったからだ。

女性的なるものによる救済なくして、男は生きられず、死ぬこともできなかった。死にゆく男に必要とされたのは女性の乳房であり、それを女は「母さんだと思いなさって」と促し、触れさせた。

乳房を握らせながら、「〇〇さん！」ではなく「少尉ッ！」という呼びかけであったのが、特攻基地であることを物語る。単なる男女間の密事とは違うのだ。ましてや、性欲のはけ口のような次元とはおよそ異なる。

せつなく、哀しく、見ようによっては、美しい。シイちゃんが感動したのも、頷ける。

人間存在の深奥部分に、その生々しく最もひそやかな部分に、じかに触れるようなエピソードなのである。これもまた、まぎれもない「生命」の妖しき輝きであると、川端はそう思ったに違いない。

もうひとつ、課題が残っている。特攻隊員に愛を寄せた少女の、草むらでの感情の爆発を、果たして川端は知り得たであろうか——?

時期から言えば、微妙であることは述べた。しかし、実際に「事件」の始終を見聞きしていないにしても、何かしら、この少女がただならぬものを秘めていることを、川端は察知していたのではなかろうか。

そう思わせるのは、川端が少女を見つめたという眼差しである。

例の散髪の後、基地で会うとお辞儀をするようになった少女に対し、「先生は、いったんきッと見つめてから、少しずれた感じで、やァ、とほッとするような声を返して」くれたというのである。

挨拶の言葉よりも先に、きッと見つめた川端の鋭利な眼差しに込められたものは何だったのだろう……?

凝視を強いる謎めいたものが、少女のなかに波打ち、揺らぐのを、川端は感じたのであろうか。いたいけな蕾のような印象の奥に、燃えるような女の激しさが青白い炎を秘めていることを、見抜いてしまったのだろうか。

この少女が……と、意外性を訝る一瞬の隙が、沈黙の鋭利な眼差しを生むことになったのかもしれない。

もっとも、川端の無言の眼差しというのは、伝説化するほどに有名でもあった。ある女性編集者は、川端があまりに長く沈黙を貫き、じっと見つめるばかりだったので、ついには泣き出したというし

（もっとも、これは三島由紀夫が大袈裟に言いふらした作り話だとの説もある）、泣き出さぬまでも、京都の舞妓衆を前に長い間舐めるような視線で無言の凝視を続けたので、舞妓らが気味悪がったという逸話も伝わっている。

ただ、川端は少女に声をかけている。長い話にはならずとも、川端はこの少女に質問までしている。花のように着飾った京都の舞妓衆よりも、特攻基地の床屋のアシスタントの方に、惹かれる何かがあったということではなかったろうか……。

「いくつですか？」「十六です」――。

この年齢が曲者《くせもの》である。

結婚まで考えた初恋の女性の伊藤初代は、川端と出会った時が十三歳、婚約を彼女の側から一方的に破棄して別れた時には十五歳であった。また、憂鬱を抱えて発った伊豆山中の旅で出会い、清純な心を通わせた旅芸人の踊子は、小説のなかで十四歳とされている。

そもそもが、川端はそういう果実が熟する前の、少女から女性へと移り行く頃の娘に惹かれるところがある。

川端にとって、基地に出入りする理髪店の少女が気になる存在であったことは間違いあるまい。

特攻隊員たちから、まだ女性として扱わずにすむある種の気安さで、からかわれ、はやされた痩せっぽちの少女が、どこかしら、芯のとがった鉛筆のように、硬く折れやすい、一途な危うさを抱えていることを、川端の炯眼は見逃さなかったかに思われる。

金子少尉に向けられた少女の想いを川端が知っていたならば、『生命の樹』のヒロイン・啓子は、かなりその影響を受けたことになるだろう。

愛する特攻隊員の植木の横にいて、啓子がしばしば体の内から噴きあがる炎にたじろぐというのも、理髪店の少女譲りの激しさであったのかもしれない。

だが、ひょっとして——との私の思いは、『生命の樹』にとどまらず、その先へと向かう。妄想であるかもしれない。はっきりとした根拠を提示できる話でもない。それでいて、私はその可能性から逃れられないのだ。

神山の描いたシイちゃん像を通して、川端文学への転生を探ると、私にはどうしても、ある川端の代表作へ及ぼした影響に思い至らざるを得ない。

特攻基地のあった南国九州から、気候風土的には、およそ真逆に生まれた名作——、『雪国』である。

理髪師のHさん（神山の小説ではテルさん）と、そのアシスタントのCちゃん（小説ではシイちゃん）について知り、かつ神山の筆を通してその人間模様を熟視するにつれて、私には、ふたりの女性の関係が、『雪国』におけるヒロインの駒子と、その影のような娘の葉子——駒子の許嫁だったとされ、病のために先のない命となった男の看病につくす女性——との関係に重なって見えて仕方ないのである。

実際の年齢はHさんが二十七歳で、小説のなかの駒子は十九歳から二十一歳くらいまでを生きる。葉子ははっきりとした年齢が書かれていないが、駒子よりもいくつか下であることは間違いない。Cちゃんは、十六歳だった。

駒子にはモデルがあった。湯沢温泉で芸者をしていた松栄（本名はキク）である。葉子は川端の想像が生んだ人物だったとされる。歳は若いが、謎めいたところがあり、思いつめたような哀しみを秘めた、声の美しい娘として描かれている。

いくら私がヒロインたちの面差しや人としての肌合いを似ていると感じたとしても、『雪国』は一九三五年から雑誌発表を続け、「夕景色の鏡」の章から「手鞠歌」までの章をまとめて、一九三七年には既に単行本にまでなっている作品である。

トンネルを抜けて汽車が夜の雪国に入る冒頭のシーンから登場する葉子という第二ヒロインの誕生に、十年の歳月をひっくり返して、鹿屋での「特攻」体験が影響を及ぼし得るはずもない。

だが、ここで注意しなければならないのは、今私たちがノーベル賞作家の代表作として鑑賞している『雪国』が、戦前に単行本として出された『雪国』とは異なるということである。

正確に言うと、川端は、一九三七年の単行本刊行以降、大きく二度にわたって『雪国』を書き継ぎ、改めている。一回目は、一九四〇年と四一年に、それぞれ「雪中火事」と「天の河」を、『雪国』続編として書き足している。その時には、一応はそれで完結と考えたのである。

ところが戦後になって、川端は再び『雪国』に手を加える。一九四六年の春、雑誌『暁鐘』の五月号に「雪中火事」を書き改めた「雪国抄」を発表、さらに翌四七年の秋には、「天の河」を改稿した「続雪国」を『小説新潮』十月号に発表、この二編の追加改訂をもって完結とし、一九四八年に改めて完成版の『雪国』として単行本を出したのである。

川端が戦後になって、戦前の舞台設定のままに、再び『雪国』の筆をとった理由は、さまざまに考えられよう。戦前から戦後へと、変わらぬ日本の物語を書き続けたいとの思いもあったろうし、それが変わり身の早い戦後社会への密かな抵抗であったとも考えられる。

ただ、アメリカとの戦争が始まる直前に続編まで書き終えていた旧作に、あえて更なる改定を加えることになった時期が、『生命の樹』の執筆と同時期だったというのが、どうにも気になるのである。

川端の戦争体験、鹿屋での「特攻」体験が、この改作に何らかの影を落とすことはなかったのだろうか——？

その疑問の上に、にわかに頭をもたげてくるのが、Cちゃんなのである。

『雪国』の戦後の改作で、大きく変更されたうちのひとつは、繭倉が火に包まれるラストシーンに関してである。それまで比較的静謐に進行してきた物語が、急転直下、村がひっくり返るほどの大騒ぎとなり、劇的かつ破滅的な終末が訪れる。

そこで、悲劇を一身に担うように、炎に燃える繭倉の二階から落下して果てるのが、葉子なのである。葉子こそが、戦後の改作をリードした、駒子を超える新たなヒロインだったのだ。

特攻基地でCちゃんから受けたインスピレーションを、川端は葉子に接《つ》ぎ木したのではなかったろうか。Cちゃんの存在によって、旧作では脇役だった葉子が新たに生命を吹きこまれ、戦後の改編の際に、大きくクローズアップされたのではなかったか……。

『雪国』という長編小説のラストに、火事のシーンをもってくるアイディアは、川端には以前からあり、戦時中の改作によって、「雪中火事」がつけ加えられた。しかし、繭倉が焼け、炎のなかから葉子が落下するという衝撃のエンディングは、戦後に新たにつけ加えられたものなのである。

川端は落下後の葉子について「失心」という言葉を用い、やや曖昧な表現に終始しているが、物語の終焉とともに葉子はここに果て、もはや息を吹き返すことがないと見るのが自然であろう。

雪国の温泉場に繰り広げられてきた情緒纏綿たる島村と駒子の情愛の世界は、美しさのなかに潜む毒の華が一気に乱れ咲いたように、葉子という影のヒロインを生贄として屠り、殉じさせる運びに転じたのだった。

――古い燃えかすの火に向って、ポンプが一台斜めに弓形《ゆみなり》の水を立てていたが、その前にふっと女の体が浮んだ。そういう落ち方だった。女の体は空中で水平だった。島村はどきっとしたけれども、とっさに危険も恐怖も感じなかった。非現実的な世界の幻影のようだった。硬直していた体が空中に放り落されて柔軟になり、しかし、人形じみた無抵抗さ、命の通っていない自由さで、生も死も休止したような姿だった。（中略）

落ちた女が葉子だと、島村も分ったのはいつだったろう。人垣があっと息を呑んだのも駒子がああっと叫んだのも、実は同じ瞬間のようだった。葉子の腓《こむら》が地上で痙攣したのも、同じ瞬間のようだった。

駒子の叫びは島村の身うちを貫いた。葉子の腓が痙攣するのといっしょに、島村の足先まで冷たい痙攣が走った。なにかせつない苦痛と悲哀とに打たれて、動悸が激しかった。

葉子の痙攣は目にとまらぬほどかすかなもので、直ぐに止んだ。

その痙攣よりも先きに、島村は葉子の顔と赤い矢絣の着物を見ていた。葉子は仰向けに落ちた。片膝の少し上まで裾がまくれていた。地上にぶっつかっても、腓が痙攣しただけで、失心したままらしかった。島村はやはりなぜか死は感じなかったが、葉子の内生命が変形する、その移り目のようなものを感じた。――

このわずかな引用の部分でも、川端は「命」と「生命」とを巧みに使い分けている。後者は、ここでは「内生命」という表現として現れ、『散りぬるを』によく似た使われ方をしている。

堕天使のようにとでも言うべきなのか、花の落ちるように命を散らした葉子が、私にはCちゃんとの近似を超えて、特攻隊員と二重写しにすら見えてくる。スキージャンプの選手だった森史郎少尉は言うに及ばず、すべての特攻機の残影がちらついてならないのである。

葉子の落下は、特攻隊員の最期に重なりはしないだろうか？　特攻機が炎に包まれて落下する、その悲劇の極みに通じはしないだろうか？　地下の無線室で、突っこんで行く特攻機の無電を聴きつつ、それがいきなり途切れる、最期の瞬間を見届けるような気持ちで、川端はこの娘の「散華」を筆にしたのではあるまいか……。

葉子と特攻隊員との間に、死が歿する。哀しみが、歔欷《きょき》が、歿する。命はそこに尽きるとも、「生命《いのち》」が、生死を超えて歿する……。

そして、すべてを引き取り、呑みこむように、夜空から星が降ってくる。

——水を浴びて黒い焼屑が落ち散らばったなかに、駒子は芸者の長い裾を曳いてよろけた。葉子を胸に抱えて戻ろうとした。その必死に踏ん張った顔の下に、葉子の昇天しそうにうつろな顔が垂れていた。駒子は自分の犠牲か刑罰かを抱いているように見えた。

人垣が口々に声をあげて崩れ出し、どっと二人を取りかこんだ。

「どいて、どいて頂戴。」

駒子の叫びが島村に聞えた。

「この子、気がちがうわ。気がちがうわ。」

そう言う声が物狂わしい駒子に島村は近づこうとして、葉子を駒子から抱き取ろうとする男達に押されてよろめいた。踏みこたえて目を上げた途端、さあと音を立てて天の河が島村のなかへ流れ落ちるようであった。――

完成版『雪国』は、このように閉じられる。

ラストの天の河の星々のくだりは、『生命の樹』で、特攻隊員の植木が、出撃前夜、恋人の啓子と一緒に夜空の星を見上げていたシーンと重なり合う。

その淵源には、夜のレンゲ畑で市島保男少尉の目に映じた月光の澄んだ輝きがある。

川端が鹿屋の特攻基地にいたのは、七十二年の生涯におけるわずかに一カ月ほどである。

「特攻」体験にこだわるあまり、私は、川端康成の巨峰の如き文学世界を前に、針の穴から天を覗くような仕儀に陥っているかもしれない。世界に知られた名作『雪国』のラストを、鹿屋基地にいた少女にヒントを得、特攻機と重ねたと言い張れば、あまりにも手前勝手な屁理屈のように聞こえもしよう。

だが、川端と「特攻」を追いかけ、書き継いできた私には、ひとつの確信がある。

戦後の川端作品を、あえて「特攻」体験に焦点を合わせ、ピンホールカメラが結ぶ像を探るという試みが、一般の目に馴染んだ川端像ではとらえきれなかった、川端文学のもうひとつの真実を明らかにしてくれるに違いないのだ。

川端が戦時中、報道班員として鹿屋の特攻基地に滞在したということを知ると、誰もがまずは違和感を覚える。川端と特攻という場違いな組み合わせに、皆一様に驚く。

だが、戦意高揚のための宣撫、宣伝という川端を送り出した側の目論見とは別に、生と死の坩堝に身を置いたことが、作家・川端にとって、実に得難い体験となったのも事実だったかに思われる。

川端が死に親炙した作家であるとは、盛んに言われてきたことである。幼少時からの相次ぐ肉親の死を始め、島木健作や横光利一など、文学的同志であった仲間、友人の死……。葬式名人とさえ言われた人だった。

だが、戦後の川端を見る時、戦争による犠牲者の死がそこに加わることを忘れてはならない。かつてない夥しい死が、日本人全体の運命を襲ったのである。その死の最前線が、川端にとっては鹿屋の特攻基地だったのだ。

民族を襲ったすさまじいまでの死の猛りに、川端は鋭敏に反応し、死の堆積のなかから、生命の文学をつむいだ。累々たる死を、屍を踏み越えて前に進むのではなく、多くの死を自らに引き取り、蓄えて、無念を熟し、漉すようにして、哀しくも美しい旋律を奏でたのである。

身を切り裂かれるような、胃の腑を錐もみされるような、つらく、しんどい体験であったには違いないが、誤解を怖れずに言えば、鹿屋の特攻基地に川端が赴いたことは、まさに天の配剤とも言うべき適材適所だったのではないだろうか……。

一九五〇年に発表された『天授の子』という自伝的小説で、川端は敗戦が近づいた頃の思いを実直に綴っている。直接は、鎌倉で防空群長に割りあてられ、夜廻りに出た記憶を軸とする。

——私は戦いがいよいよみじめになったころ、月夜の松影によく古い日本を感じたものであった。私は戦争をいきどおるよりもかなしかった。日本があわれでたまらなかった。（中略）

月夜は格別だった。人工の明りをまったく失って、私は昔の人が月光に感じたものを思った。鎌倉では古い松の並木が最も月かげをつくった。燈火がないと夜はなにか声を持つようだった。空襲のための見廻りの私は夜寒の道に立ちどまって、自分のかなしみと日本のかなしみとのとけあうのを感じた。古い日本が私を流れて通った。私は生きなければならないと涙が出た。自分が死ねばほろびる美があるように思った。私の生命は自分一人のものではない。日本の美の伝統のために生きようと考えた。人は生きてさえいれば自分の生の意義を感じるひとときがいつか必ず来るものだと、私は生きのびているが、敗け戦の国のみじめさが私の生の意義を強めようとは、思いがけない逃げ場であったかもしれない。
——

川端が断りきれずに隣組の防空群長に任ぜられたのは、一九四四年の八月からである。引用の文章に、「夜寒」という言葉があり、月夜の見廻りで得た感慨は、春になって鹿屋に赴く以前のこととして描かれている。

ただ、終戦から五年後に書かれている点、鹿屋での体験が反映されていることは充分に考えられる。とりわけ、「私の生命は自分一人のものではない。」とする悟達は、鹿屋で犠牲となった多くの若人たちとの生命の谺から導かれたものではなかったろうか……。

——私は特攻隊員を忘れることが出来ない。あなたはこんなところへ来てはいけないという隊員も、早く帰った方がいいという隊員もあった。出撃の直前まで武者小路氏を読んでいたり、出撃の直前に安倍先生（能成氏、当時一高校長。）によろしくとことづけたりする隊員もあった。——

『敗戦のころ』（一九五五）で川端が描いた、忘れられぬ特攻隊員たちの面影……。彼らの姿や声は、戦後を生きる川端の胸底にずっと刻まれ、折に触れて思い出されては、原点回帰のように、生と死についての問いを深めさせたことだろう。無論それが、時には創作のヒントにもなったに違いない。

再び、私の思いは鹿屋基地での川端と金子照男少尉に向かう。

搭乗機のトラブル等により、飛び立とうとして飛べぬことが重なり、「落伍者」のような屈辱に呪縛された金子少尉は、川端との話し合いを経て、心を塞いだ鬱から解放された。

金子にとってみれば、相手が、杓子定規な、軍人訓的な精神論をもって受け答える人ではないので、腹を割った話ができたという満足感は大きかったことだろう。屈折を重ねた複雑な心模様を聞いてもらえるだけでも、何がしかの救いを得た気持ちになれる。

聞き役に徹するだけでなく、金子の虚ろな心に向けて、川端から語り得る言葉があったなら、それは何であったろう？　両者の間に、どのような偽りなき言葉の応酬があり、それが最終的に、金子の憂いを払拭することを可能にさせたのだろうか――？

もちろん川端は、散華を免れた身を恥などと考える必要がないことを説きもしたであろう。拾った命を粗末にせず、原隊復帰するのも選択してよい道のはずだと、そう諭しもしたに違いない。

だが、金子はそのようなひと通りの慰めでは、砂を嚙むような思いをつのらせるばかりなのである。

穏便、無難のベールを脱ぎ棄て、川端は生と死をめぐり、真剣勝負のような語らいを始めることになる。

――自分は多くの死に立ち会い、また小説でも描いてきたが、いつも死を超えた「生命」に思いを馳せています。特攻隊員たちにも、朽ちることのない「生命」が宿るのだと信じます。その「生命」を、遺された者たち、戦禍を超えて未来に生きる日本人が、受け継ぐことになるのです――。

川端は作家としてつかんだ、信念を吐露するところとなったであろう。

その時、金子少尉の腹は定まったのではなかったか。金子はしっかりとした言葉で、川端に進言したことだろう。

――先生はもう帰られた方がいい。ここにいても、先生の仕事はありません。先生には、先生にしかできない仕事があるはずです。自分は敵艦に突っこむことでしか国にも人にも役立つことはできないが、先生は作品を通じて、多くの日本人に感動を与える人なのです。日本人だけでなく、これからは世界の人々に対しても、先生の作品が力をもつでしょう。この先、国の形がどうなろうと、日本人は必ず生き続けます。その時、先生の作品が、日本の心を映すものになるのです。どのような世の中になっても、日本人の心を書き続けてください。先生は、そのために生きねばならないのです――。

両者のやり取りをこのように想像し、形にして綴れば、どこか帳尻合わせのように響きもしよう。だが、ここに綴った内容をエッセンスとするやりとりが必ずあったと、私は信じてやまない。

それだけの熱し、熟した関係が存在したからこその、『敗戦のころ』に現れた特攻隊員の面影なのである。

金子照男少尉が、最後に家族に宛てて寄越したという便りを、実見したいと思った。神山圭介が小説に書いた金子少尉と川端とのやりとりが、果たしてそれですべてなのかどうか、確かめたいと願った。

一九七六年に『鴾色の武勲詩』を発表し、芥川賞候補にノミネートされた神山は、一九八五年には世を去っている。

本人には確認のとりようもないが、幸いにも、妹の樋口日奈子さんの連絡先を知るところとなった。

神山作品では、「美奈子」という名前で登場する。

コロナ禍ゆえに直接お訪ねすることは遠慮したが、電話と手紙で数度にわたって、お話を伺うことができた。

長兄の照男が特攻で亡くなった時、日奈子さんは中学校の一年生だった。それでも、兄からの便りについては、よく覚えているという。終戦当時に目を通したのと、その後、父が遺品を整理しまとめたもののなかにあったのを見た記憶がある。

兄の遺書ともなったこの便りは、父の死後、次兄の鉄麿（神山）のところに保管されていたが、鉄麿の没後、今では行方がわからないという。

残念ながら、金子照男少尉の最後の便りをこの目で確かめることはできなかったが、日奈子さんの記憶に残る範囲で、文面を思い出してもらった。

家族宛てのメッセージとしては、鉄麿には、「金子家から出る軍人は、自分ひとりでよい。違う道を行け」とあった。日奈子さんには、「これからは若い君たちが日本を守れ」とあった。照男自身は仕方なく特攻隊で死んで行くが、遺族は同じ道を進んでほしくないとの思いが感じられたという。

川端とのことは、いろいろと話せて嬉しかったと、喜びが綴られていた。晴れ晴れとした様子が、とても印象的だった……。

「嬉しかったというのは、何故でしょうか？　具体的には何が嬉しかったのでしょう？」という私の質問に、日奈子さんは以下の三つのことを挙げた。

自分の気持ちが晴れたこと。先生の言葉ひとつひとつが身に沁みたこと。自分の胸に秘めてきた思いを、先生に聞いてもらえたこと……。

そして、日奈子さんは、電話口の向こうから念押しをするように、襟を正すといった言い方で、きっぱりと述べられた。

「最後の日々、兄は川端先生から、生きる力をもらったのだと思います」――。

「生きる力」――。日奈子さんからこの言葉を聞いて、長い間抱え続けてきた問いが、すっと解けて行く気がした。川端と「特攻」とは、畢竟、このひと言に極まるのだと感じた。

死を前提として機能する特攻基地においても、個々の隊員には「生きる力」が必要なのだった。「生きる力」を得た結果が、「十死零生《じゅっしれいしょう》」の散華であるのは、断腸の思いに駆られるばかりだが、自堕落に陥ることも自棄に及ぶこともなく、短い人生の終章に置かれた大きな試練を乗り越え、出撃に臨むには、「生きる力」が奮わねばならなかった。

死の集積地のような特攻基地で、川端は、挫けそうになる隊員の心に、懸命に「生きる力」を与えていたのだ。

それは、心の痛みを伴う、自らの身を擦り減らすほどのエネルギーを要することであったに違いないが、若者の「生命」に対し、川端は息を重ね、真剣に向き合ったのである。

生と死の坩堝において、川端は死に行く者たちに同調しながらも、「生命」の調べを聴こうとし、その谺を胸いっぱいに響かせた。

その長大な文学人生を通して、死の影に接しつつ、常に「生命」を謳いあげた作家・川端康成――。

鹿屋の特攻基地でも、川端は徹底して、あまりにも川端だったのである。

あとがき

一九七二年四月十六日、日曜日の午後、川端康成は散歩に行くと言って鎌倉の自宅を出て、ハイヤーで逗子に向かい、仕事場として借りていたマンションの一室でガス自殺をとげた。

自宅の書斎には、『岡本かの子全集』に寄せる序文の文章が書きかけのまま残されていた。

いかにも突然の死で、いまもって正確な自殺の理由は謎である。

いくつもの川端作品の翻訳を手がけ、ノーベル賞受賞に際してはストックホルムまで同行して講演原稿の翻訳にあたったサイデンステッカー氏は、

「川端さんは自殺するような人間じゃなかったんです。何より強いというのは、「諦め」でしたよ。諦めてる人間は、自殺するんじゃないんですよ」

と述べている。（引用は、伊吹和子『川端康成　瞳の伝説』（一九九七　ＰＨＰ研究所）より）。

もっとも、ひどい不眠症と睡眠薬の過度の服用からくる晩年の衰弱ぶりを見て、いつ死を迎えてもおかしくないように感じていた人もいる。

文藝春秋社の編集者出身で、川端とは私生活上の親交も深かった佐藤碧子氏は、川端の死について、著書のなかで次のように述べている。

「私の川端さんは、いつの頃からか生命の実体を失いかけていた。全く実体のない、それでいて消滅

のないある世界に、強く心をひかれているように思われた。その世界に自ら旅立ちたい誘惑か牽引をはねかえして踏みとどまっていることが、罪なくして拷問を受けている人のように見えて痛ましかった」（『瀧の音　懐旧の川端康成』（一九八〇　東京白川書院）より）――。

今ここで、川端の死因について、あれこれ推論を述べることは避けたいが、いずれにしても、生涯にわたって死の影と接しつつも生命の讃歌を書き綴ってきた川端が、結局は、自ら死を選ぶことになってしまった。

サイデンステッカー氏のインタビューを載せた伊吹和子氏の『川端康成　瞳の伝説』は、中央公論社の編集者として最晩年の川端と交流のあった伊吹氏が、自身が直接体験した思い出と、川端をよく知る人々へのインタビューで構成された本だが、このなかで、四月十六日当日の状況について、次のような逸話を紹介している。なお、伊吹氏自身はこの日、やはり鎌倉在住の作家、立原正秋の自宅を訪ねていた。

――何日かして会社の人が、不思議な経験をした、と私に話をした。彼は鎌倉に住んでいるのだが、あの日曜日、七里ヶ浜の先まで魚釣りに出かけていたそうである。「輝くほどよく晴れた青空だったよね」と彼は言った。私が立原氏の庭から眺めた空のことである。

「そう、そうなんだよ。波も穏やかでね、いい気持で岩の上にいて、夕景になって江の島の方を見たら、美しい雲が光って、こんなきれいな夕焼け雲は見たことない、とびっくりしたんだよ。そしてしばらくしたら、急にその雲が赤紫とも茜色とも、何とも言えない色に変って、風がざあっと吹いたと思ったら、何百とも知れない千鳥が、どこからか一斉に飛び立ったんだ。それが、発表された川端先生の死亡推定時刻に合うんだよ。あの時なくなったんだと、僕は思いますね……」

先生は夕焼けの好きな方であった。美しい、あまりに美しい夕映えが先生の心を誘い、あの、立原氏の庭で見た細く輝いた雲が、来迎の光ともなって、永遠の安息へ先生を導いたのであろう。無数の千鳥のはばたきも、先生にはふさわしいお供であった。――


ここで語られている「千鳥」とは、波間に漂う、いわゆる「波千鳥」のことであろう。

川端がガス管をくわえて死に至ったのは、午後六時頃だと推定されているが、ちょうどその頃に、海原を染める美しい夕焼けのなかを、波千鳥の群れが飛び立っていったというのだ。

波千鳥――。その言葉の響き、そして着物や帯の文様にもなるその姿かたちもまた、いかにも川端的というか、日本古来の美に即したイメージである。

川端は『千羽鶴』の続編を『波千鳥』というタイトルで書き出し、「小説新潮」に第八回まで連載をしている（一九五三〜五四）。取材ノートが盗難にあったことで、中断を余儀なくされたが、「波千鳥」は川端作品のタイトルともなるはずであった。

川端の借りていたマンションの部屋からは、海が見えたという。

川端は、人生の最期を迎えるその直前、夕焼けの空に舞う波千鳥の群れを、目にしたであろうか……。死への誘惑、死の気配が波の寄せるようにひたひたと迫るなかで、川端が波千鳥の舞いを目にしたなら、その心に何が去来したであろう……。

波千鳥の逸話は、残された者たちに、さまざまな想像を与えることになった。

伊吹氏は、実際の波千鳥を見かけた同僚ともども、その飛び立ちに、川端の永劫への旅立ちを重ねた。

晩年の川端と仕事をした編集者として、祈りとともに抱く想念であったろう。

川端と「特攻」の関係を追ってきた私には、やはり私なりの想念がある。それをあえて記すことで、本書を閉じたいと思う。

茜色に染まる西の空に羽を広げて飛ぶ波千鳥のシルエットを川端が見たなら、その光景を、朝焼けの空に次々と飛び立って行った戦闘機の姿に見まがうことはなかったであろうか。

鹿屋基地の滑走路を飛び立ち、翼を広げ、大空を飛翔する特攻機の群れ……。

飛行機を駆る若者ひとりひとりにとって、それは死出の旅路であった。

特攻隊員たちは、溢れる思いを断ち、短い人生を彩った思い出を自分ひとりの胸にしまって、二度と戻らぬ空の通い路を進んで行ったのだった。

終戦の年の春、川端は特攻機の旅立ちを無言で見送るしかなかったが、それから二十七年がたった春、ようやくにして自分も彼らと同じ道につこうというのだ。

日本の戦後は、若い彼らの犠牲を礎に始まった。川端は彼らの死を背負い、自らを死んだ者のように思うことによって、戦後を生きてきた。

「私はもう死んだ者として、あわれな日本の美しさのほかのことは、これから一行も書こうとは思わない。」――

その旅路が、今、もうひとつの旅路に移ろうとする。

此岸と彼岸の境は限りなく曖昧になって、茜色の夕空に溶けて行く。

その最期の瞬間にも、海と空の荘厳な燃え立ちのなか、自身が見送ったいくつもの生命とおのれの生命とが谺を交わし合い、波千鳥の舞いとともに、天翔《あまがけ》ていたのではなかったろうか……。

◇　◇　◇　◇　◇　◇　◇

本書はもともと、鹿屋市の同人誌『火山地帯』に、二〇二〇年二月より二一年五月まで、五回にわたって連載した原稿がもとになっている。単行本として出版するにあたって、原稿を整理し直し、新たに「はじめに」と「あとがき」を加筆した。

川端作品の引用については、オリジナル作品では旧字旧仮名遣いであったものを、現代の表記に改めたものを使った。ただし、『生命の樹』での三好達治の詩の引用は、オリジナルの旧仮名遣いのままにしてある。

特攻隊員の遺書や日記、その他の引用については、なるべくオリジナルに近い形を尊重しつつ、基本は現代表記にした。また改行や句読点などで、ごくわずかだが手を加えた所もある。

取材・調査にあたっては、鹿屋航空基地史料館に世話になった。とりわけ同館の久保田広美氏には、何度となく質問を重ね、手を煩わせたが、そのたびに丁寧な回答を寄せていただいた。

また、金子照男少尉の妹さんである樋口日奈子氏には、数次にわたってお話を伺ったり、お便りをいただいたりするなど、ひとかたならぬお力添えを賜った。貴重な情報をいただいただけでなく、かけがえのない大切な肉親を特攻で喪ったご遺族の真情に触れたことで、私の原稿も血の通ったものになっていればと願う。

鹿屋での戦跡やハンセン病療養所などの現地踏査では、『火山地帯』編集長の立石富生氏にご案内いただいた。

川端研究家の森本穫氏にもご協力を賜った。氏の著書『魔界の住人　川端康成』は、川端の基礎研究として常時参照させていただいたのみならず、『火山地帯』連載中から折々に原稿を見ていただき、適切なアドバイスや励ましの言葉をいただいた。

このようなご支援、お力添えに支えられてこそ、川端と特攻というテーマで、一冊の本に仕立てることが可能となった。心からの感謝を申し上げたい。

なお、単行本編集にあたっては、現代書館の菊地泰博氏、須藤岳氏の手を煩わせた。こちらも、謝辞を呈したい。

川端康成没後五十年の年に

二〇二二年一月

多胡吉郎

《主要参考文献》　順不同

・『川端康成全集』全三十五巻・補巻二巻（一九八〇〜八四　新潮社）
・川端康成『虹いくたび』（新潮文庫）
・川端康成『舞姫』（新潮文庫）
・川端康成『山の音』（新潮文庫）
・川端康成『みずうみ』（新潮文庫）
・川端康成『雪国』（新潮文庫）
・川端康成『古都』（新潮文庫）
・川端康成『眠れる美女』（新潮文庫）
・川端康成『天授の子』（新潮文庫）
・川端康成『花のワルツ』（新潮文庫）
・川端康成『川端康成　初恋小説集』（新潮文庫）
・川端康成『抒情歌・禽獣』（岩波文庫）
・川端康成『非常・寒風・雪国抄』（講談社文芸文庫）
・川端康成『反橋・しぐれ・たまゆら』（講談社文芸文庫）
・川端康成『浅草紅団・浅草祭』（講談社文芸文庫）
・川端康成『美しい日本の私』（角川ソフィア文庫）
・川西政明編『川端康成随筆集』（岩波文庫）
・『川端康成・三島由紀夫　往復書簡』（新潮文庫）
・『セレクション　戦争と文学２　アジア太平洋戦争』（集英社文庫）
・「霹靂の如き一瞬、敵艦ただ死のみ・川端康成氏〝神雷兵器〟を語る」（朝日新聞　一九四五年六月一日）
・川端秀子『川端康成とともに』（一九八三　新潮社）
・森本穫『魔界の住人　川端康成　その生涯と文学』上下（二〇一四　勉誠出版）

・李聖傑『川端康成の「魔界」に関する研究―その生成を中心に―』（二〇一四　早稲田大学出版部）
・進藤純孝『伝記　川端康成』（一九七六　六興出版）
・佐藤碧子『瀧の音　懐旧の川端康成』（一九八〇　東京白川書院）
・伊吹和子『川端康成　瞳の伝説』（一九九七　PHP研究所）
・渡辺綱纜『夕日に魅せられた川端康成と日向路』（二〇一二　鉱脈社）
・頼尊清隆『ある文芸記者の回想～戦中戦後の作家たち～』（一九八一　冬樹社）
・奥出健『川端康成「雪国」を読む』（一九八九　三弥井書店）
・村松友視『「雪国」あそび』（二〇〇一　恒文社）
・長濱拓磨「川端康成「生命の樹」論――戦後文学と聖書」（二〇一二「キリスト教文学研究」二十九）
・『検閲・メディア・文学　江戸から戦後まで』（二〇一二　新曜社）
・『高見順日記　第三巻』（一九六四　勁草書房）
・高見順「嬉しい転手古舞」（朝日新聞　一九四五年五月三十一日）
・三好達治『花筐　三好達治詩集』（一九四六　青磁社）
・小林秀雄「作家の虚無感―川端康成の『火の枕』―」（報知新聞　一九三六年九月二十七日）
・山岡荘八「最後の従軍」（朝日新聞　一九六二年八月六日～十日）
・山岡荘八『小説　太平洋戦争（五）』（講談社文庫）
・山岡荘八「眼」（『文藝春秋』一九七二年六月号）
・福田和也『日本人の目玉』（ちくま学芸文庫）
・海軍神雷部隊戦友会『海軍神雷部隊』（一九九六　非売品）
・加藤浩『神雷部隊始末記～人間爆弾「桜花」特攻全記録～』（二〇〇九　学研パブリッシング）
・『神雷部隊　桜花隊』（一九五二　羽衣社）
・三木忠直、細川八朗『神雷特別攻撃隊』（一九六八　山王書房）
・猪口力平・中島正『神風特別攻撃隊』（一九六三　雪華社）
・NHK「戦争証言」プロジェクト『証言記録　兵士たちの戦争（六）』（二〇一一　NHK出版）
・『鹿屋市史』下巻（一九七二　鹿屋市）

・宇垣纏『戦藻録　宇垣纏日記』（一九九六　原書房）
・杉山幸照『海の歌声～神風特別攻撃隊昭和隊への挽歌～』（一九七二　行政通信社）
・杉山幸照『ノンフィクション小説　恋そして』（一九八八　紀尾井書房）
・『別冊1億人の昭和史　特別攻撃隊　日本の戦史別巻4』（一九七九　毎日新聞社）
・高戸顕隆『海軍主計大尉の太平洋戦争～私記ソロモン海戦・大本営海軍報道部～』一九九四　光人社）
・白鴎遺族会編『雲ながるる果てに　戦没海軍飛行予備学生の手記』（一九九五　河出書房新社）
・「散華のこころ　戦没学徒・生の断章　第三回　市島保男命」（『祖国と青年』一九九四年七月号　日本協議会）
・森丘哲四郎著・特攻隊戦没者慰霊顕彰会編『海軍特別攻撃隊　第5七生隊　森丘哲四郎手記』（二〇一五　非売品）
・安倍能成「諸君を送る」（向陵時報　一九四三年十一月二十日）
・牛島秀彦『消えた春』（一九八一　時事通信社）
・将口泰浩『戦地からの最期の手紙　二十二人の若き海軍将兵の遺書』（二〇一六　海竜社）
・「特攻　最後の証言」制作委員会『特攻　最後の証言』（文春文庫）
・打越和子『靖國のこえに耳を澄ませて～戦歿学徒十七人の肖像～』（二〇〇二　明成社）
・工藤雪枝『特攻へのレクイエム』（中公文庫）
・高橋みゆき『桜、ななたび　鹿屋海軍特攻基地―わだつみのふるさと―』（二〇一二　梓書院）
・『特攻　この地より　かごしま出撃の記録』（二〇一六　南日本新聞社）
・桑原敬一『語られざる特攻基地・串良　生還した「特攻」隊員の告白』（文春文庫）
・神坂次郎『今日われ生きてあり』（新潮文庫）
・日本戦没学生記念会編『新版　きけ　わだつみのこえ――日本戦没学生の手記』（岩波文庫）
・日本戦没学生記念会編『第二集　きけ　わだつみのこえ――日本戦没学生の手記』（岩波文庫）
・東大戦没学生手記編纂委員会『はるかなる山河に　東大戦没学生の手記』（一九四七　東大協同組合出版部）
・佐々木八郎『青春の遺書』（一九八一　昭和出版）
・藤代肇『春の遺跡』（一九八一　昭和出版）
・三木鶏郎著『三木鶏郎回想録①　青春と戦争と恋と』（一九九四　平凡社）
・細川八朗「落日の〝鹿屋〟特攻基地に若桜散るころ」（『丸』一九六七年九月号　潮書房光人新社）

・神山圭介『鴾色の武勲詩』（一九七七　文藝春秋社、文春文庫）
・神山圭介『英霊たちの応援歌　最後の早慶戦』（文春文庫）
・武者小路実篤『人生論』（岩波新書 赤版）
・金子和代著　山崎安雄編『エミーよ、愛の遺書』（一九五四　日本織物出版社）
・林邦雄『戦後ファッション盛衰史――そのとき僕は、そこにいた』（一九八七　源流社）
・『定本北條民雄全集』上下（創元社・創元ライブラリ）
・高山文彦『火花　北条民雄の生涯』（一九九九　飛鳥新社）
・松山くに『春を待つ心』（一九五〇　尾崎書房）
・伊波敏男『花に逢はん』（一九九七　NHK出版）
・『三島由紀夫全集』（新潮社）
・三島由紀夫『谷崎潤一郎・川端康成』（中公文庫）
・三島由紀夫『英霊の聲』（河出文庫）
・三島由紀夫『文化防衛論』（ちくま文庫）
・三島由紀夫『告白　三島由紀夫未公開インタビュー』（講談社文庫）
・瀧田夏樹『川端康成と三島由紀夫をめぐる21章』（二〇〇二　風間書房）
・安藤武『三島由紀夫「日録」』（一九九六　未知谷）
・村松剛『西欧との対決―漱石から三島、遠藤まで―』（一九九四　新潮社）
・宇野憲治「三島由紀夫書簡（二通）・清水文雄書簡（一通）と聞き書き「広島での三島由紀夫―広島の一夜―」（竹川哲生談）」（二〇〇二　紀要『日本語文化研究』五号　比治山大学日本語文化学会）
・「広島を訪れた三島由紀夫氏　特攻隊の遺書に感銘　大学生と文学論戦わす」（中国新聞　一九六六年八月三十日）
（文庫本、新書に関しては、版を重ねているものが多いので、発行年は省略しました。また、インターネットによる情報収集も多々行ってはおりますが、ここではネット関連のものについては割愛させていただきます。）

多胡吉郎（たご　きちろう）
作家。一九五六年生まれ。東京大学文学部国文学科卒。一九八〇年、NHK入局。ディレクター、プロデューサーとして多くの番組を手がける。ロンドン勤務を最後に二〇〇二年に独立、英国を拠点に文筆の道に入る。二〇〇九年に帰国、活動拠点を日本に移す。
主な作品に、『吾輩はロンドンである』（文藝春秋）、『スコットランドの漱石』（文春新書）、『リリー、モーツァルトを弾いて下さい』（河出書房新社）、『わたしの歌を、あなたに～柳兼子、絶唱の朝鮮～』（河出書房新社）、『長沢鼎 ブドウ王になったラスト・サムライ～海を越え、地に熟し～』（現代書館）、『漱石とホームズのロンドン～文豪と名探偵 百年の物語～』（現代書館）、『生命の詩人・尹東柱～『空と風と星と詩』誕生の秘蹟～』（影書房）、『空の神様けむいので～ラスト・プリンセス 徳恵翁主の真実～』（影書房）その他がある。

生命《いのち》の谺《こだま》　川端康成《かわばたやすなり》と「特攻《とっこう》」
二〇二二年二月二十八日　第一版第一刷発行
二〇二二年四月二十四日　第一版第二刷発行

著　者　多胡吉郎
発行者　菊地泰博
発行所　株式会社現代書館
東京都千代田区飯田橋三―二―五
郵便番号　102-0072
電　話　03（3221）1321
FAX　03（3262）5906
振　替　00120-3-83725

組　版　具羅夢
印刷所　平河工業社（本文）
東光印刷所（カバー・帯・表紙・扉）
製本所　積信堂
装　幀　大森裕二

校正協力・高梨恵一
 ISBN978-4-7684-5916-4
定価はカバーに表示してあります。乱丁・落丁本はおとりかえいたします。
http://www.gendaishokan.co.jp/

活字で利用できない方のための
テキストデータ請求券
『生命の谺 川端康成と「特攻」』

現代書館

海を越え、地に熟し

長沢鼎 ブドウ王になった ラスト・サムライ

多胡吉郎 著　　2300円＋税

幕末、薩摩藩英国留学生の最年少者（13歳）として海を渡った長沢鼎（ながさわかなえ）。森有礼らとともに、英国から大西洋を越えアメリカの地に降り立った彼は、ワイナリー経営に成功する。禁酒法時代にカリフォルニア・ワインの伝統を死守し、「バロン・ナガサワ」と称された日本人の誇り高き生涯を活写。

漱石とホームズのロンドン

文豪と名探偵　百年の物語

多胡吉郎 著　　2000円＋税

西洋に対する尊敬と反発、劣等感を抱えながら創作を続けた漱石と、アイルランド系カトリックの家庭出身で、非エリートながら大人気作家となったコナン・ドイル。両者がすれ違ったロンドンを舞台に、「この100年、日本人は西洋に学ぶことで幸せになれたのか？」という本質的な問いに迫る文学教養エッセイ。